शक्ति-विजयम्

शक्ति-विजयम्

हिन्दी-अर्थ-सहित

डॉ० मथुरादत्त-पाण्डेयः

मोतीलाल बनारसीदास

दिल्ली, मुम्बई, चेन्नई, कोलकाता, बंगलौर,
वाराणसी, पुणे, पटना

प्रथम संस्करण: दिल्ली, २०११

1292, सैक्टर 15, पंचकूला, (हरियाणा) – 134 113

फोन : 0172 – 2592167

ISBN: 978-81-208-3519-1

मोतीलाल बनारसीदास

४१ यू०ए० बंगलो रोड, जवाहर नगर, दिल्ली ११० ००७
८ महालक्ष्मी चैम्बर, २२ भुलाभाई देसाई रोड, मुम्बई ४०० ०२६
२३६ नाइंथ मेन III ब्लाक, जयनगर, बंगलौर ५६० ०११
सनाज प्लाजा, १३०२ बाजीराव रोड, पुणे ४११ ००२
२०३ रायपेट्टा हाई रोड, मैलापुर, चेन्नई ६०० ००४
८ केमेक स्ट्रीट, कोलकाता ७०० ०१७
अशोक राजपथ, पटना ८०० ००४
चौक, वाराणसी २२१ ००१

नरेन्द्रप्रकाश जैन, मोतीलाल बनारसीदास, बंगलो रोड, दिल्ली ११० ००७
द्वारा प्रकाशित तथा जैनेन्द्रप्रकाश जैन, श्री जैनेन्द्र प्रेस,
ए-४५ नारायणा, फेज-१, नई दिल्ली ११० ०२८ द्वारा मुद्रित

स्वस्ति भारती

धराऽनुत्तरस्योत्तराखण्डस्याऽखण्डमण्डनायितेन सम्प्रति हरियाणा प्रदेशान्तर्गतं पञ्चकुलमभिजनमधिवसता प्राचार्यचरेण श्रीमथुरादत्त-पाण्डेय-महोदयेन रचनाञ्चितमभिनवतमं द्वादशसर्गं संस्कृत-महाकाव्यं शक्तिविजय मित्यभिधानाङ्कितमभ्यर्णमागतमानन्दार्णवमुदञ्चयन्मे। कस्य वा सहृदस्य इदं विस्मयाय, स्मयाय, मन्दाय स्मिताय, अमन्दानन्दाय च न प्रभवेत्?

प्रस्तुत-महाकाव्यस्य शक्तिविजयस्य चराचर-प्रसवित्री महाशक्तिर्नायिकीकृतेति परो हेतुः परमाय नः प्रसादाय। वेदेषु नैकेषु महर्षिभिः सूक्तेषु सूक्तरत्नेषु शक्तिर्महिमा निभृतं निरूपितः। अतएव त्रिपुराराधनं साक्षादृग्वेदे गदितम् - तथाच - 'इयं पञ्चदशाक्षरी विद्या ऋग्वेदे आम्नाता चत्वार ईं बिभ्रति क्षेमयन्तः' (ऋ.5-47-4) इत्यादाविति निर्दधार शक्ति-रहस्य-वेदिनामग्रेसरो लक्ष्मीधरः सौन्दर्यलहरी-पञ्चमश्लोक-व्याख्यायाम्-सा खलु साक्षाद्ब्रह्मरूपा।

नूनमेष सविशेषः पुण्यानां परिणामो यच् श्री पाण्डेयमहोदयस्य शक्तिकाव्य-निर्माणेऽजायत प्रवृत्तिः।

अहमध्यवसाय-धी-धनिनमेतत्कर्तारं हृदयेनाभिनन्दामि, सर्वतोऽवारितप्रसरां लोकम्पृणाञ्च तदीयां कीर्तिपूर्तिं कामये।

सुधीजनदासानुदासः
शशिधर शर्मा

सप्तविषयाचार्यः एम.ए. (संस्कृत-हिन्दी)
डी.लिट्., विश्वसंस्कृतसमितेः सदस्यः, योगतन्त्रागमसमितेरध्यक्षः,
ज्योतिष-योग-तन्त्र सम्राट्, महामहोपाध्यायः,महाकविः,
विश्वरत्नम्, अद्वैत-वेदान्त-रत्नम्, धर्म-संस्कृति-महारत्नम्,
पंजाब-विश्वविद्यालयीय-संस्कृताचार्यः (निवृत्तः),
शलाकापरीक्षायां प्रथम-पुरस्कार-विजेता, राष्ट्रपति-पुरस्कृतः

समाशंसा

विदन्त्येव विज्ञा यत् साम्प्रतिकेऽस्मिन्नतिविचित्रसमयान्विते समये संस्कृते विपुलं वाङ्मयं विरच्यते सुरसरस्वती-समाराधकैः। तेनेयं संस्कृतसाहित्यपरम्परा यथा सनातनी तथैव प्रतियुगं पुनःपुनर्जायमाना उषा इव नवविच्छित्तिं नूतनां च च्छविमाविर्भावयन्ती वरीवर्ति, इदानीमपि स्वे महिम्नि प्रतिष्ठिता चास्ते। वस्तुतः समसामयिकसंस्कृतसाहित्यस्य नवोन्मेषः कामपि विशिष्टामभिख्यां तनोति स्वकीयाम्। नैके उदयमानास्तरुणास्तेजस्विनः पण्डिताः प्रकटयन्ति शास्त्रवैभवमस्याः। तथा च कवयन्ति परःशतं सुकवयः निबध्नन्ति च विविधान् ग्रन्थान् अगणिता साहित्यरचनानदीष्णाः सरस्वत्याः सुपुत्रा अस्यामेव भाषायाम्। नवनवोन्मेषप्रतिभाशालिभिः सुकविभिर्विरचिते संस्कृतसाहित्ये परिलक्ष्यन्ते नवीनाः प्रवृत्तयः, युगबोधः, अभिनवा कापि चारुता च।

ऐतेषु विविधगद्यपद्यप्रबन्धनेन सरस्वत्या आराधकः, साधकः नवीनसाहित्यमार्गाणां सुविदित एवास्ते धीमान् श्रीमान्मथुरादत्तः। अस्य च कवेः लेखनी बहोः कालान्निरन्तरं साहित्यसेवासंलग्ना कविताकामिन्याः सुप्रिया सहचरी वरीवर्त्यते। कविरयं क्वचित् भावप्रवणैः समसामयिकैः रूपकैः क्वचिच्च मनोहारिभिः काव्यैः सुरसरस्वतीसपर्यां साधु व्यदधात्। सततं प्रवहमाणा अस्य कवितानिर्झरिणी सम्प्रति एतस्मिन् महाकाव्ये प्रकटीकरोति स्फीतां हृद्यानवद्याममन्दां वाग्धाराम्।

अतिविचित्रकविपरम्परावाहिनि संस्कृतमहाकाव्यसंसारे स्वल्पान्येव महाकाव्यानि नारीप्रधानानि सन्ति। एतत् प्रतिकुर्वता कालिदास-दुर्गासप्तशती-जयशङ्करप्रसादादीन् सर्वथा हृदङ्गमं विदधानेन कविना अत्र शक्तेराराधनपुरस्सरं लेखनी सफलतां नीता। अथ च अस्मिन् महाकाव्ये नवीनं बिम्बविधानं अभिनवा परिकल्पना च लसति श्लिष्यति च मनसि सर्वथा, तद्यथा प्रथमे सर्गे श्रद्धाया वर्णने--

मुग्धा यथा मेषशिशुः सहायः प्रभासमाना नयनाभिरामा।
यातप्ययातेव मनो विशन्ती पुष्पान्विता किङ्कलिका वदन्ती॥

नार्याः स्वरूपमत्र विशिष्य विशदं प्रकाशितं कविनामुना।

पुष्पेषु चम्पां सरितासु गङ्गां लज्जावतीं मुग्धलतासु मुग्धाम्।
हंसीं तरत्पक्षिषु शुभ्रवर्णां जानीहि मां त्वं शतरूपनाम्नीम्॥

एतस्मिन् महाकाव्ये प्रतिफलितं जीवनदर्शनं सर्वथा मननीयं सन्देशश्चानुहरणीयः। कविवचसि तत्सर्वमित्थं प्रकटीकर्तुं शक्यते--

भेदा हि यस्याः सकलाः सुविद्याः स्त्रियो गृहाधारशिलासमाश्च
परात्परा सा प्रकृतिस्वरूपा शक्तिः प्रभूयाद् जगतः शिवाय॥

काव्यमिदं सहृदयानां तोषाय स्यादित्याशास्महे।

- **प्रो. राधावल्लभः त्रिपाठी**
कुलपतिः, राष्ट्रिय संस्कृत-संस्थानम्
(मानित-विश्वविद्यालयः) दिल्ली

विषय-सूची

पुरोवाक् (समीक्षा)

अहो! सुरसरिदिवाजस्रप्रवाहा धन्या पन्या चेयं देववाणी या चिरन्तनात् कालात् पुरःस्थित-शैलखण्ड-गण्डशैलावलीभिरिव विपरीतस्थिति-कृतबाधाभिर्बाध्यमानापि नवनवैस्तीर्थैरिवाभिनवैः प्रबन्धैरनारतं रसयति रसितमनांसि। वाल्मीकि-रूपाद् गिरिशृङ्गाद् रामायणाकृतिमहाकाव्यरूपा या सरित् सुदूरेऽतीतेऽवतीर्णा भुवि सा विरलप्रचारेऽपि सुरगिरः काले न शुष्यन्त्यधुनापि प्रतिवर्षं देशस्यास्य कोणे कोणे प्रकाश्यमानाभिः कृतिभिःसमर्द्ध्यमाना वर्तते। तस्यामेव परम्परायामर्वाचीनतमं शक्तिविजयं नाम महाकाव्यं संस्कृत-प्रणयिनां प्रमोदाय समुदितम्। अस्य प्रणेता च कविवरो मथुरादत्त-पाण्डेयो नैकशास्त्रविचक्षणः प्राच्य-पाश्चात्त्यदर्शन-पारदृश्वा शास्त्रि-एम.ए.-पी-एच.डी. प्रभृति-नानाविरुदविभूषितो विद्वान् यः स्वकीयप्रतिभागुणैर्देशे विदेशेषु च लब्धप्रतिष्ठो नैकैरात्मोपज्ञै रूपकैः ख्यातचरो रसिक-समाजे सङ्गीतेऽभिनयकलायाञ्च निष्णातो बह्वीभिः संस्थाभिःकाले कालेऽभिनन्दितो महामहिम्ना भारतराष्ट्रपतिना सारस्वत-समृद्धिसंवर्धन-परतामविरतामभिलक्ष्य सादरं सम्मानितः।

स्वरूपम् - महाकाव्ये सर्गाणां न्यूनतमा संख्या सप्त मता। अधिकानां नास्ति सीमा। प्रस्तुतं काव्यन्तु द्वादशसर्गेषु विभक्तम्। आदौ च पद्यसप्तकेन शक्तिमाहात्म्यं प्रस्तुतम्। एतेन कविना विवक्षित-वस्तुनिर्देशस्तदात्मकं मङ्गलं चेति एका क्रिया द्व्यर्थकरी साधिता।

कविश्चायं स्वाध्यायशीलः साधुविभावित-जगत्-स्थितिश्चेति कालानुरूपं विषयमेव स्वकृत्यर्थं विचिनोति। न कस्यापि विचारशीलस्य यथार्थदृशोऽविदितमिदं यत् सृष्टेरारम्भादेव मत्स्य-न्यायः प्रवर्तते। शक्ततरोऽवहीनं न सहते। धनिनो निर्धनं ग्रसन्ते। जीवन-शक्त्या सत्त्वेन च विरहिता जातयः कालक्रमेण क्षीयमाणाः कालान्तरे स्मृतेरपि अपयान्ति। योग्यतमावशेषः इति सिद्धान्तोऽवितथ एव।

वर्तमानं युगं जना विकासयुगं वदन्ति। केनचिदंशेन मान्यतेयं

तथ्यमेव सिध्यति। विज्ञानसाहाय्येनासम्भावितं वस्त्वपि सम्भवं सिद्धम्। अनेके दुःसाध्या रोगाः स्मृतिशेषाः सुसाध्या वा जाताः। अद्यत्वे बन्ध्या नार्योऽबन्ध्या भवितुं शक्नुवन्ति। पुरुषसंसर्गमन्तरापि नार्योऽपत्यं जनयितुं प्रभवन्ति। चलदूरभाषद्वारेण च वयमत्र भारते स्थिता अपि विश्वस्य कस्मिन्नपि दूरतमे कोणे वर्तमानेन जनेन सहालपितुं शक्नुमः। पुराणोदिता लोकान्तर-यात्रा नाद्य गल्पमात्रम्। देशकालयोरन्तरालञ्चापनीतम्।

काव्यकर्तुरिदमेव भावबीजमस्य निर्माणे यत्सत्यमिदमविस्मार्यं शक्तिरेवात्र जयतीति। राष्ट्रेणास्मदीयेन सर्वथा सर्वदिक्षु च सशक्तेन भवितव्यम्। समाजे पुरुषेण न परम्परामनुरुन्धानेन नारी कथमप्युपेक्ष्याऽऽत्मनो हीनतरा वा बोधव्या। तादृश्यां बुद्धौ हि तस्या अर्द्धाङ्गिनीत्वस्वीकारे किमौचित्यम्? अर्द्धाङ्गविकलो हि जनो रुग्णोऽशक्त एव च भवति। तां मूर्तां शक्तिं स्वीकृत्य सर्वतोभावेन तस्या योगमात्मनो विकासे काङ्क्षन् नियतं पुमानधृष्यतामियात्।

द्वादशसु सर्गेषु प्राधान्येन भगवत्या दुर्गाया एव चरितं कथावस्तुतया प्रस्तुतं यद् दुर्गासप्तशतीगतं कथानकमेवाश्रयति। परं कविर्महाकवेर्बाणभट्टस्य

सन्ति श्वान इवाऽसङ्ख्या जातिभाजो गृहे गृहे।
उत्पादका न बहवः कवयः शरभा इव॥

इति वचनं स्मरन् कथावस्तुनि मौलिकतामाधातुं वैवस्वतमनोश्चरितमपि तेन मिश्रयति। वैवस्वतो मनुः प्रचलतो मन्वन्तरस्याधिष्ठाता, यस्य कथानकं शतपथब्राह्मणेऽपि वर्तते। तत्र तस्य नावोऽवतरणस्थानं मनोरवसर्पणमिति संज्ञयाऽभिहितं भागवते च। स मनुः श्राद्धदेव इत्यपरनाम्नाऽपि स्मृतः। तन् नाम च तस्य पत्नीं श्रद्धासंज्ञामधिकृत्य या कामगोत्रजा कामस्य दुहिता वा निर्दिष्टा, यथा भवस्य पूर्वपत्नी सती दक्षप्रजापतेर्दुहितृत्वेन दाक्षायणीति संज्ञया व्यपदिष्टा, तथैव श्रद्धाऽपि कामायनीति व्यपेदशं गता।

प्रथम-सर्गे च प्रलयावसान आत्मद्वितीयस्य मनोर्हिमशिखरेऽवस्थितिः पश्चात् श्रद्धया सङ्गतिः, तां प्राप्य मनोर्हृदये रागोदयः पुनः सर्गाय चाभिलाष आत्मपरिचयदानानन्तरं अजरामरस्य कस्यापि मुने र्भविष्यकथनानुसारं तस्या नवसर्गाय प्रेरणा, ऋषेरागमनं तत्कृतं मनोः पूर्ववृत्ताख्यानं च वर्णितम्। द्वितीये सर्गे च दुर्गासप्तशतीवदेव कथानकं

प्रस्तुतम्। तृतीये सर्गे देवानां संभूतेन तेजसा महादेव्या उदयो महिषासुरेण चाहवारम्भो वर्णितः। चतुर्थे सर्गे च देव्या ससैन्ये महिषे निहते सति सुरकृतां स्तुतिं निशम्य पुनरपि तद्बाधकानां वधं प्रतिश्रुत्य देव्याः प्रस्थानं वर्णितम्। पञ्चमे सर्गे कवि-कल्पना-प्रसूतस्य मणिद्वीपस्य विस्मापनं वर्णनम्। षष्ठे सर्गे च सृष्टे देवासुरयोर्विभागेऽसुरार्दित्तानां देवानां रक्षणाय पार्वत्या भुव्यवतरणम्, तस्याः शरीरादद्भुतरूपायाः कौशिक्या उद्भवः, पार्वत्याः कालीरूपेण परिवर्तिताया हिमालयेऽवस्थिति देव्या अपूर्वसौन्दर्यवर्णनं तेनैव च सर्गस्य समाप्तिः। सप्तशत्यां शुम्भनिशुम्भाख्यासुरयुगलत्रासितानां सुराणां स्तुतिं निशम्य द्रुताया भगवत्याः पार्वत्याः शरीरकोशात् कौशिक्या उदयो वर्णितः परमत्रासुरसामान्योदयादेव देव्या आपतनं प्रस्तूयत इति विशेषः। सप्तमे सर्गे सप्तशत्यामिव चण्डमुण्डाख्यासुराभ्यां देव्या अद्भुतसौन्दर्य-दर्शनानन्तरं शुम्भाय चण्डकृतं देवीरूपवर्णनं तन्निशम्य शुम्भकृतं सुग्रीवाख्यदूतप्रेषणं स्वामिना सह तस्याः परिणयप्रस्तावे कृते परिणय-समयादिनिर्धारणाय देव्या असुरशिविर गमननिश्चयः, दैत्यादेशेन च विश्वकर्मणस्तस्या विश्रमायाद्भुत-शिविर- निर्माणं, तेन वृत्तेन च देवानां विषादो देव्याश्च शिविरं प्रति प्रस्थानम् अनेन प्रसंगेन च सर्गावसानम्। अष्टमे सर्गे च दैत्यगुरोः शुक्रस्य शुम्भमुपेत्य देव्या सह परिणयोद्योगं सर्वथाऽनुचितं परिणतौ चाशुभावहं निवेद्य ततो वारणाय यत्नः, देव्याश्च विवाहात्प्राग् वरयितुः शक्तिपरीक्षणमनिवार्यमिति हेतोः समरे विजित्यैव मां परिणेष्यसीति प्रस्तावेन सह शिविरात् प्रतिगमनं वर्णितम्। नवमात् सर्गादेकादशं यावत् समरवर्णनं निशुम्भवधानन्तरं शुम्भस्य वधः, देवकृतस्तुतिं निशम्य तया देवेषु संहत्यभावस्य विपन्मूलत्वान् मिथः संहत्य स्वावलम्बनायानुशासनम् अन्तर्धानञ्चेत्येतावती कथा सर्गत्रये वर्णिता। द्वादशे तु सुरथस्य समाधिना सह देवीमाराधयितुं तपश्चर्या, प्रसन्नया तयाऽऽविर्भूय तस्मै वर-प्रदानं सावर्णिनाम्ना च भूयोऽन्यमन्वन्तरे मनुत्वप्राप्त्यादेश एतेनैव काव्यमिदं समाप्तिमेति।

इत्थं देव्या विजयवर्णन-व्याजेन कविना काव्यस्य नामकरणौचित्यमपि साधितम्।

रस-परिपाकः

काव्यं यशसेऽर्थकृते व्यवहारविदे शिवेतरक्षतये
सद्यः परनिर्वृतये कान्तासंमिततयोपदेशयुजे॥

इति पद्ये मम्मटेन काव्यनिर्माणानुशीलनस्य विभिन्नानि प्रयोजनानि गणितानि। तेषु यशः काङ्क्षितमपि सोद्देश्यस्याऽकिञ्चित्करम्। उत्कृष्टं चेत् प्रसारं लभमानं तदपि प्रसारयेत्। न च कविरर्थकृशो यदर्थं काव्यरचनायां प्रवर्तेत। कृतायां च तस्यां कस्य च नैवात्रार्थलाभः। चरमे वयसि वर्तमानस्य च न तस्य दृष्टलोकस्य व्यवहारादिज्ञानेन प्रयोजनम्। समाजे स्थितस्य च तस्य नौदासीन्येन परनिर्वृतिलाभे प्रसक्तिः संभवति। वैषम्यपूर्णे नाना समस्याग्रस्ते ससङ्कटेऽशान्तिपूर्णे चास्मिन् काले बुद्धिमता दुःशकं माध्यस्थ्येन जीवितुम्। सति च प्रतिभावैभवे कथं स उदास्तां लोकस्थितिं प्रति। इति जनस्वास्थ्यायोत्थायुकंभावावेगं प्रतिभातांश्चोपायान् प्रकाशयितुं लेखनीं शरणं गच्छति। अतः कान्तासंमित-पदैरुपदेशप्रदानमेव तस्य काव्यनिर्माणं सिध्यति। उपदेशस्य च कान्तासंमितता रसादि-संश्लिष्टतयैव संभवति रसभावादेरेव काव्यात्मत्वेन स्वीकारात्। एतद् विभावयंश्च कविर्यथाप्रसङ्गं संभावित-रसयोजनायां सोद्यमः। अस्य प्रमाणं विविक्त-स्थितस्य भुक्तचरविविधभोगस्य सौन्दर्यप्रतिमां रमणीं विलोक्य तया च विर्धेनियोगेनैवावां सर्वहारिण्यपि प्रलयेऽस्मिन् विनाशादवशिष्टौ नष्टप्रायाया अस्याः सृष्टेः पुनर्निर्माणे कथं प्रवर्तेवहि, इति प्रतिवचनमुखेन तत्प्रणयस्वीकृत्या शृङ्गारस्य योजना कृता। यथाशीर्षकं शक्तेर्विजयस्यैव मुख्यविषयत्वेन प्रतिपाद्यत्वाद् उत्साह एवात्र स्थायी भावः। इति शृङ्गारस्य पूर्णपरिपाकाय नावसरः, महिषस्य शुम्भस्य च देवीं प्रत्येकपक्षीया रतिरेवेति भावाभास एव तत्र प्रतिपत्तुं शक्यते। देव्या स्वरूपस्य मणिद्वीपस्य च स्थितेः प्रस्तवने समरे देव्याः सूक्ष्मधारणे च विस्मयस्योदयोभवतीति तत्राद्भुतस्य परिपाकः साधुः।

प्रलयकालिकी विनाशकरी स्थिति र्नियतं विभीषिकाजनिकेति साधिष्ठा तत्र भयानकस्यानुभूतिः। यथा -

नद्यः क्वचिच्छोणितवारिनाड्यो वीरुल्लताशीर्णशिरोजकाया।
शैलाट्टसंघातविकम्पितैषा चोंद्घातिनी भूरवटैर्विरूपा॥

उत्तालनिम्नीभवदूर्मिघातैः शीतैः क्वचिच्चण्डतमैश्च क्वापि।
कालो ममाङ्गानि निपीड्य यावत् प्राणानिवाचामितुकाम आसीत्॥

अनयोः पद्ययोर्भयानकेन सह वीभत्सस्य मिश्रणं संविद् विषयः।

तथाच

माता क्व याता क्व पिता प्रनष्टो भीतैकला चापि विपद्गताहम्।
उच्चावचेषूर्मिषु घूर्णमाना कथञ्चनात्मानमरक्षमेवम्॥

अत्र पद्ये वर्णिता श्रद्धाया दीनदशा पित्रोरुपरत्या शोकं व्यञ्जयन्ती पाठकस्य मनसि करुणमुद्भावयत्येव। युद्धप्रसङ्गे चोत्साहसूचका उद्गारा वीररसस्यावलम्बनानि। महिषवधप्रसङ्गे च वीरेण सह रौद्रस्य प्रकर्षः। यथासन्दर्भं सुकुमारा परुषाश्च भावाः प्रस्तुताः, महिषस्य कुसुममृदुनि देवी-शरीरेऽनुत्साहस्तां प्रति करुणया सह राग-प्रदर्शनं च शृङ्गाररसाभासस्य हेतू।

भगवतीं प्रति शुम्भस्यापि रागाभिव्यक्तिरहङ्कृतिगर्भा भोगप्रवृत्ति मूला चेति न शुद्ध-प्रणयानुभूतिं भजन्ती शृङ्गाराभासमेव जनयति, तां शुम्भशिविराभिमुखीं विज्ञाय देवानां विषादश्च मनोविज्ञानानुकूल एव। असुरस्य देवीकृतं वरणं हि तेषामाशाकृषौ तुषारपातं कुर्यात्।

कल्पनोर्वरता स्वाध्यायपरता, कल्पनाकृतेः कवेर्मस्तिष्कस्योर्वरता च काव्यस्य निपुणपरिशीलनेन प्रकाशमायाताः। देवीभागवतेऽपि महिषस्य भगवतीं प्रति रागो विस्तरेण दर्शितो यथा स तस्या भर्त्सनावचनान्यपि आनुकूल्येन गणयति। कविनाऽपि स भावोऽत्र साधु प्रस्तुतः। दुर्गासप्तशत्यां तु तस्याभाव एव। सा च न काव्यत्वेन गण्यते। पुराणकर्तुः स्वातन्त्र्यमेवात्र प्रभवति। काव्ये रोचकताधाने कवेः संरम्भ एतादृशप्रसङ्गानां योजनया तस्य कौशलमभिव्यनक्ति।

पुनश्च देव्याः शुम्भशिविरगमननिश्चयो विश्वकर्मणः शिविरनिर्माणम-सुराणामुल्लासः, शुक्रस्य शुम्भं देव्या सह परिणयाद् वर्जयितुं यत्नः, युद्धे च वैष्णव्यादि-कन्यकानां वाहनानामपि संभागः, देव्या आत्मस्वरूपस्य सूक्ष्मतापादनमेतत्सर्वं कल्पना-प्रसूतमेव, इत्थमेव मणिद्वीपस्य देव्या अधिष्ठानत्वेन कल्पना भौगोलिकस्थित्या वर्तमानेऽवर्तमानाऽपि पुरा कदाचित् समभवत्। विश्वे हि यदा तदा भूकम्प-सुनामीसदृशाधिभौतिक-हेतुभिःस्थानविशेषाणां लोप उदयश्च

भवति। यथा ख्रिस्ताब्दस्य प्रथम-शताब्द्यां तत ईषत् पूर्वं वा दक्षिणापथे कावेरी-पत्तनाख्यस्य नगरस्य सागरे विलय स्तामिल-ग्रन्थेषु वर्णितः। वेदेषु च भारतस्योत्तरस्यां दिशि कस्यचनाम्बुधेरस्तित्वं वर्णितं न यः साम्प्रतं विद्यते। वृत्तपत्राच्च त्रिविष्टप- समीपे मुस्टांग-नाम्नो श्रुतपूर्वस्य कस्यचन देशस्य स्थितिः प्रकाशमायाता। अतो युगविशेषे मणिद्वीपस्य सत्त्वमपि नासम्भवम्। भारतस्य नैकेषु द्वीपेषु अण्डमानाख्यया ख्यातस्य सत्ता तु सर्वै र्ज्ञायत एव तन्नाम्नोऽणुमणि शब्दस्यापभ्रंश-रूपत्वेन ग्रहणे न किमपि वैरस्यम्। कविना काव्ये तूत्तरस्यां दिशि मणिद्वीपस्थितिर्वर्णिता। उपनिषत्सु पुराणेषु च श्वेतद्वीपस्य चर्चा श्रूयते केचित् तं भारताद् बहिःस्थितं मन्यन्ते। परं काव्य-वर्णिताः शब्दा मणिद्वीपं भारतस्यैव भागे साधयन्ति। भवतु नाम, प्रकृते प्रस्तुतकाव्ये वर्णितं वस्तु यथास्थिततत्वेन ग्राह्यं भवति।

यथा पूर्वनिर्दिष्टं, शतपथ-ब्राह्मणे मनोर्नौकातोऽवतरणस्थानं मनोरवसर्पणमित्यभिधया निर्दिष्टम्। यथा वर्णनञ्च मनुस्तन्निकटवर्तिन्यां कन्दरायामेव क्वापि वसतिं करोति। तदधिष्ठानतया च स प्रदेशो मन्वालयत्वेन ख्यात इति पक्षमाश्रित्य कविर्वर्तमाने मनाली-नाम-पर्वतीयं नगरमभिजानाति।

भाषाविज्ञानदृशा च नैतदसमञ्जसम्। एतत् पुरमपि हिमाचलप्रदेशस्याधित्यकायां स्थितं सम्प्रति निदाघतापतप्तैः पर्यटकैः शीतत्वाद्विश्रामस्थलं क्रियते। हिमालयो गिरिराजो हि काश्मीराद् हिमाचल-राज्यमुत्तराखण्डमसमप्रदेशं चाभिव्याप्य तिष्ठति, कविवर्णनमाश्रित्य मणिद्वीपेनापि हिमालयस्यैवैकदेशवर्तिना भवितव्यम्। हिमालय एव हि देव्या अवस्थानं वर्णितम्। तस्या वैष्णवी देवी, चिन्तपूरणी, चन्द्रवदनी, कामाख्यादि शक्तिपीठानि हिमालय एव स्थितानि इति सर्वं सङ्गच्छते।

यथारम्भे निर्दिष्टमासीद् देव्याः कथानकेन सह वैवस्वतमनोरपि कथानकमत्र योजितम्। यथा -

तत्र प्लवाम्भोऽनभिभूतशृङ्गे गिरे स्तदाऽसाववरुह्य नावः।
पश्यन्नवाक् भीममुद-प्रवाहं स्मृति-द्वितीयः समयं निनाय॥

काव्यबन्धः - काव्यं यथार्थरूपेण वर्णयोजनारूपं सच् शब्दार्थ

शरीरमाचार्यैर्निरूपितम्, रसभावैर्विचारैश्च तत्र प्राणप्रतिष्ठा विधीयते। यथाप्रसङ्गं मृदु-परुषादिवर्णयोजनयाऽनुरूपेणच्छन्दसा च तत्र श्रव्यता हृद्यता चाधीयते। यथावलेह-संयावादि पदार्थोपस्कृतं भोज्यं मधुराम्लादिरसैः सह कारवेल्ल-सदृशकटु-पदार्थेन परिवेषितेन नोल्वणतां तस्या तनोति तथैव सुकुमारवर्णघटितयाऽसमस्तया समस्तया वा रचनया सह परुषवर्णोपयोगजनितजटिलबन्धैर्युक्ता कृतिरपि रसावहैव सम्पद्यते। एतत् सत्यं काव्येऽत्रापि लक्ष्यते। कविना बाहुल्येन वैदर्भीरीतिरेवासमस्तप्राया लघु समस्तपदयुता वा प्रयुक्ता।

अनुचितं महिषस्त्वबलां जयेदनुचितं यदि सापि च नो जयेत्।
इति विचिन्त्य रणे युयुधे स किं समुचितो महतो महताहवः॥

युद्ध-प्रसङ्गेऽपि योद्धुमनसो द्वैधे स्थिततत्वादत्र न समास-योजना। नहि वर्णैर्वीरा-नुरूपौजसोऽभिव्यक्तिः, भावानुशीलनमेव तदनुभावयति।

जटिलबन्धस्तु प्रलयप्रसङ्ग उदाहृतचरः, स्तुत्यादिषु क्वचित् सप्तशत्याश्छायेव प्रतीयते। यथा -

रोगाः प्रयान्ति निखिलास्तव भक्ति-भाजां।
नाशञ्च सौख्यमखिलं द्विषतां तथैव॥

इमे पङ्क्ती - रोगानशेषानपहंसि तुष्टा रुष्टा तु कामान् सकलानभीष्टान् इति श्लोकार्धेन संवदतः। कविनापि तद्वदेव मसृणा पदावली प्रयुक्ता।

अलङ्काराः - अलं वस्तुनो वर्णितस्य प्रत्यक्षकल्पना क्रियतेऽननेति व्युत्पत्त्या शब्दार्थालङ्काराः काव्यस्य प्रगुणतां जनयन्ति। काव्यस्यास्य सन्द्रब्धा जागृविरस्मिन् कर्मणि यत्र तत्र शब्दार्थालङ्काराननायासेन प्रयुङ्क्ते। युद्धप्रसङ्गे केसरिणः शब्दनं घुर्घुरायत इति क्रिययाऽनुकृतं, परं घुर्घुर शब्दः परम्परया सूकरस्य कुक्कुरस्य वा मतो न सिंहस्य इत्यौचित्यं स्मरन् पद्यस्योत्तरार्द्धे -

'युधि जगर्ज चकर्ष च वाहिनीम्' शब्दैर्यथावस्त्वनुसृतम्। अत्र रेफजकारषकाराणां योग ओजोऽनुरूपः। 'विकसिता तु जनी जननी च सा'? अत्र जकार-नकारयोरावृत्ति र्वृत्त्यनुप्रासिता; न, नी, सा एतेषु दन्त्यवर्णेषु च श्रुत्यनुप्रासः। 'शुभाशुभदर्शिनः' 'हरिहरादि- सुरा'

एतादृशस्थानेषु च्छेकः, अमर-शक्तिजशक्तिररिंदमा अत्र तात्पर्यभेदेन शक्तिशब्दस्यावृत्त्या लाटानुप्रासो जनितः। तथैव -

असुरशोणितपानसमुत्सुका अधर-दंशपराः खलु कन्यकाः
अविरलं विजया-विजयव्रताः सरुषमप्सरसोऽपि समागताः॥

अत्र पादान्तेषु सुकन्यकाः व्रताः गताः इत्यंशेषु चान्त्यानुप्रास-योजना, किटकिटायितदन्तभयावहाः। अत्र तद न त-दन्तकृत किटकिट ध्वनेर्नादचित्रम्। इत्थमेव सुनवनीतसमोपलतां गता अत्र उपमाविरोधाभासयोः संसृष्टिः 'युवति-चित्रपतङ्गगणाश्चला' अत्र रूपकालंकारच्छटा।

कुसुममेक-करे रमणीजनो विषलतामपरत्र बिभर्ति च।
धिगिति यस्त्वबलेतिवदेदिमां जननमृत्युकरीं मदिरां गदेत्॥

अत्र परिकर-विरोधाभास-काव्य-लिङ्गानां सङ्करः।

एला चेन्निहिता मुखे न लशुनोद्गारस्तु निह्नूयते इत्यत्राप्रस्तुतप्रशंसा विशेषोक्तेः संसृष्टिः लोकोक्तिश्च।

छन्दोयोजना - कस्मिन् विषये कतमच्छन्दसः प्रयोग इति विषये विषमैव पुराणाचार्याणां दृष्टिः। कामचारोऽपि कवीनां तत्र लक्ष्यते। वर्तमान कवयित्रा चात्मनो विवेकेनैव स्वातन्त्र्येण पन्था अनुसृतः साफल्यं च तत्र दर्शितम्। यथा पुराणकविभिर्ऋतुवर्णनादि-ललित-विषयेषु प्रयुक्तं द्रुतविलम्बितं स्तुतिषु, सुभाषितेषु च लक्षितं शार्दूलविक्रीडितम्, स्तवेष्वेव लोकप्रियं वृत्तं भुजङ्गप्रयातं समरप्रसङ्गे प्रयुक्तं साधु निर्व्यूढञ्च। क्वचिद् हंसयूथं क्वचिद्-बर्हि-पंक्ति इत्यत्र पदानां नृत्यत्प्रायत्वम्।

एतादृश-प्रयोगेण कविना व्यञ्जितं यदतुलवीर्यशालिन्या देव्याः कृत इयमाखेटलीलामात्रमासीन्न तु यथार्थतः समरः। अतएव न तादृश ओजः प्रकर्षो रोषातिशयानुरूपः क्वापि लक्ष्यते। षष्ठे सर्गे मणिद्वीपवर्णने कथावस्तु-प्रवाहाय परम्परागतमनुष्टुप् स्तुतौ च वसन्ततिलका प्रयुक्ते। प्रत्याकामितभावपुष्टये प्रस्तुतास्तकाश्चात्र काव्ये गाम्भीर्यमादधति। यथा-

ओजस्विता स्फुरति नो पुरुषस्य तावद् -
ऊर्जस्वलं न कुरुते भवती तु यावत्।
त्वद्-दत्तदृष्टिरवगच्छति स स्वरूपं
बिम्बं समीक्ष्य मुकुरस्थमिवात्र लोकः॥

अत्र सामान्येन नार्या संधुक्षितस्य पुंसः सत्त्व-बृंहणं लोकसत्यं प्रस्तूयमानं प्रकृतिसङ्गतस्य पुरुषस्यैव पूर्णतां सांख्याभिमतां व्यञ्जयति।

सन्देशः - प्रस्तुतकाव्यस्य प्रणेता यस्मिन्युगे वर्तते तदनुगुणैव तस्य जीवनं समाजं राष्ट्रञ्चाधिकृत्य दृष्टिः। मध्यकाले विस्मृतप्रायं नार्या महत्त्वमस्मिन् पुनरुरीक्रियते समाजेन। अतः कविरपि तां पुरुषस्य शक्तिरूपां प्रस्तूय तयैव तस्य पूर्णतां स्वीकरोति। सुचिरादत्र देव्याः पूजने बर्करमहिषादिपशुबलिप्रथा प्रवर्तते शिक्षितसमाजस्य च वैमत्यमेवात्र विषये। अनेकेषु शक्तिपीठेषु चिरन्तनात् कालादनुवर्त्यमानाऽपि साऽधुनावसानं गता। कवयिताऽपि चास्य काव्यस्य मद्य-मांसमयीं पूजां निषेधति। कामं तेन युद्धप्रसङ्गे देवीकृतमसुरासृक्पानं वर्णितं, परं खेदोऽपि तस्यास्तदधिकृत्य प्रकटितः।

'नो वस्तुतोऽभिरुचितं तु ममास्त्रपानं
तुष्टाऽस्मि नैव बलिभिश्च हितैस्तिरश्चाम्' एतेन पद्येन।

विगतशताब्द्यां द्वे महायुद्धे विश्वेन दृष्टे ययोर्महती जनधनज्या-निर्जाता। कामं शक्तिमत्तानि राष्ट्राणि साम्राज्यप्रसारभावनाग्रस्तानां दुर्मनसां शत्रूणामाक्रमणादात्मरक्षणाय व्यापक-संहार-कारि-भीषणाण्वा-दिशस्त्रास्त्रोपचये रतानि परं' स्वात्मनाश-विभीषिकावशाद् भविष्ये समराणां संभावनायाः सर्वथा लोपोपायानपि चिन्तयन्ति। अस्मिन् विषये चिन्तकानां मतिश्च-यदत्र जगति जनानामर्थलुब्धतैव परस्पर-विरोधमूलम्। शस्त्रादि शक्ति-सज्जास्ते दुर्बलस्य मुखस्थमपि भोज्यं हृत्वाऽऽत्मनः कोशं समर्धयितुकामाः साम्राज्यप्रतिष्ठामभिकामयन्ते। एको देशोऽपरकृतमा-क्रमणमाशङ्कमानः शक्तिसञ्चयं चिकीर्षति। तदर्थं सैन्यस्य विशालतां शस्त्रादीनां संभारञ्चाकांक्षन् प्रजानां हिताय विनियोज्यं द्रव्यं तत्रोपयुङ्क्ते।

पुरातने काले समाजे विनिमयप्रथायां वर्तमानायां जना अपेक्षित वस्तूनि परेभ्योऽन्यवस्तुविनिमयेन गृहीत्वा प्रयोजनं साधयन्ति स्म। अनेन विधिना विनापि द्रव्यं तेषामपेक्षापूर्तिरसिद्ध्यत न च कश्चनाभावस्तानबाधत। एतेन न तैर्दारिद्र्यमनुभूतम्। सर्वस्मिन् संव्यवहारे मुद्रामात्रसाध्ये जाते समाजे भावाभाववतोः श्रेणिद्वयमुत्पन्नम्। एतद् वैषम्यं लोके मिथो विद्वेषं संघर्षमशान्तिमविश्वासञ्चाजीजनत्। लोभासूयामात्सर्यसदृशा भावाः

प्रबलाः सन्तस्तस्करतां लुण्ठनं सङ्ग्रहवृत्तिं चावीवृधन्। एकस्मिन्नपि देशेऽनेकेषां राज्यानां प्रतिष्ठा च सीमाविवादैः सह तद्विस्तारप्रवृत्तिमुदभावयत्, शनैः-शनैरन्यदेशान् विजित्य तेषां शोषणेनात्मपोषणवृत्तिरपि प्रसृता।

अतः कैश्चिद् विचारकै र्भविष्ये युद्धसंभावनोन्मूलनाय बहव उपायाश्चिन्तिता येषामन्यतमो विश्वस्मिन् विश्व एकराष्ट्रस्थापना। प्रस्तुतकाव्यप्रणेतुरपि तत्र स्वारस्यं वर्तते यद् द्वादशे सर्गे देवीवचनमुखेन तेन स्फुटतां नीतम्। समस्तेऽपि भूमण्डलेऽनन्यराष्ट्रस्थितौ तदन्तः पातिनां देशानाञ्च प्रान्तमात्रत्वे जाते स्वतन्त्रसैन्याभावेन कुतो युद्धसंभावना स्यात्! समाजे लक्ष्यमाणोऽसन्तोषो विग्रहश्च वैषम्यकृतान्नादीनां जीवनोपकरणानां समाने वितरणे सति वैषम्याभावयोरेवोन्मूलनं जायेत। वस्तुविनिमयेनापेक्षापूर्तौ सत्यां कुतोऽभावस्यानुभवः! सन्तोषे च सति न दारिद्रयभावः। इत्थं विश्वशान्तेः स्थापनायै प्रयतनं कविना सन्दिश्यते। देव्याः संहत्याय देवानामनुशासनं प्रस्तुवन् कविः संघशक्तिमेव प्रचेयां प्रस्तौति, अद्यत्वे विश्वशान्तिस्थापनामुद्दिश्य कृता संयुक्त-राष्ट्रसंघे प्रतिष्ठा बलवत्तराणां राष्ट्राणां प्रभावे स्थिता सती निष्फलैव। तस्य स्वतन्त्रसैन्याभावान् न स क्वापि प्रवृत्तं सङ्गरं निरोद्धुंक्षमः। एतत् तथ्यं प्रत्यक्षीकुर्वन् कविरेतत्काव्यमुखेन स्वविमर्शं लोकक्षेमाय प्रस्तौति।

इयं विश्वराष्ट्रकल्पना च न दिवा-स्वप्नत्वेन बोध्या। काव्यकल्पनाः कदापि वितथा न भवन्ति।

भवन्ति नोद्दामगिरां कवीनामुच्छ्राय सौन्दर्यगुणा मृषोद्याः।

महाकवे र्माघस्य सदुक्तिरियं न जातु दुरुक्तिर्भवितुमर्हति। कवि र्हि नैतिह्यकृदिव घटितमेव सत्यं स्वकृतौ निबध्नाति। न हि कवेरितिवृत्तमात्रनिर्वहणमात्रेण कवित्वलाभः इतिहासादेरेव तस्य सिद्धेः। तत्कृतं काव्यं तु सत्येन सह शिवं सुन्दरस्थं भवतीति तस्यैतिह्याद् विशेषः। 'नासतो विद्यते भावो नाभावो विद्यते सतः' इति गीता-वचनं हृदये निधाय यन्मङ्गलं स्थायि च तदेव सत्यम्। इतिहासकारदृशि यथास्थितं वस्त्वेव सत्यम्। कवेर्दृष्टि स्तु सम्भावनायां संरम्भात् तेन कीदृशेन युक्तेन भवितव्यम् इत्यत्र निहिता भवति। कीदृशेन इतिपदञ्च नियतं शिवं सुन्दरञ्चापि निर्दिशति। स आदर्शमेव यथार्थत्वेनोपस्थापयति निदर्शनार्थं काव्येऽस्मिन् कविना मणिद्वीपस्य या सामाजिकी राजनैतिकी च स्थिति

र्वर्णिता तस्यै को न स्पृहयेत् स्वराष्ट्रे! अतः सा कवेरादर्शरूपेणैव ज्ञेया। महाभारतादिषु पुराणग्रन्थेषु निदर्शिता भूयस्यो घटनाः श्रुत्वा प्रायो जनाः सर्वथा कल्पिता असम्भवाश्च घोषयन्त उपहसन्ति स्म। विमानानां लोकान्तर-यात्राणां वर्णनञ्च प्रथमवारं तेष्वेव लभ्यते स्म। अद्य तत्सर्वं प्रत्यक्षीक्रियते। पुरुषसङ्गं विना नार्याः सन्तति-प्रसवः सर्वथाऽसंभव इति वदन्तो ये सप्रौढि कादम्बर्यां वर्णितं लक्ष्म्या मानवसहवासमात्रेण जातं पुण्डरीकस्य जन्मोपहसन्ति स्म। तेऽधुना नलिका-प्रसूतानां शिशूनां विषये किं वदेयुः? शल्यक्रियया पुंसां स्त्रीत्वे परिवर्तनं तेषां गर्भधारणं च वृत्तपत्रेषु प्रचार्यमाणं पठित्वा किं शिरो धुन्वन्ति? संयुक्तराष्ट्रसंघस्य स्थापनाया निदानं मूलरूपेण विश्वराष्ट्रकल्पनैवासीदिति तथ्यमपि नापलपितुं शक्यते। प्रत्येकं यथार्थीभूतं नवं वस्तु पूर्वं कल्पनैव भवतीति सत्यं न विस्मरद्भिः सर्वं समञ्जसत्वेनैव ग्राह्यम्। कालान्तरे यथार्थे परिणमेत्तत्।

काव्येऽत्र क्वचित् सन्धेरभावः शब्देषु संस्कार-शैथिल्यं च लक्ष्येते। तत्रानेके हेतवः संभवन्ति। प्रथमम्, अद्यत्वे जनानां सन्धेः शैथिल्यं प्रत्याग्रहः। सन्धयः समासाश्चापि भाषां क्लिष्टां विदधति। समासादतिरिक्तस्थलेषु लक्षितः सन्ध्यभावश्च 'वाक्ये विवक्षामपेक्षते' इत्यभियुक्तेरनुमतोऽपि। काव्ये च स प्रायेण पादान्तेषु लभ्यते न मध्ये। एकत्र घुरघरायत इति प्रयोगश्चिन्त्यो भूतार्थक्रियायामडागमस्यापेक्षितत्वात्। कवेर्दृष्टिस्तत्र नादानुकृतिमात्रे निहिता। अत एव स उपेक्षितः।

अन्ते च वर्तमाने देवगिरं प्रति माध्यस्थ्यं भजति समाजे तस्या भाण्डागार-संवर्धनहेवाकिन एतत्प्रबन्धसन्दृब्धि-द्वारेण लोकशिवकामनां सन्दिशतः कवेरस्य प्रशस्यं प्रयासमिमं गुणगृह्याः सहृदयाः सादरं सरुचि चाभिनन्दिष्यन्तीत्याशासानस्तदीय-समीहितपूर्तिमक्षुण्णयशोभाजनताञ्च कामयमानो विरमति मुधातिपल्लवनात्।

विदुषामाश्रवः
शिवप्रसादो भारद्वाजः

(राष्ट्रपति-पुरस्कारेण सम्मानितः)
(पंजाब विश्वविद्यालयीयो भूतपूर्वाचार्यः)
आचार्य, एम.ए. (द्वय), डी.लिट्. प्रभृति पदवीविभूषितः

AN APPRECIATION

It gives me immense pleasure to write about Dr. M.D. Pandey's latest contribution to the world of Modern Sanskrit literature, a *mahākāvya* titled '*Śaktivijayam*'. Dr. Pandey is an eminent poet and dramatist having won quite a few awards including the coveted President's Award for Sanskrit Scholars and literature. What sets him apart from other writers is the amalgamation of qualities such as erudition of a scholar, sensitivity and musicality of a poet, and imagination and vision of a profound practical philosopher, which he brings to bear in his writings, more so in the present work.

Śaktivijayam is a modern epic apparently woven around the exploits and conquests of Śakti, the goddess Durgā, mentioned in over ancient scriptures, who appeared in various avatāras to overpower and bring to submission evil in the shape of demons and devils and give succour to her supplicants and devotees. She is regarded as the universal Mother, powerful as also learning, represents Nature which can be cruel and yet be kind and compassionate.

Myths and stories about Śakti are found in abundance in Purāṇic literature, but the writer has drawn upon them to explore and imaginatively reconstruct them for the purpose of correlating them with the modern malice. They are symbolic of the wickedness, corruption, injustice barbarian lack of ethics and consequent unrest that afflict our present day society to bring about a transformation of this society and establish a kingdom where justice, peace and prosperity reign – a Heaven on earth.

All this sounds utopian, but Dr. Pandey has visualized the possibilities in the scripture wherein he finds mention of an island in the Himālayas, Manidvipa a fascinating beautiful, other-worldly destination administered by Devi. Here we find absolute peace and harmony, sweet reasonableness and purity of purpose.

The country is like a commune where nobody owns anything, people work for each other's welfare and comfort and material values are discarded. Devī wishes to have a global Government on the same lines and instructs Manu to work for the establishment of such a Government. It is perhaps a fond dream of the poet, but he believes that woman who is mother, wife, daughter has the innate ability and nature to harmonize the disparate elements of the world and lead humanity out of chaos and confusion towards the cherished goal of universal peace and happiness.

The Mahākāvya has sought to depict it's story in vivid details in twelve cantos with the fervour of the devotee in the author all too palpable in them. The story offers enough scope to the poet in the author for his flight of imagination. What would have happened at the time of Dissolution (*Pralaya*), what destruction and desolation it would have wrought, how the missiles of Devī and Mahiṣa would have flown thick and fast cancelling each other out required of him an uncanny insight that he brings to bear in his descriptions. The expression moves with the action, scaling up and down with its flow and ebb

The Mahākāvya is defined as a composition that is divided in cantos whose number has got to be more than eight: *sargabandho mahākāvyam sarga aṣṭottarā iha.* The Mahākāvya under reference answers this definition in full. It has twelve contos. It also answers the definition that it should describe the story of a king or a noble personality or a divine being. It is the divinity, the Mahāśakti that is described here. That it does not answer is the principal sentiment, the *aṅgī rasa,* which according to texts on Poetics should be either Erotic or Heroic, *Śṛṅgāro vīra eva va.* The principal sentiment is here Bhakti, Devotion, which though not earlier accepted *rasa* was assigned the character of it by such celebrities as Rupagosvamin.

In this composition of 694 verses the author has used as many as 15 metres, some of them as demanding as Drutavilambita, Śārdūlavikrīḍita, Vasantatilakā, Mandākrantā, Bhujaṅgaprayāta and so on. The verses are marked by easy flow and raciness. So are they marked by alliteration in all its varieties which produces a jingling effect. There is profusion of Similes, Metaphors, Fancies and a host of other figures of speech. All this makes the work very enjoyable and readable, a real treat to connoisseurs. It will go down, for sure, as a great addition to the ever growing modern Sanskrit literature. Its author Dr. Mathura Datt Pandey deserves full plaudits for producing a work of art which is a joy for ever.

New Delhi
14.6.2010

Satya Vrat Shastri
First Recipient of Jnanpith Award in Sanskrit, Padmabhushan and President of India Certificate of Honour

प्रस्तावना

संस्कृत-काव्य की कवि-कृत प्रस्तावना हिन्दी में– यह एक प्रश्न उपस्थित करता है कि संस्कृत में वह क्यों नहीं लिखी गयी? उत्तर में कहा जाता है कि संस्कृत श्लोकों का हिन्दी में अर्थ दिया गया है, उन पाठकों के लिए जो संस्कृतानुरागी तो हैं; किन्तु विधिवत् जिनको संस्कृत की शिक्षा नहीं मिली है तो उन्हें कवि का मन्तव्य समझाना भी आवश्यक है। संस्कृतज्ञों को समझाने के लिए सम्मान्य विद्वान् डॉ. शिवप्रसाद भारद्वाज ने समीक्षात्मक पुरोवाक् लिख दिया है।

अस्तु, 'शक्तिविजयम्' की कथावस्तु न सर्वथा उत्पाद्य है और न पूर्णतः प्रख्यात ही। यह एक मिश्रकथात्मक काव्य है। इसे आधुनिक महाकाव्य कहा जा सकता है। देवी, जिसे विष्णुमाया, सरस्वती, लक्ष्मी, पार्वती, महामाया, महामोहा, योगनिद्रा, महेश्वरी, आद्य प्रकृति आदि नामों से भक्तों ने पुकारा, मेरी आराध्या है।

विश्व की शक्तिशालिनी माँ? उसका चरित्र लिखकर मैं प्रमुख उद्देश्य के रूप में पुत्र के कर्तव्य को निभा रहा हूँ। प्रकारान्तर से शक्ति अर्थात् पराक्रम की महिमा बताना भी अभीष्ट है। इसके अतिरिक्त प्राचीन नारी-राज्य के जो संकेत निगमागमों में मिले, उनके आधार पर उसके व्यवस्थित रूप की उद्भावना तथा उससे आधुनिक समाज को नारीशक्ति का अभिज्ञान करवाना भी अपना उद्देश्य रहा और यह कामना भी, जिसे भले ही कोई मेरा कल्पनाविहार माने, कि सामाजिक स्वास्थ्य तथा विश्वशान्ति के लिए विश्व-सरकार की स्थापना को उजागर करूँ। मानवता की विजय तथा तज्जनित निराक्रान्त शान्ति-स्थापना के सुख-स्वप्न का दिग्दर्शन भी इस काव्य का अभीष्ट लक्ष्य है।

इसमें देवी द्वारा मानवता के विकास तथा योगक्षेम को दिखाने

के लिए मार्कण्डेय पुराणागत महाराज सुरथ, पुनर्जात सूर्यपुत्र मनु को देवी का कृपाभाजन सिद्ध किया गया है।

निगमागम में उल्लिखित चौदह भुवनों को उनके नामों के आधार पर प्राचीन ग्रन्थों के अनुसार वर्तमान भूगोल-खगोल को टटोलकर इसमें इसी धरती पर खोजने का प्रयास किया गया है।

भूलोक के रूप में देवी-भागवत में वर्णित (द्रष्टव्य - देवीभागवत स्कन्ध 5 अ. 20 श्लोक 17, 21) शत्रुघ्न के राज्य को, जिसकी राजधानी अयोध्या रही, लेकर हम उत्तर दिशा की ओर बढ़े हैं। भुवः स्थान भूटान रहा। उससे ऊपर स्वर्ग है। त्रिविष्टप (तिब्बत) उसका पर्यायवाची है। तिब्बत मेरी दृष्टि में प्राचीन स्वर्ग है। ब्रह्मलोक से ब्रह्मपुत्र प्रवाहित होता है। हिमालयस्थ कैलास शिव का वासस्थान है तथा जो श्वेत-द्वीप से ख्यात रहा और जहाँ देवीभागवत के अनुसार नारायण का तपस्या-स्थल है, वह बद्रीनाथ धाम है।

पुरा सत्ययुगे राजन् विष्णुर्नारायणः स्वयम्।
श्वेतद्वीपं समासाद्य चकार विपुलं तपः॥ (5.33 दे.भा.)

इन्द्रलोक भी कुछ ऊँची जगह पर स्थित रहा, जहाँ से वज्र चलाकर इन्द्र ने मैनाक को भगाया। उसकी सेना का शिविर 'इन्दरसेन' के नाम से लाहुलस्फीती में आज भी माना जाता है। स्वर्ग से ऊपर मह, जन, तप, सत्य लोक साईबेरिया का मैदान पार कर उत्तरी-ध्रुव तक फैले लगते हैं। देवयोनि-विशेषों का किन्नर लोक किन्नौर, यक्षों की अक्षय कोषवाली पुरी अलकापुरी जहाँ से अलकनन्दा निकलती है, आज भी विद्यमान हैं। नेपाल को कन्दर्प किंवा गन्धर्व लोक कहा जाता है। रूप कुन्त (कुण्ड) गन्धमादन पर्वत, उर्वशी कुण्ड उन्हीं नामों से पुकारे जाते हैं, जिन नामों से वे पहले पुकारे जाते थे। पाण्डव स्वर्ग जाने के लिए हिमालय की ओर ही बढ़े थे। चार भाई तो हिम में ही दब जाते हैं। केवल युधिष्ठिर ही पहाड़ी कुत्ते के साथ वहाँ पहुँच पाते हैं। यहीं कहीं मणिद्वीप रहा जहाँ देवी का शासन चलता था। सभी स्त्रियाँ! पुरुषों की स्थिति के संकेत तो मिलते हैं, किन्तु ग्रन्थ उन्हें स्त्री-रूप धारण किये दिखाते हैं। उदाहरणार्थ : ब्रह्मा, विष्णु, महेश स्त्री बनकर क्रमशः उत्पादन, परिरक्षण, दण्ड-दान का कनम करते हैं।

पूर्वं मया ते कथितं मणिद्वीपं मनोहरम्।
क्रीडास्थानं महादेव्या वल्लभं परमं स्मृतम्॥
यत्र ब्रह्मा, हरिः स्थाणुः स्त्रीभावं तु प्रपेदिरे।
पुरुषत्वं पुनः प्राप्य स्वानि कार्याणि चक्रिरे॥

देवीभागवत 5.20.17

देवी का राज्य तो दूर-दूर तक था। उसका किला नन्दाकोट था, जहाँ वह नन्दादेवी नाम से प्रसिद्ध थी। अन्नपूर्णा की चोटी भी देवी के नाम से ख्यात है। उत्तर गढ़वाल की पर्वतश्रेणियों के मध्य रहने वाली जाति 'मारछा' कही जाती है। वह 'उमा रक्ष्या' शब्द का अपभ्रंश लगता है जिसका अर्थ है उमा द्वारा रक्ष्य (आदि स्वर लुप्त)।

देवी का विहार-स्थल मणिद्वीप था। लगता है कि पुरुषों के लिए यह अगम्य द्वीप था। ब्रह्मा, विष्णु, महेश का स्त्री रूप में रहने का तात्पर्य है कि ये पद थे, पुरुष के अभिधान नहीं। मणिमहेश– लगता है कि मणिद्वीप का आराध्य शिव था जो वर्णन मणिद्वीप का मिलता है, उससे लगता है कि वह एक रमणीक स्थान था–

यः सुधासिन्धुमध्येऽस्ति द्वीपः परमशोभनः।
नानारूपैः सदा तत्र विहारं कुरुतेऽम्बिका॥

देवीभागवत 5.20.18

देवीभागवत के अनुसार यह स्थान वर्तमान हिमालय में स्थित था। वहीं जाकर देवी-पूजन का आदेश दिया गया है।

तस्माद्धिमाचले गत्वा पर्वते सुमनोहरे।
आराधनं चण्डिकायाः कुरुध्वं प्रेमपूर्वकम्॥

देवीभागवत 5.22.16

तस्मिञ्छैले सदा देवी तिष्ठतीति मया श्रुतम्
उस पर्वत में देवी सदा विराजमान रहती है– ऐसा मैंने सुना है।

देवीभागवत 5.22.20

मार्कण्डेय पुराण भी उसे 'हिमाचल संस्थिता' कहता है। हिमाचल में द्वीप कैसा? यह शंका निर्मूल है क्योंकि देवी का यह वृत्तान्त दूसरे मन्वन्तर स्वारोचिष का है। तब हिमाचल में समुद्र था। उसी के बीच दो-तीन द्वीप थे।

(द्रष्टव्य - जियोलोजी ऑफ़ इण्डिया - डी.एन. वाडिया तथा सेण्ट्रल हिमालयाज़ - ले. आर्नोल्ड हाइम ए. गैन्सॅर)

पर्वत पर कैसा द्वीप? इसी शंका से संभवतः कुछ लोगों ने जापान को मणिद्वीप और अण्डमान को अणुमणिद्वीप माना है, जो प्रमाण-पुष्ट नहीं है। वस्तुतः हिमालय समुद्र-गर्भ से ही उद्‌भूत हुआ है। जलमध्य समायी पर्वतश्रेणियाँ भूकम्पादि कारणों से उभर आयीं। पानी का प्रवाह मन्द पड़ा। समुद्र का कचरा इकट्‌ठा हुआ जिससे विचित्र प्राणी पैदा हुए। विलक्षण वनस्पति एवं विशाल भूधर अस्तित्व में आ गये। मधु-कैटभ दैत्यों को विष्णु के कानों की मैल से उपजा माना जाता है। विष्णु जल का दूसरा नाम है। वह केशव है अर्थात् जल में सोने वाला देव है। समुद्र के एक कोने (कर्ण) से पैदा दैत्य विष्णु कर्ण-मलोद्‌भूत कहे गये। पहली लड़ाई दैत्यों और देवों के बीच तभी शुरू होती है। मधु-कैटभ ब्रह्मादि देवताओं को सताते हैं। रक्षक विष्णु जल-मध्य शेष का आधार लेकर सोये पड़े हैं। तब निद्राधिष्ठात्री देवी-देवताओं द्वारा स्तुति किये जाने पर विष्णु को उठाती है। जब लड़ते-लड़ते विष्णु थक गये और दैत्य नहीं मरे, तब देवी महामाया दैत्यों की बुद्धि का ह्रास करती है और विष्णु द्वारा उन्हें मरवाती है। निष्कर्ष यह है कि हिमालय के स्थान पर पहले जल था। बीच बीच में धरती के उभर आने से मणिद्वीप, श्वेतद्वीप आदि भूभागों की सृष्टि हुई (द्रष्टव्य - जियोलोजी ऑफ़ इण्डिया - डी.एन. वाडिया, पृ. 170)

मणिद्वीप की शासिका देवी की उत्पत्ति, उसके स्वरूप आदि के विषय में शास्त्रीय तथा कल्पित निम्नलिखित बातें ज्ञातव्य हैं—

1. ऋग्वेद के दशम मण्डल के एक सौ सत्ताइसवें सूक्त के एक से आठ मन्त्रों में देवी को चित् शक्ति स्वरूप रात के रूप में छाई हुई दिखाया है। सारा विश्व सृष्टि से पहले उसी अन्धकार में विलीन है।

2. देवी पुराण में उसे ब्रह्ममाया स्वरूप रात्रि की अधिष्ठात्री कहा गया है।

3. तन्त्रोक्त रात्रिसूक्त में उसे विश्व को पैदा करने, पालने तथा मिटाने वाली अतुल पराक्रमी विष्णु की 'नींद' कहा गया है। ब्रह्मा उसे प्रकृति कहते हैं। जो भी दृश्यादृश्य जगत् है, उसकी शक्ति के रूप में वे इस सूक्त में देवी के स्वरूप को दिखाते हैं।

4. अथर्ववेद में देवी स्वयं अपने स्वरूप को स्पष्ट करते हुए कहती है— 'मैं ब्रह्मरूपिणी हूँ। प्रकृति और पुरुष मुझ से ही उत्पन्न हुए। सदसत् (शून्याशून्य) मेरी उपज है।'

मार्कण्डेय पुराणान्तर्गत दुर्गा सप्तशती पंचम अध्याय में उसे

'या देवी सर्वभूतेषु चेतनेत्यभिधीयते।

नमस्तस्यै, नमस्तस्यै, नमस्तस्यै नमो नमः।' कहकर समस्त प्राणियों की चेतना माना गया है।

5. प्राधानिक रहस्य में उसे 'सर्वस्याद्या' कहा गया है। उसके अनेक अवतार गिनाये गये हैं।

देवी के जो अवतार तथा नाम गिनाये गये हैं, उनमें शक्ति और मातृरूप विशेषतः विचारणीय हैं क्योंकि हर अवतार में वह सशक्त माँ देखी जाती है। देवी की स्तुति करते हुए देवता प्रश्न द्वारा उसकी महत्ता दिखाते हैं—

दृष्ट्वैव किं न भवती प्रकरोति भस्म?

आप शत्रुओं को वक्रदृष्टि से देखकर ही भस्म क्यों नहीं करती हैं? स्वयं खोजकर उत्तर देते हैं कि युद्ध में शस्त्र से कटकर निष्पाप होकर वे स्वर्ग-लाभ करें, इस विचार से तुम उन्हें मारती हो। तो देवी का यह रूप ही क्या सर्वत्र देखा गया है? निश्चित रूप से शत्रुओं का संहार कर वह खुश नहीं होती है। महिषासुर के मरने पर वह विशेष रूप से विषण्ण देखी जाती है। वह मदिरापान क्यों करती है? इसलिए कि रक्तबीज के रक्त को जो पीना था। उसके रक्त की एक-एक बूँद से एक-एक असुर पैदा हो रहा था। चामुण्डा को आदेश देती है-'अम्बिके, विस्तीर्णं वदनं कुरु' (दुर्गा सप्तशती) मुँह फैलाओ। मैं काटूँगी उसे, तू (चामुण्डा) उसके खून को पीती रह। तभी दैत्य का नाश होगा। परन्तु युद्ध जीत लेने पर अपने असुर-पुत्रों के विनाश पर वह प्रसन्न नहीं होती। उसका मातृत्व उसे खेद से भर देता है। मैंने देवी के इसी भाव को प्रकट करने के लिए उसके मदिरापान को उचित एवं विवशता-भरा दिखाया है। काव्य में सोचती दिखाई देती है कि वह पागलपन उसमें कैसे नाच करे कि माँ होते हुए भी उससे पुत्रों का संहार किया जा सके। फलतः वह

मधुपान करेगी। शान्ति के समय वह रक्तपान तथा मदिरापान की निन्दा करती है।

पौराणिक परिवेश में देवी की छवि हृदयस्थ करने के बाद मुझे काव्योपयोगिनी वीर माँ को चित्रित करने का अवसर मिल गया। वह शक्ति है अर्थात् शक्तिपुंज है। वह सुन्दरी है, शुम्भ उसे स्त्रीरत्न मानकर उससे शादी करना चाहता है। देवी उस त्रिलोकजयी शुम्भ को अकिञ्चन मानकर प्रस्ताव को इस शर्त पर मान लेती है कि लड़ाई में यदि वह उसे हरा दे तो वह शादी कर लेगी। कहाँ कोमलांगी अकेली रमणी, कहाँ वीर-शिरोमणि शुम्भ! शेर का बच्चा है क्या? जो मदस्रावी गजराज पर झपटना चाहता है। पर जो हुआ, उससे दैत्यों के छक्के छूट गये। ख्यात वृत्त में भले ही वह जादुई खेल लगे। मैंने उस वृत्तान्त को सम्भाव्यता की तराजू पर तोल कर सत्य की ओर झुकाने का प्रयत्न किया है। कहाँ तक सफलता मिली है, यह पाठक निश्चित करेंगे।

शुम्भ देवी से कहता है कि वह दूसरों के बल पर लड़ रही है। उसे बहुत-सी देव-शक्तियाँ लड़ती दिखाई दे रही हैं। इस पर सारी शक्तियाँ मुख्य देवी में समाविष्ट हो जाती हैं और वह शुम्भ से कहती है—

एकैवाहं जगत्यत्र द्वितीया का ममापरा।
पश्यैता दुष्ट मय्येव विशन्ति मद्विभूतयः॥

(मैं अकेली हूँ। यहाँ दूसरी कौन है? दुष्ट, ये सारी मेरी विभूतियाँ मुझमें प्रवेश कर रही हैं।) यह एक वैज्ञानिक तथा योगसिद्ध चमत्कार था कि पंचतत्त्वों की तन्मात्रात्मक स्थिति में आकार का विलयन दिखा दिया। रूप मुख्यतः पृथ्वी तत्त्व से निष्पन्न होता है। शेष तत्त्वों में उत्तरोत्तर रूप सूक्ष्म से सूक्ष्मतर होता हुआ आकाश में विलुप्त हो जाता है। केवल उसका गुण (तन्मात्रा) शब्द शेष रहता है। क्षिति-जल-पावक-समीर-गगन की तन्मात्रायें हैं— गन्ध-रस-रूप -स्पर्श तथा शब्द। ये अच्छेद्य, अक्लेद्य, अदाह्य एवं अवध्य हैं। अणिमा (छोटे-से-छोटा बन जाना), महिमा (बड़े से बड़ा बन जाना) आदि सिद्धियाँ तथा कोशिकाओं से नये रूप धारण करना उस समय प्रायः थोड़ा-बहुत सबको आता रहा होगा कि महिषासुर कभी आदमी

कभी भैंसा कभी कुछ और बन जाता था। देवी की कोशिका से देखते-देखते कौशिकी पैदा हुई। आँखों में पार्वती का काला रंग बदला कि वह भयानक कालिका बनी। मैंने देवियों के गले में एक बीज लटका दिया है जिसे मुँह के भीतर रखते ही वे अदृश्य हो जाती हैं। फलतः हाथ नहीं दिखाई देता। शत्रु के सिर पर पड़ती हुई तलवार ही दिखाई पड़ती है। शत्रुओं को नोचती हुई रंग-बिरंगी तितलियों तथा देवगणों के वाहनों की सेना की आवाजाही रोबोटों की सेना की तरह निर्भीक चल रही होती है। देववाहिनी के लिए सिद्धिप्रद बने हैं पलायन करने वाले घर के चूहे।

दैत्य अचम्भित हैं देवी से प्रेरणा प्राप्त करने से पहले के भगौड़े देवों की लड़ती हुई सेना को देखकर। शक्तिशालिनी देवी की फटकार देवताओं में जान फूँक देती है। जहाँ शक्ति वहाँ विजय! शक्ति का विवाह सामर्थ्य से होगा तो विजय बेटे का जन्म भी होगा ही। निर्बल का कोई नहीं। सबलता लिङ्गनिरपेक्ष होती हैं। उपदेश तथा शासन शक्ति का चलता है। राष्ट्रों का उत्थान-पतन का इतिहास शक्ति के उत्थान और अवसान का इतिहास है। देवी-चरित्र से मेरा यह कथ्य भी प्रकट हुआ है इस काव्य में। इस तरह शक्तिविजय काव्य देवी- विजय की कथा को ही नहीं, पराक्रम के महत्त्व को दिखाने वाला रूपक काव्य बन जाता है।

आधार ग्रन्थों में देवी शुम्भ की खिल्ली उड़ाने के लिए यह तो कहती है कि जो मुझे युद्ध में हरायेगा, उससे विवाह करूँगी, परन्तु वह कहीं भी शुम्भ के प्रस्ताव को स्वीकार करने को तैयार नहीं। मुझे कौतूहल को चरमावस्था पर ले जाने के लिए देवी को शुम्भ के शिविर भेजना पड़ा और प्रस्ताव पर विचार करने को उद्यत दिखाना पड़ा जिससे कुछ समय देवताओं की घिग्घी बँध गई। नारी की सार्वभौम सत्ता की स्वीकृति तथा उसके शुभाशुभ रूपों को दिखाने के लिए मुझे शुक्राचार्य की उपस्थिति करनी पड़ी है। दैत्य-गुरु तक देवी के मातृ- रूप के महत्त्व को खुले दिल से स्वीकारते हैं, परन्तु उसके प्रेयसी रूप की सराहना करने में अपनी कृपणता को नहीं छिपा पाते। उसका वासनापरक उपयोग करने की निन्दा करते वे

अघाते नहीं। गुरु की फटकार इसी बात को लेकर शुम्भ के लिए कँटीली चुभन बन जाती है जिसकी परवाह न करता हुआ वह अपने अंत समय तक भी उसकी वेदना से ग्रस्त रहता है।

अंतिम कथांश के नायक-नायिका मनु-दम्पति से प्रारम्भ में ही पाठकों की भेंट करवा कर मैंने छः मन्वन्तरों के विशाल अन्तरालस्थ वस्तु की छिपी लम्बाई की, जिसमें सुरथ के देवी-वरदान प्राप्ति तथा मनु बनने के रूप में उसके फलीभूत होने का दीर्घ समय समाहित हैं, अरुन्तुदता को कम से कम करने का प्रयत्न किया है। प्रारम्भ में मनु, अन्त में भी मनु, फिर भी वह काव्य में पीठमर्द नायक ही बन पाया है। वह देवी की वरदान-शक्ति का उद्‌भावक है।

'शक्ति-विजयम्' के कथानक का कङ्काल मूलतः देवीभागवत तथा मार्कण्डेय पुराण से लिया गया है। इसमें स्वारोचिष मन्वन्तर में पैदा हुए महाराज सुरथ के राज्य के कोलाविध्वंसियों द्वारा हड़पने पर उसके वन जाने, वहाँ समाधि नामक वैश्य के मिलने तथा मेधा ऋषि की शरण जाकर देवी-वृत्तान्त सुनने एवं उनसे देवीशरण जाने के लिए सुझाव मिलने पर वन जाकर तपस्या करने तथा देवी से यह वर प्राप्त करने पर कि राजा सुरथ अपने राज्य को पुनः प्राप्त करेगा और सूर्य-पुत्र के रूप में जन्म लेकर आठवाँ मनु बनेगा, वस्तु समाप्त हो जाती है।

स्वारोचिष मन्वन्तर दूसरा मन्वन्तर है। आजकल वैवस्वत नामक सातवाँ मन्वन्तर है। एक मनु का काल 12000 देववर्षों अर्थात् 432000 मानववर्षों का होता है। यह काल ब्रह्मा का 1/14 दिन के बराबर होता है। 14 मन्वन्तरों के बाद अर्थात् 71 महायुगों के बीतने पर ब्रह्मा का एक दिन माना जाता है। विवस्वान् अर्थात् सूर्य की दो पत्नियाँ थीं – सरण्यू या संज्ञा तथा छाया। सरण्यू की दो सन्तानें-- यम, यमी रहीं। छाया की तीन सन्तानें थीं। दो पुत्र– सावर्णि, शनि तथा एक पुत्री- तपती। भागवत में वडवा को भी पत्नी माना गया है और किन्हीं के कथनानुसार उसका भी एक पुत्र रहा। नाम था श्राद्धदेव।

तृतीयां वडवामेके तासां संज्ञा-सुतास्त्रयः।
यमो यमी श्राद्धदेवश्छायायाश्च सुताञ्छृणु॥

(तीसरी पत्नी को भी कुछ लोग मानते हैं। वह वडवा (घोड़ी) थी। उन तीनों स्त्रियों की सन्तानें इस तरह थीं। संज्ञा या सरण्यू की सन्तानें– यम, यमी, श्राद्धदेव। छाया की सन्तानों के नाम सुनो)

श्रीमद्भागवत 12.13.9

ऋग्वेद के अनुसार सरण्यू ही घोड़ी बन जाती है और उसके दो नासत्य नामक पुत्र होते हैं जिन्हें अश्विनी-कुमार भी कहा जाता है। यदि श्राद्धदेव को जिसे कोई-कोई ही सरण्यू की सन्तान मानते हैं, विवस्वान् का पुत्र माने जाने के कारण सातवाँ वैवस्वत मनु मानें तो उसी का समकालीन भाई सावर्णि आठवाँ मनु कैसे हो सकता है? मन्वन्तर तो 432000 वर्षों के बाद बदलता है। (कुछ लोग बदलाव 4320000 वर्ष के बाद मानते हैं।) कोशकारों ने श्राद्धदेव का अर्थ श्राद्धों का देवता यम लिया है, किन्तु यम को कहीं भी मनु नहीं माना गया है। वस्तुतः छाया या सवर्णा का पुत्र सावर्णि ही सातवाँ मनु है। पिता विवस्वान् का पुत्र होने के कारण वह वैवस्वत भी है। वह सर्वसमर्थ शाखा बनाने वाला मनु है। उसकी माँ सौत सरण्यू की हूबहू प्रतिकृति होने के कारण छाया या सवर्णा कहलाई। सवर्णा का पुत्र सावर्णि हुआ। इस तथ्य को भुलाकर वैवस्वत से भिन्न उसे आठवाँ मनु मान लिया होगा, किन्तु सावर्णि भी पिता के नाम पर उसी तरह वैवस्वत है जैसे श्राद्धदेव। वैवस्वत सावर्णि को ही सातवाँ मनु मानना इसलिए भी ठीक है कि मन्वन्तर 14 ही होते हैं। यदि सातवाँ और आठवाँ मनु भिन्न-भिन्न होगा तो फिर 15 मनु बन जाते हैं। इससे बचने के लिए ही सम्भवतः भागवत में जितेन्द्रिय और रौच्य देव सावर्णि को एक ही जितेन्द्रिय रौच्य देव सावर्णि मनु मान लिया गया और वैवस्वत सावर्णि को जो पिता के नाम से वैवस्वत और माँ के नाम से सावर्णि एक ही मनु था, अलग-अलग मनु मान लिया गया। सुरथ के आठवें मनु बनने की बात मुझे प्रक्षिप्त लगती है।

स्वारोचिष मन्वन्तर अर्थात् दूसरे मन्वन्तर में देवीभक्त सुरथ को वरदान मिला मनु बनने का, वह फलीभूत हुआ 30240000 वर्षों बाद? माना यही ठीक हो, पर सातवें मन्वन्तर में लिखे गये मार्कण्डेय पुराण में देवी की महिमा दिखाने के लिए इस समय के पाठक को ऋषि

4320000 वर्ष बाद आने वाले प्रलोभन को दिखाकर कैसे अपने पुराण का इष्ट-साधन कर पायेंगे?

इसलिए मैं इस निष्कर्ष पर पहुँचा हूँ कि इस समय का मनु वैवस्वत सातवाँ मनु है। वही सावर्णि है। इसी समय आठवाँ मन्वन्तर भी नहीं माना जा सकता क्योंकि युग तो यह अट्ठाइसवाँ माना जाता है जिसके अनुसार मनु सातवाँ ही होना चाहिए। उसी का वृत्तान्त काव्य में औचित्य की सिद्धि करता है। यदि ऐसा न भी हो तो भी मेरे इस मिश्रकथात्मक काव्य में सातवें मन्वन्तर का वैवस्वत मनु ही वर्णित है। काव्यौचित्य उसी के पक्ष में ठहरता है।

'शक्ति-विजयम्' के बारहवें सर्ग में देवी राजा सुरथ अर्थात् होने वाले मनु को सम्बोधित करते हुए कहती है कि कलियुग में राजनीति कलुषित हो जायेगी। कोई भी तन्त्र शुद्ध एवं सफल नहीं होगा। फलतः उसे विश्व-सरकार की स्थापना के लिए प्रयत्न करना होगा, अन्यथा, अनेक तरह के विनाशकारी शस्त्रास्त्र तैयार होंगे और राष्ट्र राष्ट्र ही नहीं टकरायेंगे, अपितु राष्ट्र के भीतर ही आतङ्कवादियों से आये दिन हिंसाएँ तथा उपद्रवों के कारण सरकार की मुसीबतें बढ़ती जायेंगी। विश्वशान्ति भंग हो जायेगी। इसका एकमात्र हल होगा विश्व-सरकार का शासन जो अलगाववादियों को गतिहीन कर देगा।

जब भ्रष्टाचार का बोलबाला हो, नैतिक मूल्यों के ह्रास हो जाने से किसी भी ढंग से धन-संचय करने में लोग हिचकें नहीं, चोर बाजारी ही सर्वत्र छा जाये, ऐसे में देवी द्वारा जो सुझाव दिया गया है वह सर्वथा संगत है कि मुद्रा विश्व-सरकार द्वारा अविलम्ब एक बार ही सारे विश्व में बन्द कर दी जाये और वस्तु-विनिमय से काम चलाया जाये। सर्वत्र सरकारी व्यवसाय-केन्द्र हों। निजी व्यापार बन्द कर दिया जाये। सबको– रुग्णों, बूढ़ों और बच्चों को छोड़कर– अनिवार्य तथा उत्पादक कामों पर लगाया जाये। आवश्यक वस्तुओं एवं भोजन सामग्री के वितरण के तीन विभाग हों। एक– सामान्य, दूसरा – विशिष्ट कर्म की अपेक्षा से विशेष तरह के खाद्यान्न, निवास तथा वस्तुओं वाला, तीसरा– रुग्ण, वृद्ध तथा बच्चों के लिए उपयोगी स्थान भोजनादि युक्त। सारे विश्व की माँग के अनुसार उत्पादन हो।

कहीं भी निजी भण्डारण को प्रोत्साहन न मिले।

अर्थशास्त्री और राजनीति-विशारद चिढ़कर मुझसे कह सकते हैं कि तुम अपनी कविता करो और विहार करो अपनी कल्पना में। दूसरों के क्षेत्रों पर अपनी टाँग क्यों अड़ाते हो? पर, प्रथम एक विचार उपस्थित करना तो अन्यान्य शास्त्रज्ञों तथा वैज्ञानिकों में भी देखा जाता है। कवि के विचार को कल्पना कह दिया जाता है। कभी उसका स्वप्न भी साकार हो सकता है। विश्व में जिन्होंने कुछ नया कर दिखाया है, वे प्रारम्भ में स्वप्न-द्रष्टा ही रहे।

वैयक्तिक स्तर पर सब परस्पर प्रेमपूर्वक रहें। ईर्ष्या नहीं, स्पर्धा रहे। खेल, कला-प्रदर्शन, विज्ञान-मेले, पुरस्कार, सम्मान-दान आदि द्वारा कुछ अधिक कर दिखाने का भाव विद्यमान रहे। विवाह ऋषिप्रणीत नियमानुसार हों। संकरता को अभिशाप समझ कर उससे समाज को बचाया जाये। जब तक वर्णाश्रमों की पुनर्व्यवस्था न हो, तब तक अनवस्था को रोकने के लिए प्रतिलोम विवाहों पर रोक लगाना आवश्यक है।

आकस्मिक संकटों और विपत्तियों को झेलने के लिए भगवान् के भरोसे को दवा समझ कर पूरी निष्ठा और शक्ति के साथ निराकरण किया जाये तो विश्वास रखने पर वे हल्की अवश्य लगती हैं। आस्तिक इसे भगवत्कृपा मानते हैं, नास्तिक मनोगत चमत्कार।

कई सालों से यह विचार मेरे मस्तिष्क में चक्कर मारता रहा कि देवी को मुख्य चरित्र मानकर कुछ लिखा जाये। दुर्गासप्तशती का हिन्दी पद्य-रूपान्तर 'दुर्गाचरित' लिखा भी, किन्तु मन नहीं भरा। मेरे दामाद डॉ. लीलाधर पन्त ने मौलिक काव्य लिखने की बात की। जो मन को भाई, परन्तु नाटक और कविता (गीतिका) लिखने में उलझ गया। दो वर्ष पूर्व देवीकाव्य लिखने की प्रेरणा इस तरह मुझ पर हावी हो गई कि मैं सोचने लगा यदि देवी विषयक मौलिक काव्य न लिखा गया तो मैं जीवित नहीं रहूँगा। इन दो वर्षों में विघ्न बाधायें आती रहीं। लेखन-कार्य रुकता रहा। अन्त में इस वर्ष यह सम्पन्न हो ही गया। इस कार्य को सम्पन्न करने में जिन विद्वानों ने प्रेरणा, सुझाव दिये तथा मार्गदर्शन करवाया, वे हैं डॉ. शिवप्रसाद भारद्वाज, डॉ. शशिधर शर्मा, डॉ. देवीदत्त शर्मा।

कहा जाता है कि दूर के ढोल सुहावने लगते हैं। मुझे तो अनुभव हुआ कि यदि ढोल सुहावने हों तो क्या दूर क्या समीप, वे सुहावने ही होते हैं। बशर्ते कानों में ईर्ष्या की मैल न भरी हो।

ये तीनों विद्वान् मेरे चिर-परिचित तथा जन्मना उत्तराखण्डीय हैं। जहाँ का जन्मना मैं भी हूँ। डॉ. शशिधर जी को मैं ऋषि रूप में देखता हूँ; सतोगुण मूर्तिमान, प्राचीन, नवीन सर्वतोमुख विद्वत्ता चरणदासी। डॉ. शिवप्रसाद भारद्वाज, पारंगत विद्वत्ता, व्याकरण और साहित्य में चोटी पर विराजमान। वृद्धावस्था के कारण शरीर झुक गया। बाह्य सौन्दर्य नाम की अब कोई चीज़ नहीं, परन्तु हृदय का लालित्य अब भी निरन्तर बढ़ रहा है। ऐसा सरल और उदार हृदय कोई विरला ही होता है। उन्होंने मेरे काव्य का पुरोवाक् लिखा है। डॉ. देवीदत्त मेरे सतीर्थ्य भी रहे। ऐसा परिश्रमी व्यक्तित्व कि सरस्वती की साधना में आँखें निरन्तर छोटी होती हुई अब हँसने पर रेखा-मात्र रह जाती हैं। मैं इनका कृतज्ञ हूँ। इनके अतिरिक्त मैं विश्वविख्यात विद्वान् डॉ. सत्यव्रत जी का अत्यधिक कृतज्ञ हूँ जिन्होंने अंग्रेजी में इस काव्य की भूमिका लिखने की कृपा की। अपनी शुभ समाशंसा से मुझे कृतार्थ करने वाले डॉ. राधावल्लभ त्रिपाठी को भी हार्दिक धन्यवादों से अपनी श्रद्धा अर्पित करता हूँ। राष्ट्रभाषा के विशिष्टाधिकारी डॉ. सुरेन्द्र शर्मा तथा मेरे प्रिय मित्र डॉ. एस.एन. शर्मा द्वारा प्राप्त सहयोग के लिए आभारी हूँ।

जिन्होंने इस काव्य को टाइप करवाने, अशुद्धियों को ठीक करने तथा व्यवस्थित ढंग से छपवाने में काम किया है वे हैं मेरी बेटियाँ – डॉ. सुधा, डॉ. ज्योति, डॉ. दिव्या। मेरे बेटे-बहुओं और दामादों ने भी यथासमय सहयोग दिया। उन्हें आशीर्वचनों का पुरस्कार प्रदान करता हूँ। प्रकाशक श्री जे.पी. जैन भी धन्यवादार्ह हैं।

चला हूँ तो अवस्थाधिक्य होने से भुलावे के गर्तों में फिसला भी हूँगा ही; अतः स्खलनों पर हँसें नहीं, सुझाने की कृपा करें; ताकि अगले संस्करण में सीधे रास्ते पर चलकर काव्य को स्खलनों से मुक्त कर सकूँ।

1292 सैक्टर 15, पंचकूला (हरियाणा) 134113

विद्वत्कृपाकाङ्क्षी
मथुरादत्त पाण्डेय

शक्ति-विजयम्

शक्तिमाहात्म्यम्

(शक्ति की महिमा)

शक्तिरस्ति भूगगनचारिणी
साधुराधिता कामपूरणी।
विद्युददीप्तिः शौर्यशालिनी
परात्परा सा हृन्निवासिनी ॥1॥

शक्ति धरती और आकाश में विचरण करती है। सर्वत्र उसका प्रभाव है। उसकी अच्छी प्रकार आराधना की जाय तो वह कामनायें पूर्ण करती है। उसमें बिजली की चमक है, वह पराक्रमी है। वह परात्पर बड़े से बड़ी होकर भी हृदय में वास करती है।

शक्तिर्जयत्याहव आर्यसंस्था शक्तिर्जयत्येव कवीष्टवाक्ये
विद्युद्विलासेऽप्सु च भाति शक्ति झंझाप्रवाते विधुनोति शक्तिः ॥2॥

श्रेष्ठ लोगों के पास रहने वाली शक्ति युद्ध जीत लेती है। कवियों की वाणी में काव्य-शक्ति की जय होती है। बिजली के दमकने और पानी के प्रवाह में शक्ति सुशोभित रहती है। तूफानी हवा में शक्ति झकझोर कर रख देती है।

सृष्टेश्च मूलेऽस्त्यणुशक्तिरेका स्फोटो यदीयो दिवि जायतेऽद्धा
तस्मात्समीरोऽथ ततोऽनलापो जाता धरित्री तदनन्तरं वै ॥3॥

सृष्टि के आरम्भ में अणु-शक्ति विद्यमान रही, जिससे अन्तरिक्ष में धमाका हुआ। उससे वायु, आग और पानी हुए। तब धरती हुई।

यस्यास्ति शक्तिः स जनोऽत्र शिष्टः शिष्टस्तथैवात्र मतो विशिष्टः
यः स्याद्विशिष्टः स तु शास्ति विश्वं शक्तेः शरण्यस्त्वभितो वरेण्यः ॥4॥

जिसके पास शक्ति है, वह सभ्य है। जो सभ्य है, वही महान् है। जो महान् है, वही विश्व पर शासन करता है। जो शक्ति की शरण में है, वही हर तरह श्रेष्ठ है।

विश्वे समस्तेऽखिलयोनिजाताः शक्तिं भजन्तेऽत्र नमन्ति शक्तिम्
सृष्टेश्च पूर्वं जननी बलिष्ठा शक्तिस्वरूपा तत एव वन्द्या ॥5॥

सारे विश्व में सब प्राणी शक्ति की उपासना करते और उसके सामने झुक जाते हैं। सृष्टि के प्रारम्भ में शक्तिस्वरूप माँ सबसे अधिक बलवती थी, इसीलिए वह सर्वत्र पूजी गई।

विद्या यशो दिव्यगुणाः श्रियश्च तिष्ठन्ति तेऽमी नृवरस्य तावत्
यावत्स्फुरेत्तस्य ललाटपट्टे तेजः परं सर्वजनाभिभावि ॥6॥

विद्या, यश, उत्तम गुण तथा लक्ष्मी (धन-दौलत) तभी तक श्रेष्ठ व्यक्ति के पास रहते हैं जब तक कि माथे पर सब लोगों को प्रभावित करने वाला तेज विद्यमान रहता है।

ओजस्विनं भव्यजनाः स्तुवन्ति क्लीबं परं ते भृशमाक्षिपन्ति
व्यक्तेरशक्तेस्तु विभूतयोऽपि भवन्ति हा हा उपहासमूलम् ॥7॥

तेजस्वी व्यक्ति की अच्छे लोग प्रशंसा करते हैं। वे ही निर्बल व्यक्ति की निन्दा करते हैं। हाय! निर्बल व्यक्ति के गुण-वैभव भी उसकी मज़ाक का कारण बन जाते हैं।

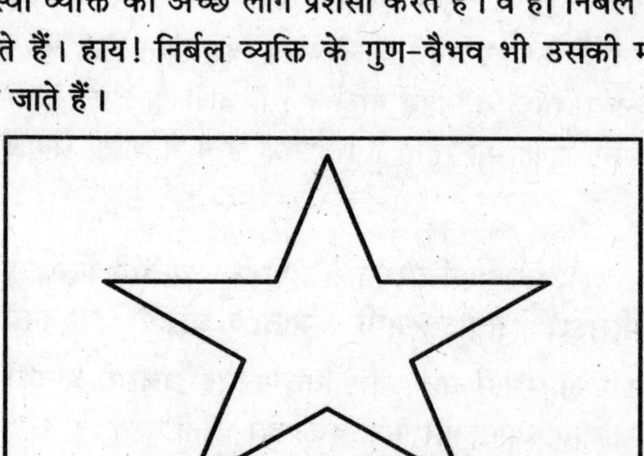

प्रथमः सर्गः

पुरातने याति परत्र चापि मन्वन्तरे त्वायति सव्यवस्थम्
नैमित्तिकः प्राप लयः क्रमेण युगान्तकाले नियतेर्नियोगात् ॥1 ॥

पूर्ववर्ती मन्वन्तर के बीतने और परवर्ती मन्वन्तर के अच्छी तरह स्थापित होने के बीच युग के अन्त में प्रकृति के नियमानुसार कारण को लेकर होने वाला प्रलय हुआ।

स्वर्लोकलोपे किल देवजाति र्याता विलोपं सहसाखिलैव
भूमेर्लयेऽथ ग्रहतारकादि ज्योतिर्गणोऽभूत् स्मृतिमात्रशेषः ॥2 ॥

स्वर्ग के लुप्त होने पर सारी देव-जाति भी सहसा विलुप्त हो गई। भूमि के लीन हो जाने पर ग्रह-तारादिक प्रकाश-पिण्डों की केवल यादगार शेष रह गई।

लीनं क्रमेण प्रकृतौ निजायां व्योमादिसर्वं किल भूतजातम्
सृष्टिर्बभूवाम्बुधिमात्रशिष्टा निगीर्य भूमिं सह जीवसंघैः ॥3 ॥

आकाश आदि प्रकृति तथा सकल भौतिक जगत् के अपने ही में लय होने और सारे प्राणियों के साथ धरती के विलीन होने पर अब सृष्टि केवल समुद्र रूप में शेष रह गई।

चैत्रान्वये योऽजनि पूर्वदेहे स्वारोचिषीयः सुरथो नृपालः
सुदीर्घकालान्तरप्राप्तजन्मा वैवस्वताख्यः स मनु र्बभूव ॥4 ॥

स्वरोचिष मन्वन्तर में चैत्रवंशीय पूर्वजन्म का राजा सुरथ लम्बे समय के बाद पुनर्जन्म लेकर पीछे वैवस्वत मनु कहलाया।

संवर्धितः साधु विवस्वता स व्युत्क्रम्य पौगण्डवयो-विलासान्
श्री-प्रीति-धीत्यादिभिराश्रितोऽथ तारुण्यशोभां क्रमशश्चुचुम्ब ॥5 ॥

सूर्य द्वारा पाले गये उसने बाल्यावस्था की आनन्दक्रीड़ाओं को पार कर क्रमशः सौन्दर्य, धैर्य, प्रेम आदि से युक्त होते हुए युवावस्था में प्रवेश किया।

चित्राकृतिं दारुवरत्रनद्धं स पोतमारुह्य वनस्पतीनाम्
बीजानि गृह्णन्नथ जीवराशेरोघेन संप्रापित उत्तराशाम् ॥6॥

रस्सी से लकड़ियाँ बाँध कर बनी विचित्र नाव में वनस्पतियों और जीवों के बीजों को लेकर बैठे हुए उसे जल की बाढ़ ने उत्तर दिशा में पहुँचा दिया।

तत्र प्लवाम्भोऽनभिभूतशृङ्गे गिरेस्तदासाववरुह्य नावः
पश्यन्नवाक् भीममुदप्रवाहं स्मृतिद्वितीयः समयं निनाय ॥7॥

वहाँ बाढ़ के प्रभाव से मुक्त पहाड़ की चोटी पर नाव से उतरा और भयानक बाढ़ के प्रवाह को देखता हुआ गत जीवन की याद में समय बिताने लगा।

शान्ते ततो हि प्रलयप्रभावे वारां निधौ याति च निम्नभावम्
चिरं निमज्ज्य क्षतगात्रयष्टिर्जाता सुलक्ष्या हि शनैः शनैर्भूः ॥8॥

प्रलय का प्रभाव ढीला पड़ने तथा समुद्र की सीमा घटने पर लंबे समय तक डूबी होने के कारण टूटी-फूटी धरती धीरे-धीरे दिखाई देने लगी।

स्मृत्वा तु खिन्नेव लयत्रियामां व्यादाय वक्त्रं ननु जृम्भमाणा
स्त्री-पुंसमूहाञ्जडचेतनानां विकासहेतोः सुषुवे तदा सा ॥9॥

प्रलय की रात को यादकर बेचैन बनी धरती ने मुँह से जँभाई-सी ली और सृष्टि के विकास के लिए जड़-चेतन नर-मादाओं को पैदा किया।

एको बहुः स्यामिति सूनृता वाक् कस्यापि भूतानि पुनः सिसृक्षोः
शक्तिं निजां नैकविधां स्वरूपे लयावसाने पुनराजुहाव ॥10॥

प्राणियों को पुनः पैदा करने की इच्छा करने वाले किसी की 'मैं अकेला नाना रूपों में हो जाऊँ' इस मधुर वाणी ने प्रलय बीतने पर अपनी नाना रूप वाली शक्ति को फिर से बुला लिया।

पृथ्वी कृशाङ्गी सुषुवेऽल्पमेव स्वल्पीयसी भोक्तृततिर्यत स्तत्
उपेक्षिता रत्नततिर्विकीर्णा दृश्याऽप्यदृश्येव धरा-विभूतिः ॥11॥

दुबली-पतली पृथ्वी की उपज यद्यपि बहुत थोड़ी रही, पर भोग करने वालों की संख्या भी कम ही थी तो बिखरे हुए रत्नकण आदि धरती का धन सर्वथा दृश्य होते हुए भी अदृश्य की तरह उपेक्षित एवं अनदेखा-सा पड़ा रहा।

मनौ पुराणेऽवसित-प्रभावे जीवातवे जीवचतुष्टयस्य
शिश्लेष तां दिग्वसनां मयूखैः सृष्टौ नवायां प्रयतो विवस्वान्॥12॥

पुराने मन्वन्तर के प्रभावहीन होने पर चार तरह के प्राणियों केउद्भव के लिए नवीन सृष्टि में मन्द एवं धुले हुए सूर्य ने अपनी किरणों से निरावरण पृथ्वी का आलिङ्गन किया।

विलोक्य मर्यादितमम्बुराशिं क्ष्माञ्चापि भूयः प्रसवे प्रवृत्ताम्
निरस्य नैराश्यमथैकलोऽपि मनुस्तु सर्गे सरुचिर्बभूव॥13॥

जब देखा कि पानी उतर गया है और धरती उपजाने में लग गई है तो अकेले पड़े मनु की निराशा दूर हुई और वह भी नई सृष्टि में रुचि दिखाने लगा।

स्मरन् पुराचीनमदभ्रभोगं स्वजीवनं खिन्नमना भृशं सः
नमंस्तदा दैवगतिं गुहायां कस्याञ्चिदावासधियं चकार॥14॥

अपने पहले के बहुभोगी जीवन को बड़े दुख के साथ याद करते हुए उसने दैवगति के सामने घुटने टेक दिये और किसी एक गुफा में रहने का विचार बना लिया।

शीतः समीरः प्रसृतञ्च शस्यं भानोर्मयूखा भुवि तप्तकुण्डम्
कन्थैव वासः, धरणी च शय्या मनुस्तदावर्तत पूर्वमेवम्॥15॥

तब ठंडी हवा, बिखरे हुए अन्न, सूर्य की किरणों, गरम पानी के कुण्ड, पहनने को चीथड़ों और सोने के लिए भूमि का उपयोग कर मनु आरम्भिक जीवन व्यतीत करने लगा।

कालान्तरे विश्वमथो सिसृक्षौ विधौ पुनः स्वां प्रकृतिं प्रपन्नम्
भूयः प्रसारेण वनस्पतीनां भार्या पुनर्भूरिव भू रराज॥16॥

कालान्तर में अपनी प्राकृत अवस्था को प्राप्त विश्व की पुनः सृष्टि करने

की विधाता की इच्छा पर वनस्पतियों के पुनः प्रसारण से धरती दुबारा विवाह किये हुई पत्नी की तरह फिर से सुशोभित हो गई।

निर्माय मन्वालयमद्रिपादे वह्निं च लेभेऽरणिमन्थनात्सः
भूयः शिलोच्छान्नहविर्भिरादौ यज्ञेषु संतर्पयति स्म देवान् ॥17॥

मनु ने पहाड़ की तलहटी में अपना घर मन्वालय (हिमालय) बनाया और अरणिमन्थन से आग पैदा की। तब अन्न कणों को बीन कर फिर से यज्ञों में हविष्यान्न द्वारा देवताओं को तृप्त किया।

दृष्ट्वाथ यज्ञोत्थित-धूमलेखां कुतोन्वियं स्यादिति-तर्कयन्ती
शुक्लद्वितीयेन्दुसमा प्रदोषे योषाऽद्वितीया सहसाऽऽजगाम ॥18॥

यज्ञ से उठते हुए धुएँ को देखकर 'यह कहाँ से' ऐसा विचारती हुई शुक्लपक्ष की द्वितीया के क्षीण चन्द्रमा के समान पतली एक अद्वितीय (अद्‌भुत) सुन्दरी संध्या समय वहाँ आई।

''मुग्धा यथा मेषशिशुः सहायः प्रभासमाना नयनाभिरामा
याताप्ययातेव मनोविशन्ती पुष्पान्विता किंकलिका वदन्ती! ॥19॥

उसे देखकर मनु सोचता है – 'यह उसी तरह सरल एवं मोहक है जैसे पालतू मेमना। यह भव्य एवं आँखों को भाती है। जाती हुई भी नहीं जाती-सी मन में प्रवेश कर रही है। क्या यह फूलों वाली बोलती हुई कली है ?

प्रतीयतेऽसौ सुमनोलतैव कौशेयवर्णा मृदुलाल्पपत्रा
यस्याः सुमास्येऽलिरलीककेशः पिबत्यतृप्तः सुकृती मरन्दम् ॥20॥

यह बिल्कुल फूलों वाली लता लगती है, जिसका रंग रेशमी है और जो मुलायम और कम पत्तों वाली है। इसके पुष्प-जैसे मुख के ऊपर कम घने बाल उन पुण्यात्मा भौंरों के समान लगते हैं जो शहद लेते हुए तृप्त नहीं हो पा रहे हैं।

एकान्तखिन्नोऽभिलषेऽनयैतुं गतं न शोचाम्यधुना भविष्यत्
लगन्ति पुष्पाण्यरवो हृदिस्था नारी रुजामोषधिरुत्तमा किम् ?''21॥

मुझे अकेलापन काटने लगा है और मैं इसके साथ जाना चाहता हूँ। अब

मुझे अपने भूतकाल की सोच नहीं है। मैं अपना भविष्य बनाना चाहता हूँ। हृदय में बिंधे काँटे मुझे फूल लगने लगे हैं। क्या औरत रोगों की उत्तम दवा है?'

विचिन्तयन्नित्थमसौ समुत्कः पप्रच्छ तां नामगृहान्वयादि
"नारीति नाम्ना, जननी क्रियाख्या कामात्मजा-साह-गृहं हिमाद्रिः ॥22॥

इस तरह सोचते हुए मनु ने बड़ी उत्सुकता से उससे उसके नाम, घर, वंश आदि के विषय में पूछा, जिसका उत्तर देते हुए उसने कहा "मेरा नाम नारी है। क्रिया (काम करना) नाम की मेरी माँ है। मैं काम (प्यार के देवता) की पुत्री हूँ और मेरा घर बर्फीला पहाड़ है।

पुष्पेषु चम्पां, सरितासु गंगां, लज्जावतीं मुग्धलतासु मुग्धाम्
हंसीं तरत्पक्षिषु शुभ्रवर्णां जानीहि मां त्वं शतरूपनाम्नीम् ॥23॥

फूलों में मैं चम्पा, नदियों में गंगा, सीधी-सादी लताओं में मैं लाजवन्ती (छुई-मुई) हूँ, तैरते हुए पक्षियों में मैं सफ़ेद रंग की हंसिनी हूँ। इस तरह मुझे तुम सैकड़ों नाम-रूप वाली शतरूपा समझो।

नाम्ना यतोऽसौ मकरध्वजः श्रुतो मन्ये पिता मे मकरो महाभटः
मातापसु चैवाप्सरसः सरन्त्यः संघट्टितौ तौ प्रलयोर्मिभिश्च ॥24॥

चूँकि पिता का नाम मकरध्वज (काम) रहा, अतः उन्हें महाबली मत्स्य समझें। माँ पानी में तैर कर जाने वाली अप्सरा रही। ये दोनों प्रलय में लहरों की टक्कर खाते रहे।

आलोड्यमानं पुरुषाधिरूढं बद्धं स्वशृङ्गे प्लवमाटयन्तम्
शैलोऽप्सु सुप्तः पितरं जघान जाने न जातं रथिनस्ततः किम् ॥25॥

अपने मस्तक के सींग से बँधी डोलती हुई नाव को जिसमें एक पुरुष बैठा था, घुमाते हुए मेरे पिता पानी में डूबे हुए पहाड़ से टक्कर खाकर मर गये। पता नहीं कि नाव में बैठे हुए सवार का क्या हुआ।

माता क्व याता क्व पिता प्रनष्टः भीतैकला चापि विपद्गताहम्
उच्चावचेषूर्मिषु घूर्णमाना कथञ्चिदात्मानमरक्षमेवम् ॥26॥

माँ कहाँ गई? पिता का कहाँ विनाश हुआ? मैं विपत्ति में डूबी अकेली और डरी हुई ऊँची-नीची लहरों में चक्कर खाती हुई किसी तरह अपने को बचा पाई।

मृत्युञ्जयर्षेरुटजं श्रिता च तेनैव सम्यक् परिपालिताहम्
मत्वेव मामात्मभरां तु मायां जाने न कस्यां दिशि प्राव्रजत्सः ॥27॥

मैंने मृत्यु को जीतने वाले किसी ऋषि की झोंपड़ी में आश्रय पाया और उन्हीं से अच्छी तरह पाली गई। मुझे अब उन्होंने आत्मनिर्भर देखा तो मुझे माया समझकर वे न जाने कहाँ चले गये।

शान्तं जलं नैव भयावहं मे मीनानुषङ्गात्तरितुं नदीशे
दृष्ट्वा तु विष्वग् ग्रसमानमोघं कस्यासवः स्थातुमलं शरीरे!28॥

मछलियों के साथ रहने के कारण शान्त जल वाले समुद्र में तैरने में तो मुझे डर नहीं लगता है, किन्तु जब बाढ़ सब कुछ निगल रही हो, ऐसे में किसके प्राण शरीर में स्थिर रह सकते हैं?

यातेन्द्रलोके पितरि प्रनष्टे मातापि मन्येऽप्सरसां कुलेषु
सस्मार नैवात्मसुतामुषित्वा प्रीणाति कः कन्तु गतं परोक्षे॥29॥

पिता के न रहने पर – समझती हूँ – माँ भी इन्द्रलोक में जाकर अप्सराओं में जा मिली और वहाँ रहती हुई वह अपनी पुत्री को भूल गई। ठीक है – आँखों से ओझल होने पर कौन किससे प्यार करता है?

नद्यः स्रवच्छोणितवारिनाड्यो वीरुल्लताशीर्णशिरोजकाया
शैलाट्ट-संघातविकम्पितैषा चोद्घातिनी भूरवटै र्विरूपा॥30॥

नाड़ियों के समान नदियों में शोणित के समान पानी के प्रवाह से घास-पात तथा बेलों के रूप में अस्त-व्यस्त बालों वाली तथा ऊबड़-खाबड़ स्थानों एवं गड्ढों से भद्दी बनी धरती की काया पर्वत-शिखरों की टक्कर से काँपने लगी थी।

उत्ताल-निम्नीभवदूर्मिघातैः, शीतैःक्वचित्क्वापि च चण्डतप्तैः
कालो ममाङ्गानि निपीड्य यावत्प्राणानिवाचामितुकाम आसीत्॥31॥

कहीं ठण्डी और कहीं बहुत गरम उठती-गिरती लहरों की चोटों से काल ने अंगों को पेलकर जब आखिर मेरे प्राणों का आचमन करना चाहा....

शान्तोऽम्बुधिस्तावदभूच्च सौम्यो भानु र्दिशो निर्मलतां प्रयाताः
वारीणि निम्नानि, जिजीविषा मे सहैव भूम्या पुनरुन्ननाम ॥32॥

समुद्र शान्त हो गया, सूरज सह्य हो चला, दिशाएँ स्वच्छ हो गईं और पानी की उछाल हल्की हुई तो धरती के साथ मेरे जीने की आशा भी उभर आई।

वस्त्राण्यरण्यानि विदार्यचाङ्गादापो न जाने क्व जुगूहुरुर्व्याम्
सृष्टिं नवां कर्तुमना विधाता वासांसि बाधां मनुते स्म किन्नु ?33॥

जंगल रूपी वस्त्रों को फाड़कर पानी न जाने धरती में कहाँ समा गया! क्या विधाता नई सृष्टि की पैदाइश की चाह से कपड़ों को बाधक मानता रहा?

भूरुद्गता कम्पितगात्रयष्टि र्ह्रिया भिया चात्मनि संकुचन्ती
एकाकिनी गह्वरगेहखिन्ना खं सूचयन्ती बहिरागताहम् ॥34॥

क्षीण शरीर में कँपकँपी लेकर मैं डर और शरम के कारण अपने में ही डूबी जा रही थी और जब धरती दिखाई देने लगी तो गड्ढों और गुफा के जीवन से खिन्न निराश होकर मैं उसके बाहर आ गई।

दूरं गता वाप्यथ सन्निकर्षं दृष्टिर्लुलोके न जनं मदन्यम्
जान्वोरतोऽन्तस्तु निलीय वक्त्रं स्थितामकस्माद्दृषिरेक आह— ॥35॥

निकट या दूर मुझे अपने को छोड़कर और कोई दिखाई नहीं दिया, इसलिए घुटनों के बीच अपना मुँह छिपाकर बैठी मुझसे सहसा उपस्थित एक ऋषि ने कहा-

'भद्रे! कथं शोचसि भूतमित्थं जान्वोः समावेश्य मुखं स्वकीयम्
मन्वन्तरान्ते प्रलयः सुनिश्चितस्तस्मात्परं ते भविता प्रतिष्ठा ॥36॥

अरी! घुटनों के बीच अपना मुँह छिपाकर तुम इस तरह अपने बीते हुए समय को क्यों याद करती हो? मन्वन्तर के अन्त होने पर प्रलय तो आना ही था। इसके बाद तुम फिर प्रतिष्ठा प्राप्त करोगी।

कालं यथा त्वं नयसीत्थमत्र परोऽपि कश्चिद्गमयत्यशङ्कः
यो पूर्वजन्यां सुरथो नृपोऽभून्नाम्ना मनु र्जीवति साम्प्रतं सः ॥37॥'

जिस तरह यहाँ तुम समय बिता रही हो, कोई और भी निर्द्वन्द्व होकर समय काट रहा है। जो पहले जन्म में सुरथ नाम का राजा था, वही अब मनु नाम से जी रहा है।

सश्रद्धमस्मिन् मुखमुन्नमय्य ज्ञातुं परस्तात् प्रयते यदाहम्
"भूयोऽस्मि दृश्यः" स ऋषिर्गदित्वा बभूव तावत्तु दृशोरदृश्यः ॥38॥

इस पर श्रद्धापूर्वक मुँह उठाकर जैसे ही मैंने अच्छी तरह जानना चाहा था कि 'फिर मिलूँगा' यह कहकर वह ऋषि अदृश्य हो गया।

शिलोञ्छवृत्त्या वपुरावहामि जीवामि वारैव तथा कदाचित्
श्रद्धायुता किन्तु महर्षिवाक्ये वहामि नावं, न च कर्णधारः ॥39॥

अब अनाज के दानों को बीनकर बने आहार से शरीर धारण करती हूँ तथा कभी-कभी पानी ही पीकर जीवन की रक्षा कर रही हूँ। इस तरह महर्षि के वचनों पर श्रद्धा रखती हुई माँझी के न रहने पर भी जीवन की नाव खेते हुए चली जा रही हूँ।

दृष्टो गुहाया बहिरागतो यः धूमोऽथ तस्मादनुमाय वह्निम्
नरं श्वसन्तं प्रलयावशिष्टं प्राप्ता भवन्तं शरणोत्सुकाऽहम् ॥40॥

गुफा के बाहर आते हुए धुएँ को देखकर आग के अनुमान से प्रलय से बचे हुए आपके पास शरण चाहती हुई पहुँच गई हूँ।

दिष्ट्यानुमानं सुखदं तु सिद्धं प्रत्यक्षमेवानुगतं हि चित्रम्
स्वप्नो यथार्थत्वमितो यथायं मन्ये तथाऽऽवाञ्च निसर्गबद्धौ" ॥41॥

सौभाग्य से मेरा अनुमान सही सिद्ध होने के कारण आश्चर्य के साथ मैं सुख का अनुभव कर रही हूँ। सपने के यथार्थ में बदल जाने से मैं मानती हूँ कि हमें प्रकृति ने मिलाया है।

दृष्टा पुरस्तात् कुसुमावृताङ्गी पुरः सहासेव लता वदन्ती
पुं-पादपस्याश्रयमीहमाना नम्रा तथाश्लेषकृते कृतेहा ॥42॥

मनु ने सामने देखा तो उसे लगा कि फूलों से लदी एक लता मुस्कराती हुई बोल रही है और पुरुष रूपी वृक्ष से लिपट जाने की इच्छा से झुकी हुई है।

द्रुमो यथाऽऽसारहतो नताङ्गस्त्वन्तर्हरित् प्रांशुभुजोऽचलाधः
आन्दोलितः प्रेमसमीरणेन स चाऽम्बुबिन्दून् विकिरन्निवाह ॥43॥

पाला पड़ने से मुरझाये एवं झुके, किन्तु भीतर हरे-भरे लम्बी शाखाओं वाले पहाड़ की तलहटी पर खड़े वृक्ष के समान मनु ने, जिसमें प्रेम की हवा ने कम्पन पैदा किया हो, ओस-कणों जैसे वचनों को बिखराते हुए कहा -

''नाम्ना मनुः सूर्यसुतस्तपस्वी शिष्यैः सहासं यजनप्रवृत्तः
भूमिश्चकम्पे सहसाऽतलेव झंझानलापोऽन्वसरंस्ततस्ताम् ॥44॥

मेरा नाम मनु है। मैं सूर्य का तपस्यारत पुत्र शिष्यों के साथ यज्ञ कर रहा था। पृथ्वी सहसा ऐसी हिली कि मानो उसे टिकाने वाला तला हो ही नहीं। साथ में तूफानी हवा, आग तथा पानी का प्रकोप दिखाई दिया।

जिह्वासमो गर्तमुखात् समुद्यन् भूमेस्तु वह्निर्दहतिस्म विश्वम्
लिल्ये च लोकं जडचेतनाख्यं बालान् स्वकीयानिव भूभुजङ्गी ॥45॥

धरती के गड्ढों से जीभ के समान उठती आग की लपटें संसार को जलाने लगीं और उसने जड़-चेतन लोक को उसी तरह निगल लिया जैसे सर्पिणी अपने ही बच्चों को निगल जाती है।

आवर्तभीमास्तरला स्तरङ्ग घात-प्रघातैर्भयदा स्तथासन्
अहं तदामन्वि दिशाञ्चतुष्कात् सिंहा नु मां धर्षयितुं प्रवृत्ताः ॥46॥

समुद्र में घूमती भँवरों तथा लहरों की टकराहट ऐसी भयानक थी कि मुझे लगा - चारों दिशाओं से शेर मुझ पर झपटने आ रहे हैं।

आपः क्वचित् छीततरास्तुषारैरुष्णाः क्वचिद् वाडवतापिता नु
ध्यातं लुठन् वारिनिधिस्तु किं मां कालाय कोष्णं परिवेक्ष्यतीति! ॥47॥

कहीं पानी बर्फ के कारण बहुत ठण्डा था और कहीं पानी में लगी आग के कारण बहुत गरम। मुझे ऐसा लगा कि जैसे उनके मिश्रित रूप से समुद्र मुझे हल्का गरम बनाकर मौत को परोस रहा है।

वह्निः समुद्रे गगने पयोदा झंझान्तरिक्षे, धरणी विदीर्णा
विद्युत्प्रकाशे प्रलयैकसाक्ष्ये शम्पापि खिन्ना, करका रुरोद ॥48॥

समुद्र में आग, आसमान में बादल, अन्तरिक्ष में तूफ़ानी हवा और धरती फटी हुई। बिजली के प्रकाश में केवल प्रलय के रहते वज्र भी टूटकर मानो खेद प्रकट कर रहा था और ओले रोते से लगते थे।

अभ्रे लसद्विद्युदनल्पमेघै रप्सूद्भवद् वाडवदीप्तशृङ्गैः
भूमौ पतद् भग्नविभग्न-कुध्रैः क्रियास्समस्ता विकलं गतास्ताः ॥49॥

आसमान में घने बादलों के बीच बिजली चमक रही थी। पानी में वाडवाग्नि की लपटें लपक रही थीं और धरती में पहाड़ों के खण्ड विखण्ड गिर रहे थे। इस तरह सारी क्रियाएँ बेचैनी से भरी थीं।

सर्वं तु सञ्जातमसद्वदेव स्वप्नो न, सत्यः प्रकृति-प्रकोपः
विभ्रंश-लीलां प्रकृतेः प्रपश्यन् स्थितोऽस्म्यहं प्रेतसमोऽमृतोऽपि ॥50॥

सब कुछ सत्ताविहीन-सा हो गया। सपना नहीं प्रकृति का प्रकोप सत्य था। मैं प्रकृति की नाश-लीला को देखता हुआ बिना मरे प्रेत बना बैठा हूँ।

स्मरामि भुक्तोज्झित-पूर्वकालं कान्ता क्वचिद् श्लेक्ष्यति कान्तमिष्टम्
गायंश्च नर्तिष्यति कोऽपि हृष्टो माता हि चुम्बिष्यति मुग्धबालम्। 51

याद आता है अब छूटा हुआ पहले भोगा हुआ वह समय, जब कहीं कोई रमणी अपने प्रियतम का आलिंगन करती थी, कोई नाचता गाता था और माँ अपने भोले बच्चे को चूमा करती थी।

क्षेत्राणि कर्क्ष्यन्ति जनाःसहर्षं षाण्मासिकान् शस्यकणान्हि लब्धुम्
यतिष्यतेऽर्यो निजकोशवृद्ध्यै दाम्पत्यमावक्ष्यति वंश-हेतोः ॥52॥

लोग अपने छःमासी अनाज पैदा करने के लिए खेत जोतते थे। अच्छे नागरिक अपना कोष बढ़ाने के लिए प्रयत्न करते थे और वंश को बढ़ाने के लिए गृहस्थ-धर्म का पालन करते थे।

लाभाय यन्त्रेषु लगिष्यतीर्ष्या सीम्नो विकासाय च योत्स्यते धीः
स्वान्तः सुखायापि कलाप्स्यतीहामर्थं जनोऽटिष्यति लब्धुकामः ॥53॥

लाभ कमाने के लिए कल-कारखानों में होड़ लगी रहती थी, अपनी सीमा के विस्तार के लिए लोग अपना दिमाग लगाते थे, अपने दिल की खुशी के लिए कला अपनाई जाती थी और लोग धन कमाने के लिए इधर-उधर जाया करते थे।

बाला पठिष्यन्ति शुभायतीच्छाः प्रौढाः करिष्यन्ति धनाय कार्यम्
वृद्धा जपिष्यन्ति च मुक्तिहेतोश् चेष्टिष्यतेऽसूनवितुं नृलोकः ॥ 54 ॥

अपना भविष्य बनाने के लिए बच्चे पढ़ा करते थे, वयस्क धनार्जन के लिए काम करते थे, बूढ़े मुक्ति पाने के लिए जप करते थे। सब लोग प्राणों के रक्षा करने में लगे रहते।

त्वामत्र दृष्ट्वा सहसा समेतां शोचाम्यहं किं नृविकल्प एव
अद्यापि यन्मर्त्यपथं विहाय जीवामि किं वामरभावमाप्तः ॥''55 ॥

तुम्हें सहसा यहाँ उपस्थित देखकर मैं सोच रहा हूँ कि क्या मैं कोई ऐसा व्यक्ति हूँ जो आदमी के बदले में बना हो कि जो मनुष्य के लिए मौत का रास्ता बना है, उसे छोड़कर जी रहा हूँ या मैं अमर हो चला हूँ।

प्रोवाच साक्षात्सुरचेतना यथा तथागता तं पुरुषं प्रपन्ना-
''विस्मृत्य सर्वं प्रलयप्रकोपमुत्तिष्ठ भूयोऽपि गृहं विधातुम् ॥56 ॥

(मनु की बात सुनकर) जो औरत मनु के पास पहचान के बिना शरण लेने चली आई, वह बोली- प्रलय के प्रकोप के कारण जो हुआ, वह सब कुछ भूल जाओ। उठो, अपने घर को फिर से बसाने के लिए कमर कस लो।

नरः स यो नृत्यति कर्मरक्तो नार्या विमुक्तः स भवेदशक्तः
रायस्त्वदीया गदितेह नारी तयैव संयुज्य नरो भवेन्ना ॥57 ॥

आदमी वही है जो कर्मक्षेत्र में नाचता रहता है। नारी से अलग होकर वह शक्तिहीन हो जाता है। औरत को पुरुष का धन कहा जाता है। उससे जुड़कर ही आदमी आदमी बनता है।

शक्तिं विना नैव नरो नरः स्यात् कुर्यात्कथं कर्म स चेदशक्तः
हरोऽपि शक्त्यैव युतो भवः स्यात् शक्तिश्च नारी गदिता नरस्य ॥58 ॥

शक्ति के बिना नर नर नहीं रहता है। निर्बल व्यक्ति क्या काम करे ? शंकर शक्तिसम्पन्न होकर भव (सत्तावान्) बने। आदमी की ताकत औरत कही गई है।

त्वमेकलः कर्मविमूढतान्धः संयुज्य नार्या भवितासि शक्तः
नरश्च नार्या युतिमेत्य भूयः सृष्टिं विलुप्तां सृजतु प्रसक्तः ॥59॥

तुम अकेले हो, इसलिए तुम्हें कर्तव्य सूझता नहीं है। नारी के साथ रहकर तुममें शक्ति का संचार होगा। नारी से जुड़कर लुप्त होती सृष्टि को तुम अपने अनुराग से पुनर्जीवित करो।

आवामुभावेव विबोधकामौ शक्तावुभावेव नचापि बोद्धुम्
आगत्य भिन्नो जन एव कश्चित् विज्ञापयेज्जीवनकारणं नौ॥''60॥

हम दोनों (प्रलय में भी) जीवित रहे, इसका कारण जानना चाहते हुए भी हम नहीं जानते हैं। कोई दूसरा आकर ही हमें बता सकता है कि हम क्यों नहीं मरे।''

श्रुत्वा सशक्तान् मधुरांश्च शब्दान् यदा मनुर्ध्यायति भावमेषाम्
शङ्काभिलाषौ हृदये तदास्य द्विभातशोभामुदभावयेताम्॥61॥

जब मनु ने उसके मधुर, किन्तु शक्ति भरे शब्द सुने तो वह उनके भावार्थ के विषय में सोचने लगा और उसके हृदय में संध्या काल की द्वाभा (दो तरह की शोभा) की तरह आशा और आशङ्का पैदा हुई।

विस्मापयन् पूर्ववदेव युग्मं भूयः समायात ऋषिः पुरोक्तः
मनोः पुरावृत्तमिषेण देव्याः शाक्तं चरित्रं कथयाञ्चकार॥62॥

स्त्री-पुरुष के उस युगल को पहले की तरह अचम्भित करता हुआ पूर्वोक्त ऋषि फिर उपस्थित हुआ और उसने मनु के पूर्व जन्म के वृत्तान्त के बहाने देवी के शक्ति-दर्शक चरित्र का वर्णन किया।

''अहं वदिष्यामि कृतो विधात्रा किमर्थमस्यास्तव चैष योगः
पूर्वं कृतं किं किमथापि कृत्यं जानाम्यहं नैव युवां स्वभुक्तम्॥63॥

मैं बताऊँगा कि विधि ने तुम्हें क्यों मिलाया है ? तुमने पूर्व जन्म में क्या किया, अब क्या करना है —इसे मैं जानता हूँ। तुम अपने भूतकाल को नहीं जानते हो।

देव्याः प्रसादात् विनिहत्य शत्रून् आसीर्महीपः सुरथो मनो! त्वम्
भूयस्त्विदानीं परिणीय नारीं ध्वस्तं जगन्नीडमवेः पुरावत् ॥64॥

मनु, तुम देवी की कृपा से शत्रुओं का विनाश करने वाले राजा सुरथ थे। अब इस नारी से विवाह कर पहले की तरह इस संसार रूपी ध्वस्त घोंसले की रक्षा करो।

भेदा हि यस्या सकलाः सुविद्याः स्त्रियो गृहाधारशिलासमाश्च
परात्परा सा प्रकृतिस्वरूपा शक्तिः प्रभूयाद् युवयोः शिवाय ॥65॥

सारी विद्याएँ और घर की नींव की तरह सब स्त्रियाँ, जिसके भिन्न-भिन्न रूप हैं, वह परा से भी परा महाप्रकृति-रूप शक्ति तुम दोनों का कल्याण करे।

द्वितीयः सर्गः

प्रजापतेः प्रेप्सित-चैत्रवंशे जातो बली शासननीतिविज्ञः
शशासिथाब्ध्यन्तमहीं तदा त्वं प्रधर्ष्य शत्रून् बलकौशलाभ्याम् ॥1॥

प्रजापति के प्रिय चैत्र वंश में जन्म लेकर तुम बड़े बलवान् तथा राजनीति के विशेष जानकार बने और तुमने अपने बल एवं निपुणता से शत्रु का विनाश कर सागरपर्यन्त पृथ्वी पर शासन किया।

परं तदा दैववशाद्दुरात्मभि र्विध्वंसिकोलारिभिराहवे तु
पराजितस्त्वं स्वगृहं निवृत्तस्तत्रापि दुष्टै र्विजितः क्रमात्यैः ॥2॥

परन्तु दुर्भाग्य के कारण दुष्ट-बुद्धि विनाशकारी कोल शत्रुओं से पराजित होकर तुम अपने घर लौटे कि वहाँ अपने ही दुष्ट अमात्यों ने तुम्हें हरा दिया।

सुदुर्बलः प्राग्भवकोशहीनो विमूढधी र्न प्रतिशोधशक्तः
प्राणान् परीप्सु र्मृगयाच्छलेन त्यक्त्वा गृहं क्वापि वनं प्रयातः ॥3॥

तुम तब अत्यन्त क्षीण अवस्था में पूर्वसञ्चित खजाने को खोकर बदला लेने की शक्ति न रहने से किंकर्तव्यविमूढ बने प्राणों की रक्षा करने की इच्छा से शिकार खेलने के बहाने घर छोड़कर कहीं वन में चले गये।

समागतस्त्वं वपुषा त्वरण्यं त्यक्त्वा गृहं बान्धव-भृत्ययुक्तम्
परं हृदा पूर्ववदेव सक्तो दारेषु गाढं स्वजनैश्च बद्धः ॥4॥

यद्यपि तुम बन्धु-बान्धव युक्त घर को छोड़कर शरीर से तो जंगल में चले आये, किन्तु मन से पूर्ववत् प्रियजनों से बँधे तथा स्त्रीजन से गहरा प्रेम करते रहे।

ऊचान एव त्वमथावरुद्धो निन्यान एव न्यरुणः सुवाह्यम्
ददान एवादिथ देयभोज्यमूषान आसीर्गत आश्रमाद्वा ॥5॥

तुम चलते हुए सहसा रुक जाते, जरा से बोझ को ले जाते हुए थक जाते, देते-देते दिये जाने वाले भक्ष्य-भोज्य को स्वयं खा जाते और आश्रम से जाने को तैयार होने पर बैठ जाते थे।

दृष्टं ह्यदृष्टं श्रुतमश्रुतं ते गतागतं निर्विषयं च जातम्
विचारमग्नस्य तु खेदमूलं दृष्टं मयारण्यकचेष्टितं ते ॥6॥

तुम्हारा देखा-अनदेखा, सुना हुआ न सुना हुआ तथा आना-जाना निरर्थक हो गया। विचारों में खोये हुए तुम्हारे खेदजनित वन्य जीवन की ऐसी चेष्टायें मुझे देखने को मिलीं।

अथैकदा मानसतापदाहः सीमानमुल्लङ्घ्य बहिर्मुखोऽभूत्
अवोच आत्मस्थगदाद् विषण्णः वैद्यं विदन् मामिव तस्य शान्त्यै ॥7॥

एक बार जब तुम्हारे हृदय की जलन सीमा को लाँघकर बाहर आई तो अपने हृदय-रोग से खिन्न होकर तुम उससे छुटकारा दिलाने के लिए मुझे वैद्य-सा मानकर बोले –

'राज्यं कथं स्यात्परशासितं तन् मत्पूर्वजैरर्जितमात्मनीत्या
मत्सेवका अद्य जनाःपरेषां स्मरन्ति मां किं शिथिलाशयास्ते! ॥8॥

'मेरे पूर्वजों द्वारा अपने नीति-बल से अर्जित राज्य कैसे दूसरों के अधीन हो गया। मेरे सेवक आज दूसरों के आदमी हो गये। मेरे प्रति अब उनका मन भी ढीला हो गया। तो अब वे क्या मुझे याद करेंगे?

उत्थाप्य शुण्डां मम वल्लभेभो माल्यं गले निक्षिपति स्म भक्त्या
स खिद्यमानो विलिखंश्च भूमिं स्यादश्रुवर्षी नु मरिष्यते वा ॥9॥

मेरा प्यारा हाथी, जो अपनी सूँड को उठाकर बड़ी श्रद्धा से मेरे गले में माला डालता था, अब धरती को कुरेदते हुए खूँदी करता हुआ आँसू बहा रहा होगा या मर गया होगा।

कोशो विजित्यारिगणं समर्द्धितः क्षीणीकृतः स्यादमितव्ययेन
प्राज्यीकृतं राज्यमदस्तु वर्षै र्दिनैः क्षयं यात्यहहे' त्यवादीः ॥10॥

दुश्मनों को जीतकर बढ़ाया गया खजाना फिजूलखर्ची के कारण बहुत कम हो गया होगा। इस तरह वर्षों के प्रयत्नों से मेरा समृद्ध राज्य, हाय! दिनोंदिन नष्ट हो रहा है।' मुझसे तुमने ऐसा कहा था।

तदैव चैकः समचित्तचेष्टस्तत्रागतो वैश्यवरः समाधिः
म्लानो हृदि क्षीणतरः शरीरे पृष्टोऽवदत्कश्मलकारणं यत् ॥11॥

तभी चेष्टाओं और दिल से तुम्हारे जैसा समाधि नाम का एक श्रेष्ठ बनिया आया जिसका हृदय मुरझाया तथा शरीर दुबला था, पूछे जाने पर उसने अपने दुःख का कारण कह सुनाया –

'प्रवासितोऽहं तनयैः सदारैर्लोभाभिभूतैः स्वजनैः कृतघ्नैः
सन्तानमोहान्धधिया स्त्रियाऽपि त्यक्तोऽस्मि जीर्णं वसनं यथा स्यात्॥12॥

'मेरे स्वजन कहे जाने वाले नमकहराम, लोभी, सपत्नीक पुत्रों ने मुझे घर से निकाल दिया। सन्तान के मोह से अन्धी मेरी पत्नी ने भी मुझे उसी तरह त्याग दिया जैसे लोग पुराने कपड़े को फेंक देते हैं।

तीर्थेष्वटित्वाऽऽचरितोपवासो यज्ञानथेष्ट्वा कृतमन्त्रजापः
सुखाशयोत्पादितपुत्रपौत्रो दुःखान्यवापं नु मया कृतं किम्!13॥

तीर्थों में भटक कर, उपवास लेकर, यज्ञ कर और मन्त्रों का जप कर सुख की आशा से पुत्र-पौत्रों के जन्म का कारण बनकर मैंने क्या किया? मुझे दुःख ही तो मिला।

न मन्यतेऽनुग्रहमात्मनीयं जन्मप्रदानाय तथात्मनोऽपि
भुञ्जानयो र्भोगिसुखं स्वपित्रोर्जन्म स्वकीयं त्वनुषङ्गमात्रम्॥'14॥

मेरी सन्तान अपने जन्म के लिए भी मुझे श्रेय नहीं देती है। वे कहते हैं कि सम्भोग सुख लेते हुए माँ-बाप से उनका जन्म अपरिहार्य पिछलगे रूप में हो गया।

''जान्वोर्गतिर्मांसलदेहमृष्टि र्हासो मुखे लोचनयोस्तु वृष्टिः
सनूपुरं वानरनृत्यनाट्यं--लीला इमा नः किमदु र्न तुभ्यम्?15॥

वे कहते हैं- 'घुटनों से चलकर दिखाना, गुदगुदे शरीर का स्नान तथा सफाई, आँखों में आँसू लेकर मुस्कराना, नूपुर बाँधकर वानर की तरह नाचना इत्यादि बाल-लीलाओं से हमने तुम्हें क्या नहीं दिया!

शिशून् जनित्वा भरणं विधाय त्वया कृतं यत् स्खलितं तदागः
कर्तापराधस्य लभेत दण्डं विधानमेतन्नयशास्त्रसिद्धम्''॥16॥

बच्चे पैदा कर और उनका पालन कर जो गलती तुमसे हुई, वह तुम्हारा अपराध है और न्यायशास्त्र का विधान है कि जो अपराध करता है, वही दण्डनीय होता है।'

'ते यद्यपीत्थं ममताविहीनं वदन्ति कुर्वन्ति च भावशून्यम्
तथापि मे हृन् ममताप्रणुन्नं तेषामनिष्टाद् द्रवतीति चित्रम् ॥17॥

'वे इस तरह निर्मम बातें करते और भावनाहीन कार्य करते हैं, फिर भी मेरा ममता भरा हृदय उनके कष्ट से द्रवित हो उठता है, यह कैसी विचित्र बात है!

पितुः प्रकोपो जनयेन्न दुःखं शप्तुं न शक्नोमि तिरस्कृतोऽपि
असंशयं त्वस्मि वणिग् वराकस्तेषां कृते श्रीजनको बलीयान् ॥18॥

पिता का क्रोध कहीं उन्हें दुःखी न बना दे, इसलिए अपमानित होते हुए भी मैं उन्हें शाप नहीं दे पाता हूँ। यह सही है कि मैं एक बेचारा बनिया हूँ, पर पिता रूप में तो उनके लिए बहुत बड़ा प्रभावशाली हूँ।

कथं मदीया सुत-पौत्र-पौत्र्यो नेष्यन्ति कालं विकला विना माम्
मदङ्कशायी गदितुं न शक्तो रोरुद्यिता मद्विरहेऽर्भकोऽसौ ॥19॥

मेरे पुत्र, पोते तथा पोतियाँ मेरे बिना बेचैन होकर कैसे समय बितायेंगे? मेरी गोद में सोने का आदी छोटा बच्चा बोलने में समर्थ न होने के कारण मेरे बिना बार-बार रोते रहता होगा।

कः शिक्षयेदाचरणं किशोरं करं गृहीत्वा गमयेच्च को माम्
संस्कारहीनोऽटति तत्र बालः संचारहीनोऽत्र दुनोम्यहञ्च ॥20॥

कौन किशोरावस्था प्राप्त लड़के को अच्छे आचरण की शिक्षा देगा और कौन मुझे अंगुली पकड़कर घुमायेगा? वह वहाँ इधर-उधर संस्कारहीन होकर आवारा घूमता होगा और यहाँ मैं निठल्ला इधर-उधर गये बिना खीझ रहा हूँ।

वृद्धेषु बालाः समतां लभन्ते बालेषु वृद्धा विगतं स्वबाल्यम्
निर्दन्तवाचश् छलहीनचेष्टा वियोगिनां नो ह्युभये प्रनष्टाः ॥21॥

बूढ़ों में बच्चों को समता दिखाई देती है और बच्चों में बूढ़ों को अपना

बचपन। दाँत न होने से दोनों तोतला बोलते हैं और दोनों की चेष्टायें निष्कपट होती हैं। एक दूसरे से अलग अलग होकर हम दोनों नष्ट हुए हैं।

जानामि ते दुर्मनसोऽप्रियाश्च जानामि तैलं न तिलेषु तेषु
तथापि तेषां स्मरतो व्यथा मे कथं न जाने हृदयं दुनोति॥'22॥

मैं जानता हूँ उनका [परिवारजन का] मन दूषित है और उन तिलों में तेल नहीं है अर्थात् उनमें प्यार नहीं है, फिर उन्हें याद करते हुए मेरा हृदय न जाने क्यों खिन्न हो जाता है!'

श्रुत्वाखिलं योगबलेन दृष्ट्वा चाभीलहेतुं युवयोर्हिताय
द्रुतान्तरोऽहं शममास्थितः सन् न्यवेदयं कश्मलकारणं वाम्॥23॥

ऋषि बोले – यह सुनकर मैंने तुम्हारे भले के लिए तुम्हारे दुःख का कारण खोजा और शान्त होकर शीघ्र ही तुम्हें दुःख का कारण बताया।

गतिस्थिती स्थावरजंगमानां विश्वेऽखिले चालयितुं त्वजस्त्रम्
माया प्रणीतेह महाप्रकृत्या पुरः सरन्ती गत-विस्मरन्ती॥24॥

चर-अचर जीवों की गतिविधि को अबाध रूप से चलाने के लिए महाप्रकृति ने माया का सृजन किया, जो आगे बढ़ती है और पीछे को भूलती जाती है।

न केवलं भो मनुजेषु दृश्या परेषु जीवेष्वपि देवमाया
यया कृतो मोहवशान्तरात्मा रक्षत्यपत्यानि पिताऽसुकृच्छ्रः॥25॥

यह मनुष्यों में ही नहीं, अन्य जीवों में भी देवमाया देखी जाती है। जिसके कारण पिता मोह के वश होकर प्राणों पर बीतने पर भी अपनी सन्तान की रक्षा करता है।

चञ्च्वां सुखाद्यं चटका निधाय बुभुक्षिता भोजयति स्वपोतम्
स वै वयस्कः सबलाङ्गपक्ष उड्डीयते दूरमितो विवत्सुः॥26॥

चिड़िया अपनी चोंच में सुखद भोजन को लेकर अपने बच्चे को खिलाती है जो बड़ा होने पर शरीर और पंखों से पुष्ट होकर उससे दूर जाकर बसने की इच्छा से उड़ जाता है।

पित्रोरपत्यस्य च मध्यवर्ती परम्परायां जगतीह प्रौढः
प्रीणाति सोऽल्पाल्पतरं तु पूर्वां सक्तः परस्यामधिकाधिकञ्च ॥27॥

[वृद्ध] पिता और अपने छोटे बच्चों की तीन पीढ़ियों के मध्य में प्रौढ़ पिता पूर्व से पूर्व पीढ़ी को कम से कम प्यार करता और बाद में आने वाली उत्तरोत्तर पीढ़ी को अधिक से अधिक चाहता है।

सृष्टेर्विकासार्थमसौ नयोऽस्ति स्थाने हि जीर्णस्य नवो निवेशः
पीतानि पत्राणि निपात्य वृक्षो बिभर्ति राजिं नवपल्लवानाम् ॥28॥

सृष्टि के विकास का यह नियम है कि पुराने के स्थान पर नये की स्थापना करना। पेड़ पुराने पत्तों को गिराकर नयी कलियों की शोभा धारण करता है।

निम्नो न निम्नः सततं जगत्यां महान् महानेव न चापि नित्यम्
विश्वं हि यस्या भ्रमतीच्छयैतच्छक्तिः प्रमाणं लघुदीर्घयोः सा ॥29॥

दुनिया में छोटा, सदा छोटा नहीं रहता है और न बड़ा बड़ा ही। जिसकी इच्छा से यह विश्व घूम रहा है, वह शक्ति ही छोटे और बड़े का निर्णय करती है।

एकस्य वैयक्तिकचेतनास्था परस्य सामाजिकभावनिष्ठा
यया प्रणीते हृदि माययोभे सोपासनीयाऽस्तु समाधये ते॥''30॥

तुम दोनों में से एक तो अपने वैयक्तिक जीवन की व्यथा से व्यथित है और दूसरा समाज की व्यवस्था को लेकर चिन्तित। जिस माया ने तुम दोनों के हृदय में ये भावनायें भरी हैं, उनके समाधान के लिए तुम उसी की उपासना करो।'

जिज्ञासया त्वात्मकृतस्य पूर्वं करिष्यमाणस्य च विस्तरेण
पप्रच्छ देव्याश्चरितं मनुस्तं यदाश्रयन् याति नरो महत्त्वम् ॥31॥

पूर्व जन्म में किये गये तथा भविष्य में किये जाने वाले अपने कर्मों को विस्तारपूर्वक जानने की इच्छा से मनु ने पुनः देवी के चरित्र के विषय में पूछा जिसका आश्रय लेकर मनुष्य महान् बनता है।

मत्वादिबीजं नरमादिमं हि सृष्टे र्विकासार्थमपीहमुख्यम्
शक्त्याः स्वरूपं सुकृतञ्च तस्या विवर्णयामास मुनिस्तदित्थम् ।।32 ।।

इस पर उसे मनुष्य का आदि बीज तथा सृष्टि के विकास के लिए भी मुख्य एवं प्रथम नर मानकर मुनि ने शक्ति के स्वरूप तथा उत्तम चरित्र इस तरह वर्णन किये।

"अहं तदा त्वां सुरथाभिधानं प्राचोदयं शक्तिपदं प्रपत्तुम्
तथा त्वयाप्तो विजयो द्विषत्सु शक्तौ हि सत्यां किमसाध्यमस्ति ।।33 ।।

सुरथ नाम वाले तुम्हें मैंने शक्ति की शरण में जाने की प्रेरणा दी। इस तरह तुमने दुश्मनों के ऊपर विजय प्राप्त की। ठीक है शक्ति के रहते असाध्य क्या रहता है!

हरौ सुषुप्तेऽब्धि-जले प्रशान्ते तद्दीर्घ-कर्णस्थ-मलोत्थ-कुध्रात्
अजायतां द्वौ सह नैक-जीवै र्विचित्र रूपौ दनुजौ पृथिव्याम् ।।34 ।।

(मुनि ने उसे बताया) जब विष्णु शान्त समुद्र पर सोये थे, तो उनके लम्बे कर्ण (1. कान, 2. कोना) की मैल के पहाड़नुमा ढेर से अनेक जीव-जन्तुओं के साथ पृथ्वी में दो दैत्य पैदा हुए।

व्यतीत-पौगण्ड-किशोर-कालौ विशालकायौ मधुकैटभाख्यौ
बलावलिप्तौ सुकुमारबालान् प्रासीदतं हा! अभिपीडयन्तौ ।।35 ।।

बचपन तथा किशोरावस्था को पार कर विशाल शरीर वाले बल के घमण्डी मधु और कैटभ नामक वे दैत्य सुकुमार बच्चों को सता कर खुश होते थे।

भटौ बलाढ्यौ तरुणावशिष्टौ प्रभुत्वमाप्तावभिमानमत्तौ
कृत्येऽप्यकृत्ये च विचारहीनौ प्रजापतिं हन्तुमपीच्छतः स्म ।।36 ।।

वीर, बली, युवा, उद्धत तथा प्रभुत्व पाकर अभिमान से पागल बने भले-बुरे के विचार से हीन, उन्होंने प्रजापति ब्रह्मा को मारना चाहा।

शक्त्याखिलं कर्म सुसाध्यमस्ति न तां विना सिध्यति किञ्चनापि
तस्मात्तदाद्याश्रयमेव सुप्तं ब्रह्मा विलोक्यातितरां शुशोच ।।37 ।।

सारा काम शक्ति से सम्पन्न होता है, उसके बिना कुछ भी नहीं बनता है। इसलिए शक्ति के आधारभूत (विष्णु) को सोये हुए देखकर ब्रह्मा सोच में पड़ गये।

प्रजापतिः संकटमाप्त आरात् निद्रानिमग्नं च हरिं विलोक्य
बालो विपत्तौ जननीमिवोच्चैः तुष्टाव निद्रां हरिनेत्रमग्नाम् ॥38॥

प्रजापति ने संकट को समीप तथा विष्णु को सोये हुए देखकर विष्णु की आँखों में समायी निद्रा देवी की ऊँचे स्वर में उसी तरह स्तुति की जैसे बच्चा विपत्ति में पड़कर माँ को पुकारता है।

'स्वाहा स्वधा चासि वषट्स्वरासि सुधात्रिमात्रप्रणवस्वरूपा
त्वमेव सन्ध्या जननी परा वै सावित्रि विश्वं परिपासि चापि ॥39॥

'हे सावित्रि! तुम स्वाहा, स्वधा तथा वषट् स्वर हो, अमृत स्वरूप हो, तीन मात्रा वाली ओम् रूपा हो, तुम्हीं सन्ध्या गायत्री तथा आदिमाता हो। संसार का पालन भी तुम्हीं करती हो।

आधारभूता जगतस्त्वमेका त्वमेव चैवोत्सृजसीदमण्डम्
त्वयैव तावत्परिपाल्यतेऽदो यावत्त्वया संह्रियते युगान्ते ॥40॥

इस संसार की आधार तुम्हीं हो, तुम्हीं इस ब्रह्माण्ड को पैदा करती हो, तुम्हीं से यह तब तक पाला जाता है जब तक कि युग के अन्त में तुम इसका विनाश नहीं कर देती हो।

महाविशिष्टा स्मृतिबुद्धिविद्या माया सुरी मोहमयी च देवी
गुणत्रयी त्वं प्रकृतिः परेष्ठा तूत्पत्तिरक्षान्तकरीश्वरी च ॥41॥

तुम बड़ी शिष्ट हो, स्मृति, बुद्धि तथा विद्या हो, माया हो, देवता हो, मोह करने वाली देवी हो, तीन गुणों वाली प्रकृति हो, सबके ऊपर हो, उत्पत्ति, रक्षा तथा अन्त करने वाली सर्वसमर्थ हो।

कालक्रिया मोहनिशानिवार्या त्वंश्रीस्त्वमीशा मतिरर्थदक्षा
ह्री-पुष्टि-तुष्ट्योऽथ शमःक्षमा त्वं गदाभुशुण्डीशरशूलहस्ता ॥42॥

समय, क्रियाचक्र, मोहममता की वह रात हो जिसे रोका नहीं जा सकता है, तुम्हीं लक्ष्मी, नियमनकर्त्री तथा धन कमाने वाली बुद्धि हो। लज्जा, पुष्टि,

सन्तोष, शान्ति, क्षमा हो। गदा, बन्दूक, बाण, शूल हाथों में लिए हो।

रूपस्य सीमा रमणीषु रम्या परात्परेत्थं परमेश्वरी त्वम्
यच्चापि दृश्यं सदसज्जगत्यां सर्वस्य शक्तिः कथमीड्यसे मया ?43 ॥

तुम रूप की सीमा हो, सुन्दरियों में भी सुन्दर हो, परे से परे हो, परमेश्वरी हो, संसार में जो कुछ अच्छा-बुरा दिखाई देता है वह सब तुम हो। ऐसी जो सबकी ताकत है, उसे मैं कैसे पूज सकता हूँ?

उत्पाद्य यः पाति निहन्ति विश्वं निद्रावशं सोऽपिकृतो भवत्या
त्वयैव सृष्टास्त्रिदिवौकसश्च स्तोतुं कथं को भवतीं समर्थः ॥44 ॥

जो विश्व को पैदा करता, उसकी रक्षा करता तथा विलीन करता है, उसे भी तुमने नींद के वशीभूत किया है। देवताओं की सृष्टि भी तुम्हीं ने की है। कौन तेरी स्तुति कर सकता है भला!

रूपाणि नैकानि विधार्य देवि! मनोभवान्यक्षिगतानि तानि
त्वयैव विश्वं परिपाल्यते वै सा योगनिद्रा विनिवेद्यतेऽद्य ॥45 ॥

हे देवि! इच्छानुसार दिखाई देने वाले अनेक रूपों को धारण कर तुम्हीं से यह विश्व रक्षित है। उसी योगनिद्रा से मैं आज विनती कर रहा हूँ।

विष्णुर्जगत्पालन-कर्मदक्षः सुप्तो जगत्यां जलधीकृतायाम्
प्रबोध्यतां सोऽसुरसूदनार्थं तथा सुराणां परिपालनाय ॥46 ॥

संसार की रक्षा करने में कुशल विष्णु जलमय समुद्र बने संसार में सोये हैं। दैत्यों को मारने और देवों की रक्षा के लिए उन्हें जगायें।

रुद्रस्तपस्यानिरतो विरक्तो दण्डाधिकारे कृशता त्वसह्या
निद्राभिभूते च जनार्दनेऽपि कथं व्यवस्था प्रविधीयतेऽद्य ॥47 ॥

रुद्र जिन्हें दण्ड का अधिकारी बनाया गया है, वे तपोमग्न एवं उदासीन बन बैठे हैं। दण्डाधिकरण की कमजोरी तो असह्य है और जनार्दन के भी सोये रहने पर कैसे प्रबन्ध किया जाये आज?

कृतं विधानं विधिना मयैव सृष्टा विधाः स्थावरजङ्गमानाम्
रक्षा-व्यवस्था च विसङ्गता चेद् विधानमात्रेण किमीह्यतेऽद्य ॥48 ॥

हाँ, यह मैं मानता हूँ कि विधान मैंने बनाया है। चल तथा अचलों से सम्बद्ध सारी विद्यायें मैंने बनाई हैं, किन्तु रक्षा का प्रबन्ध ठीक न हुआ तो केवल विधान बना देने से क्या होता है ?

जागर्ति सृष्टेस्तु पति र्हरिश्चेल् लोकः समस्तोऽनुकरिष्यते तम्
जाग्रद्धि शक्तिं च जगद् भजेत शक्तेः शरण्योऽमृतमश्नुतेऽच्छम्।।49।।

यदि सृष्टि के मालिक विष्णु जाग जाते हैं तो अन्य लोग भी उनका अनुसरण करते हुए जाग कर शक्ति-सम्पन्न होंगे। शक्ति की शरण लेने वाला एक तरह से निर्मल अमृत पी लेता है।

देवि! त्वमेका स्थितिसाधिकासि त्वं वै नियन्त्री मनसो गतीनाम्
शक्तिस्त्वमेकाऽखिलविश्वमूर्तेः विनिद्रमम्बे! कुरु सुप्तविष्णुम्।।50।।

हे देवि! केवल तुम्हीं इस स्थिति को सँभाल सकती हो। तुम तो दिल की चाल तक का नियंत्रण करती हो। सारी दुनिया की ताकत हो तुम। हे माँ! सोये हुए विष्णु की नींद तोड़ दे।

द्वावेव दुष्टौ मधुकैटभौ तौ विमुह्यतां यत्स्वयमेव मूढौ
मृत्युं वृणातां स्वबलावलिप्तौ यथा प्रदीप्तां शलभोऽग्निजिह्वाम्''।।51।।

वे दोनों मधु-कैटभ दैत्य इस तरह मोहवश हो जायँ कि घमण्ड में आकर उसी तरह मौत को स्वीकार कर लें जैसे धधकती अग्नि की लपट को परवाने।

स्तुता तथा सा विधिना निहन्तुं दुर्धर्षदैत्यौ मधुकैटभाख्यौ
निष्क्रम्य विष्णो र्वपुषोऽथ देवी तस्थौ पुरस्ताद् विधिदर्शनार्थम्।।52।।

मधु-कैटभ नामक उद्दण्ड दैत्यों को मारने के लिए जब ब्रह्मा ने देवी की उस तरह स्तुति की तो वह विष्णु के शरीर से निकल कर ब्रह्मा को दर्शन देने के लिए सामने खड़ी हो गई।

निद्राविमुक्तश्च हरिर्ददर्श दैत्यो निहन्तुं विधिमुद्यतौ तौ
ममार नोभौ स तु युध्यमानो मत्वाह्वयन्तौ स्वयमेव मृत्युम्।।53।।

नींद से मुक्त होकर विष्णु ने देखा कि दो दैत्य ब्रह्मा को मारने को तैयार खड़े हैं। विष्णु ने लड़ाई करते हुए यह सोचकर नहीं मारा कि वे अपने आप

मौत को बुलायेंगे।

सुरेष्वहो शक्ततमेन तेन चिरं निरुध्यापि जितौ न वीरौ
चकत्थतुस्तीव्रमदेन मत्तौ वरं वृणीष्वेति हरिं प्रहृष्टौ ॥54 ॥

देवों में सबसे अधिक बली ने लम्बे समय तक जब उन वीरों को नहीं जीता तो घमण्ड में चूर होकर उन्होंने विष्णु से कहा- 'हम खुश हैं। वरदान माँगो।'

शक्ति र्विनिष्क्रम्य हरेर्बहिःस्था तस्या ऋते तावसुरौ जयेत्कः
सुदीर्घकालं युयुधे प्रकामं शशाक हन्तुं न हरिस्तथापि ॥55 ॥

विष्णु के शरीर से जब शक्ति (1. देवी, 2. बल) बाहर निकल गई तो उसके अभाव में दैत्यों को जीते कौन? लम्बे समय तक लड़ने पर भी हरि उन दैत्यों को मार नहीं पाये।

नियोक्ष्यतासौ तु तयोर्वधाय हरं स हन्तुं किल प्राभविष्यत्
नियुज्य तु त्राणकरं विधात्रा कीर्तिर्हता तस्य न तु स्वभीतिः ॥56 ॥

यदि वह (ब्रह्मा) उनको मारने के लिए शंकर को नियुक्त करते तो वे उन्हें मार दिये होते। रक्षा करने वाले को नियुक्त कर विधाता ने अपना भय नहीं, उनका नाम मिटा दिया।

विश्वस्य गोप्तुः शयनं न शस्तं मत्वेति शक्तिर्खलु चित्स्वरूपा
स्तुता विधातुं हरिबोधमात्रं नामन्त्रिता सा विधिना प्रहर्तुम् ॥57 ॥

विश्व की रक्षा करने वाले का सोये रहना अच्छा नहीं, यह मानकर चैतन्यरूपिणी शक्ति की स्तुति केवल विष्णु को जगाने के लिए की, मारने के लिए उससे विचार-विमर्श किया ही नहीं।

हरेः प्रबोधाय यतो विधात्रा स्वयं न युद्धाय च सा नियुक्ता
योद्धुं क्षमायाश्च पुरःस्थितायाः शोच्यैव शक्तेरयुयुत्सुता हा!58 ॥

चूँकि विधाता ने देवी को हरि को जगाने के लिए नियुक्त किया, स्वयं युद्ध करने के लिए नहीं, अतः लड़ने के लिए समर्थ तथा सामने स्थित रहने पर भी शक्ति का युद्ध करने की इच्छा न करना खेद का ही विषय था।

निशम्य वाचं स तदा ययाचे वध्यौ मम स्तां समरे भवन्तौ
दैत्यौ तु सर्वत्र जलं विलोक्य स्थले विनीरे वधमेष्यतां तौ ।।59।।

(मधु-कैटभ की) बात सुनकर हरि ने उनसे वर माँगा – 'तुम दोनों युद्ध में मेरे हाथों मारे जाओ।' वे सब जगह पानी देखकर ऐसे स्थान पर मारे जाने के लिए राजी हो गये, जहाँ पानी न हो।

सर्वत्र चापः क्व हनिष्यतीति भ्रमाच्च मृत्युञ्जयमानिनौ हा!
हरिः प्रहृष्टः प्रतिरोधहीनौ जघान दैत्यौ जघने निधाय।।60।।

सब जगह पानी है, विष्णु उन्हें कहाँ मारेगा, इस धोखे में वे अपने को विजयी मानने लगे। खुश होकर हरि ने विरोध न कर सकने वाले उन दैत्यों को अपनी जाँघ पर रखकर मार दिया।

सुरगणा अमरेशसनाथिताः सबलदैत्य-बलेन हतौजसः
असुरयोर्हतयोर्हरिणोभयोः प्रमदनृत्यपराः सुखिनोऽभवन्।।61।।

इन्द्र समेत देवतागण, जो दैत्यों के बल से ओजहीन बने थे, विष्णु द्वारा उनके मारे जाने पर मदमत्त होकर नाचते हुए खुशियाँ मनाने लगे।

तृतीयः सर्गः

सबलता कुरुते पर-शातनं सबलता कुरुते हितसाधनम्
दृढतरैव पिनष्टि हि पेषणी दृढतरः कवचोऽवति विग्रहम् ॥1॥

शक्ति रहने पर दूसरों को सताया जाता है और दूसरों का भला भी शक्ति रहने पर ही किया जाता है। जो मजबूत होती है, वही चक्की बारीक पीसती है और मजबूत कवच ही शरीर की रक्षा करता है।

सबलता प्रथमाऽसुर-सम्भवा परहिताय परा सुर-वन्दिता
जगति रक्षति शक्तिररक्षितं दशति सैव परार्थपरायणम् ॥2॥

पहली तरह की शक्ति असुरों में देखी जाती है जबकि देवतागण दूसरों का भला करने वाली दूसरी शक्ति की उपासना करते हैं। संसार में शक्ति अरक्षित की रक्षा करती है और वही परोपकारी को डसती है।

असुरताक्रमते तु तदा यदा ह्यमरतैव रुणद्धि न संगता
गुणितमेकदशैकगुणं बलं त्वपचयात्पुनरक्षममेकलम् ॥3॥

असुरों की शक्ति तभी आक्रामक होती है जबकि सुर संगठित होकर उसे रोकते नहीं। दस एकों के और जुड़ जाने पर एक ग्यारह एवं सबल बनता है। उसमें से दस एकों के निकल जाने से एक फिर एक ही एवं निर्बल रह जाता है।

अदितिसन्ततिरस्ति विभाजिता तदधुना विजयः सुलभो भवेत्
इति विचार्य अहो महिषासुरः सुरगणेषु ववर्ष विपच्छतम् ॥4॥

अदिति की सन्तान अर्थात् देव इस समय बँटे हैं, इसलिए इस समय विजय हो सकती है। यह विचार कर महिषासुर ने उनके ऊपर सैकड़ों विपत्तियों की वर्षा कर दी।

विघटितो विजितः सपुरन्दरः सकलदेवगणस्त्वमरारिणा
सुरपुरेन्द्रविमुक्तशुभासनं पुनरसाववविलम्बमधिष्ठितः ॥5 ॥

देवों के दुश्मन ने इन्द्र सहित सारे देवताओं को जीत लिया और देवेन्द्र से त्यागे गये आसन पर वह अतिशीघ्र स्वयं विराजमान हो गया।

प्रमुखदेवजना विधृता हठात् हृतपदप्रमदा गृहकीलिताः
प्रहरिणः प्रतिपंक्तिविहारिणो नगरवीथिरभूच्छवभूसमा ॥6 ॥

उसने प्रधान देवों को बल-प्रयोग से पकड़ कर पद और औरतों को छीनकर घरों में बन्द कर दिया। उसका गश्ती दल गली-गली में घूमने लगा। इस तरह शहर की गलियाँ श्मशान घाट बन गईं।

सुरवधूर्लगतिस्म गवाक्षतो जटितगात्रकपाटसमा भिया
सकलकेलिकलाप-विवर्जिता हृदयवृत्तिरनिष्टशमाश्रिता ॥7 ॥

देव-स्त्रियाँ डर के कारण खिड़कियों से झाँकती हुई ऐसी लगती थीं जैसे चौखट पर लगाये गये शरीर हों। उनके सारे क्रियाकलाप बन्द हो गये। दिल में अनिष्ट की आशंका से स्तब्धता थी।

यममनादरपूर्वकमादिशत् नहि कमप्यसुरं स मृतिं नयेत्
व्रजति कोऽपि च तेषु परासुतां सुरगणान् द्विगुणान्तु हिनस्तु सः ॥8 ॥

उसने (महिष ने) अनादरपूर्वक यमराज से कह दिया था कि वह किसी दैत्य को न मारे। यदि कोई दैत्य मरता है तो वह दुगुने देवताओं को मार दे।

शयितुमिच्छति तत्र दिवाप्यहो त्वरितमस्तमितोऽपि दिवाकरः
सततमस्य गृहे वरुणः स्वयं भयभरो भरति स्म जलामृतम् ॥9 ॥

यदि वह सोना चाहता था तो शीघ्र ही सूर्य को अस्त होना पड़ता था। डर के मारे उसके घर में वरुण हमेशा पानी भरता था।

सुरभिकल्पचितं खलु यद् वनं सुरवधूविहृतच्छविनन्दनम्
असुरसैन्यसमागमकारणाद् गजहयास्त्रवदूषितगन्धि तत् ॥10 ॥

जो सुगन्धित कल्पवृक्ष से सुशोभित था और जहाँ देवस्त्रियाँ विहार करती हुई सौन्दर्य बिखराती रहीं, वह नन्दन वन दैत्यों की सेना के आने से हाथी-

घोड़ों के मल-मूत्र की दुर्गन्ध से भरा रहता था।

महिष-विद्रुतदेवकुटुम्बिनः शरणमीयुरिलाद्रिदरीषु हा!
क्व रजनी मणिदीप-दिनायिता क्व च दिवापि तमिस्त्रघता तमी!11 ॥

महिषासुर के डर से देवताओं के कुटुम्ब ने इलाचल की कन्दराओं में शरण ली। हाय! कहाँ मणिदीपों के कारण दिन बनी रातें और कहाँ रात बने दिन!

धनदकोषपतेरलकाश्रिता हिमगिरेः कनकादिखनिस्तदा
सलिलकुण्ड-निपान-सरोवरा असुरराज-वशंवदशब्दिताः ॥12 ॥

हिमालय की सोने की खान, जो धन कुबेर की अलका-स्थित कोष रही तथा पानी के कुण्ड, जलाशय, तालाब दैत्यराज महिष के अधीन थे।

असमयेऽपि स हायनषड् ऋतून् प्रतिदिनं परितो गृहमाटयत्
अनिलवीजित-दैत्य-महानसेऽनल इतो विवशः किल सूदताम् ॥13 ॥

समय आये बिना ही वर्ष की छः ऋतुओं से वह प्रतिदिन अपने निवास-स्थान के चारों ओर चक्कर लगवाता था। महिषासुर के रसोईघर में पवन पंखा डुलाता और अग्नि रसोइया बनने को विवश था।

विधिमुखास्त्रिदशा विवशास्तदा हरिहरावुपसेदुरमास्थितौ
करुणमात्मरुजं तु निवेद्य तै र्महिषनाशविधिः खलु काङ्क्षितः ॥14 ॥

ब्रह्मादि देवता एक स्थान-स्थित विष्णु और शंकर के समीप बैठे। अपनी करुण कथाओं को सुनाते हुए उन्होंने महिष के नाश का उपाय जानना चाहा।

महिषदैत्यकृतं त्ववगत्य तौ कुपितसिंह -समौ ननदुस्तदा
शयितशक्तिरजाग उरोभवा सुरविरोधिविनाश-विधित्सया ॥15 ॥

शंकर और विष्णु ने जब महिष के कारनामों की जानकारी ली तो वे क्रुद्ध शेर की तरह गरजने लगे। हृदय-स्थित सोई शक्ति देवताओं के दुश्मनों का नाश करने के लिए जाग उठी।

हरिदृशोः परिचालन-वक्रता, भव-हुताशनलोचन-कम्पनम्
प्रकुपितेन्द्रविरिञ्चि-विजृम्भणं, पुनरुपस्थित दैवतनन्दितम् ॥16 ॥

विष्णु की वक्रदृष्टि घूमने लगी, शंकर का अग्नि-नेत्र काँप उठा, क्रुद्ध इन्द्र और ब्रह्मा ने जँभाई ली तथा देवताओं की हर्ष-ध्वनि फिर सुनाई देने लगी।

उपचितः स च तैजस उच्चयः प्रकुपितामरकोपसमुद्भवः
सजयकार-निनाद-घनारवे परिणतोऽद्भुतशक्ति-महोदये ॥17॥

जय जय की तुमुल ध्वनि के बीच शक्ति प्रदर्शन के अद्भुत समारोह में खीझे हुए देवों के क्रोध से उत्पन्न तेज का एक स्तूप खड़ा हो गया।

असुर-शोणितपान-समुत्सुका अधरदंशपरा खलु कन्यका
अविरतं 'विजया'-विजयव्रता सरुषमप्सरसोऽपि समागताः 18॥

असुरों के खून को पीने की इच्छुक, होंठ काटती हुई देवी (1) विजया ने निरंतर विजय पाने का व्रत लिया। इसी बीच (2) देवी विजया को सदा विजयी बनाने का व्रत लेकर क्रुद्ध अप्सरायें भी उपस्थित हो गईं।

सुरगणं दलितं त्वभिलक्ष्य साऽवददथात्म-पराक्रम-सिद्धये
पुरुषकार-विधौ समुपस्थिते त्वबलतापि परेति सुयोषिताम् ॥19॥

सताये गये देवों को संबोधित कर वह बोली - पराक्रम दिखाने का मौका आने पर सुन्दर औरतों की निर्बलता भी कूच कर जाती है।

कुसुममेककरे रमणीजनो विषलतामपरत्र बिभर्ति च
धिगिति यस्त्वबलेति वदेदिमां जनन-मृत्युकरीं मदिरां गदेत् ॥20॥

सुन्दरियों के एक हाथ में फूल तथा दूसरे हाथ में विष की बेल रहती है। धिक्कार है उसे जो औरत को 'अबला' कहे। जन्म और मृत्यु देने वाली को नशा देने वाली मदिरा का नाम दे।

भुजबलेन हतोऽस्त्रबलेन वा भवतु जीवति चौषधि-सेवनात्
कुसुमकोमल-वज्रकठोरया स्मितकुठारहतो न हि जीवति ॥21॥

हो सकता है कि जो भुजबल या अस्त्र बल से मारा गया, औषध-सेवन से जी उठे, किन्तु फूल-सी कोमल वज्र-सी कठोर की मुस्कराहट रूपी कुठार से मारा गया जीवित नहीं रह सकता।

जयतु वा न पुमानरिमुन्मदं यदि बलं तु बलेन निरुध्यते
सुषमया प्रथमं हतपौरुषं युधि तृणेन पराजयते ध्रुवम् ॥22॥

यदि बल का मुकाबला बल से किया जाय तो मदोन्मत्त शत्रु से लड़ने पर जीत या हार, कुछ भी हो सकती है; परन्तु सौन्दर्य द्वारा पूर्वतः अभिभूत को, युद्ध में तिनके से भी निश्चित रूप में पराजित किया जा सकता है।

नव-वयो-ललिता नव कन्यका नवलवेषपरिष्कृतविग्रहाः
विविधनामधरा वनितैकला वदतुतामिह 'शक्ति' सुनामिकाम् ॥23॥

नवीन अवस्था में विद्यमान सुन्दर नौ कन्यायें जो नई वेशभूषा से सुशोभित थीं और जिनका अलग-अलग नाम रहा, वस्तुतः एक ही देवी के भिन्न रूप रहे, उसे 'शक्ति' के शुभ नाम से पुकारा जाय।

अखिल-देवशरीरजतेजसा त्रिजगतीगत-दिव्यसरत्त्विषा
त्रिदिव-देवपराक्रम-पूरिता प्रबल-शक्तिरभून् नवनायिका ॥24॥

समस्त देवताओं के शरीर के तेज से तीनों लोकों में फैले हुए प्रकाश तथा पराक्रम को लेकर प्रबल शक्ति के रूप में देवी नवीन नेत्री बनी थी।

निखिल-देवरुचोऽत्र सुसंगताः प्रकृतिशक्तिचयं हि समाश्रिताः
सुरगणो मुकुरे बृहतीकृतामिव विभामवलोक्य विमोहितः ॥25॥

समस्त देवताओं का तेज जुड़कर परिपूर्ण शक्ति का एक एकीकृत रूप बन गया। देवगण शीशे में अधिक बड़ी बनायी गई-सी आकृति को देखकर मोह में पड़ गया।

मुखममन्यत शाम्भवतेजसा चिकुरजालमथो यममायया
हरिगुणैरतुलं भुजयोर्बलं स्तनयुगं शशिनैव विनिर्मितम् ॥26॥

मुख शंकर के तेज से बना माना गया। यम की माया बाल बने लगे। विष्णु के गुणों से भुजाओं का अपार बल बना दिखाई दिया। दो स्तन चन्द्रमा के तेज से बने लगे।

कटिविभा सुरराज-विनिर्मिता जघनमूरुरथो वरुणौजसा
अवयवा अपरेऽपि च कल्पिता विविधदेवविशेषगुणोद्भवा ॥27॥

कमर की शोभा इन्द्र के तेज से बनी; वरुण के ओज से जाँघें तथा टाँगें बनीं। अन्य शरीर के हिस्से भी विभिन्न देवताओं के विशिष्ट गुणों से बने हुए लगे।

अमरशक्तिजशक्तिररिन्दमा स्वजनिदैवत-लक्षणलक्षिता
असुरसैन्यवधाय सुगर्जिता प्रहरणानि ववाञ्छ सपद्यथ ॥28॥

अपने विभिन्न जन्मदेवता के लक्षणों से युक्त तेज से पैदा हुई शत्रुओं का दमन करने वाली शक्ति ने दैत्य-सेना के विनाश की गर्जना करते हुए शीघ्र ही शस्त्रों की माँग की।

युधि वृणीत जयो हि वरायुधामिति विमृश्य शुभाशुभदर्शिनः
हरिहरादिसुरा जयकाङ्क्षया प्रहरणान्यददुः खलु शक्तये ॥29॥

युद्ध में जीत श्रेष्ठ शस्त्रधारी का वरण करती है, यह सोचकर भले-बुरे का विचार करने वाले विष्णु-शंकर आदि देवों ने जीत की कामना लेकर शक्ति देवी को हथियार दिये।

नव नवा अपराश्च कुमारिकास्त्वरितमस्त्रयुताः सह संगताः
इतरदारजनैः समुपागतै र्गिरिमही तु बभौ महिलापुरी ॥30॥

नई-नई अन्य कुमारियाँ भी शस्त्र लेकर शीघ्र उपस्थित हो गईं। और भी स्त्रियों के आ जाने से पहाड़ की धरती स्त्रियों की पुरी के रूप में सुशोभित हुई।

प्रमुखशक्तिमहो हरिवाहनां समरवेषविशेषविधारिणीम्
अनुसरज् ज्वलतिस्म गणाननं त्वपरदीप इवामुखदीपकात् ॥31॥

शेर के ऊपर चढ़ी युद्ध का विशेष वेश धारण किये हुई प्रमुख शक्ति के पीछे चलने वाला जनगण उसी तरह प्रदीप्त हुआ जैसे प्रमुख दिये से अन्य दीपक जल उठते हैं।

जय शिवेति जगर्ज च घोषको हरिरदादनुनद्य समुत्तरम्
सकलसैन्यमनूदितगर्जनं सपटहं शिविरादचलद् द्रुतम् ॥32॥

उद्घोषक ने 'शिवा की जय हो' यह नारा लगाया। शेर ने गरज कर उसका समर्थन किया। सारी सेना नारों का अनुमोदन करती नगाड़े बजाती हुई तेजी के साथ शिविर से चल पड़ी।

सुरगणस्य पलायनपूर्वताप्यचिरमेव स्वयं विपलायिता
कनिबलं ह्यवलोक्य समुद्यतं विबुध-पुंबलमप्युदितं ह्रिया ॥33॥

देवताओं की पलायन-क्रिया शीघ्र ही स्वयं विलीन हो गई। कन्या-सेना की तैयारी को देखकर लज्जा के कारण पुरुष देवों की शक्ति भी जाग गई।

सकल-देव-समन्वितचेतना सुनवनीतसमोपलतां गता
प्रणति-नम्र-शिरोभिरुदाहरन् मधुवचांस्यभये-अभया वयम् ॥34॥

समस्त देवताओं की चेतना उस तरह दृढ़ हो चली जैसे मुलायम मक्खन पत्थर बन गया हो। वे अपना सिर झुकाकर मधुर वाणी में बोलने लगे— हे भयरहित देवि! हम अब भय से मुक्त हैं।

विविधतान्त्रिकमन्त्रज-साधनाः प्रहरणास्त्रपुरोगम-संहराः
नदनदीजलवद् बृहदम्बुधौ नवलशक्तिहृदि स्वयमागता ॥35॥

अनेक तांत्रिक मन्त्रों की साधनायें, मार करने वाले अस्त्रों को चलाना तथा लौटाना नवीन शक्ति के हृदय में उसी तरह समा गये जैसे बड़े सागर में नद-नदियों का पानी।

अमरगर्जननाद-परिस्तृतो नभसि शब्दरवोऽभवदीदृशः
कुपित-दैत्यपतिस्तरसावदद् 'उदडयिष्ट सपक्ष-पिपीलिका' ॥36॥

देवताओं के गरजने का नाद अन्तरिक्ष में इस तरह फैला कि दैत्यराज क्रुद्ध होकर जोर से बोला — चींटी के पर लग गये कि वह उड़ने लगी है अर्थात् देवताओं के विनाश का समय आ गया जो कि वे लड़ने आये हैं।

अथ स आक्रमितुञ्च नतोऽम्बिकां शरदि फुल्लसरोजवदुज्ज्वलाम्
किसलयैरिव नैकभुजैर्युतां पदयुगेन च दान्तवसुन्धराम् ॥37॥

इसके बाद वह शरद् ऋतु में खिले हुए कमल के समान उस उज्ज्वल देवी पर आक्रमण करने को चला जो कोपलों के समान अनेक भुजाओं से युक्त थी तथा जिसने धरती को अपने दो चरणों से दबाया था।

महिष आत्मजनिं जननीं मृतिं मदमदान्धतया न तदास्मरत्
जनयतीह शिशुं ह्यबलं प्रसूः स्वपयसा सबलं विदधाति तम् ॥38॥

महिष अपने को पैदा करने वाली माँ तथा मौत को घमण्ड के कारण तब भूल गया कि माँ पैदा कर निर्बल बच्चे को अपने दूध से पुष्ट करती है।

कठरदारु-बृहच्छिलयोर्यथा नदभयावहवीचि-समुद्रयोः
ननु शिखावल-पुच्छ-किरीटयोः भवतु का समताऽसुर दुर्गयोः ॥39 ॥

कठोर कुकाठ और विशाल पत्थर की शिलाओं में, बड़े नद तथा भयंकर लहरों वाले समुद्र में, मोरपंख और मुकुट में, असुर महिष और दुर्गा में समता हो सकती है क्या?

प्रकृतिराद्यवयास्तु कुमारिका विकसिता तु जनी जननी च सा
भृकुटिवक्रतया जयति द्विषो भवतु का समताऽसुरदुर्गयोः ॥40 ॥

बचपन की कुमारी प्रकृति ही विकसित होकर एक औरत तथा माँ बनती है। अपनी टेढ़ी भौंह से ही वह शत्रुओं को जीत लेती है, उस दुर्गा से महिष दैत्य की क्या समता?

अनुचितं महिषस्त्वबलां जयेदनुचितं यदि सापि च तं जयेत्
इति विचिन्त्य रणे युयुधे स किं समुचितो महतो महताहवः ॥41 ॥

महिषासुर एक अबला को जीत ले, यह उचित नहीं और न यही उचित है कि वह (अबला) उसे परास्त कर दे, अतः वह क्या लड़े? महान् का महान् के साथ ही लड़ना उचित है। यह सोचकर.........

सपदि दण्डयितुं नव मातृका अधिकृतो महिषेण रणे ह्यतः
असुर-सैन्यपति र्बलिचिक्षुरः सविधिविग्रहमारभतामरैः ॥42 ॥

उन नौ मातृकाओं को शीघ्र ही दण्डित करने के लिए उसने असुर सेनापति बलवान् चिक्षुर को अधिकारी बनाया जिसने पूरी तैयारी के साथ देवताओं के विपरीत लड़ाई शुरू कर दी।

किटकिटायितदन्तभयावहा विकटमुच्छसुतीक्ष्णनखाः खलाः
क्व दितिजाः क्व च कोमलकन्यका विलसिता जलदेषु तडिद्यथा ॥43 ॥

कहाँ दाँतों को किटकिटाते विकट मूँछों और तीखे नखों वाले भयानक दुष्ट दैत्य और कहाँ कोमल कन्यायें! उनके बीच लड़ती हुई वे ऐसी लगती थीं जैसे बादलों में बिजली चमक रही हो।

जलधिमध्यगतो मनुजो यथा 'शफरकैः' परिलुञ्च्यत उत्प्लुतैः
अरय उत्पतिता अभितो रणे युवतिभिश्च तथैव विकर्तिताः ॥44 ॥

पानी के बीच गये हुए जन को जैसे उछल कर शार्क मछलियाँ नोच रही हों, युवतियों ने चारों ओर से युद्ध करते शत्रुओं को वैसे ही उछल-उछलकर कुतर दिया।

प्रहरणं कवचेन निरुध्यते परमनीप्सित एव स मातृषु
स्खलनशील-सुपिच्छलविग्रहादपससार तदेव तु निष्फलम्॥45॥

हथियार को कंवच से रोका जा सकता है किन्तु युवतियों के लिए वह आवश्यक नहीं था; क्योंकि उनके फिसलन वाले चिकने शरीर पर से बिना प्रभाव डाले वह (हथियार) खिसक जाता रहा।

विनिहता विशिखैस्तु धनुर्धरा असिभिरेव हता असिचालकाः
मुशलिनोऽपि तथैव निषूदिता युवतिभी रणनीति-परात्मभिः॥46॥

युद्ध-नीति को जानने वाली युवतियों ने धनुर्धरों को बाणों से, तलवार चलाने वालों को तलवारों से और मूशल की मार करने वालों को मूशलों से ही मार डाला।

श्रियमुपेत्य समुत्सुककेसरी घुरघुरायत आक्रमितुं ह्यरीन्
स खलु पाणिनिदेशसमर्थितो युधि जगर्ज चकर्ष च वाहिनीम्॥47॥

लक्ष्मी के पास जाकर उतावला शेर दुश्मनों पर आक्रमण की आज्ञा की चाह से घुर-घुर करने लगा तो हाथ के इशारे से आक्रमण की आज्ञा मिलने पर वह मैदान में गरजा और उसने दुश्मनों को फाड़ डाला।

युवति-चित्र-पतंगगणाश्चला असुरयूथविलोचनतस्कराः
पलमितः पलमेव ततो गता अरि-शिरः कुसुमानि विचिच्छिदुः॥48॥

युवतियाँ तितलियों के झुण्ड के समान घूमती हुई असुर युवकों की आँखों को चुरा रही थीं। एक क्षण यहाँ, दूसरे क्षण वहाँ जाती हुई शत्रु के शिर रूपी फूलों को काट रही थीं।

असुरराजचमूश्चतुरंगिणी रथगजाश्वपदैर्द्रुतगत्वरी
श्रुत-हरीन्द्रभयावह-गर्जना दिशि दिशि प्रविकीर्णभटाऽभवत्॥49॥

दैत्यराज की चतुरंगिणी सेना रथों, हाथियों, घोड़ों तथा पैरों से तेज चलती हुई शेर की डरावनी गर्जना सुनकर योद्धाओं के अलग-अलग दिशाओं में चले जाने से बिखर गई।

महिष आदिशदायुधधारिणः खलु नियुध्य भटा अबलाजनैः
कुरुत यत्नमुपैति विनिग्रहं ननु यथामरयोषिदनीकिनी ॥50॥

महिषासुर ने शस्त्रधारियों को आदेश दिया कि स्त्रियों से लड़ाई बन्द करें और ऐसा प्रयत्न करें कि जिससे देवताओं की स्त्री-सेना पकड़ ली जाये।

तदनु चामरवाष्कलचिक्षुरा असि-विडाल-महाहनुसेनपाः
विकट हुंकृतिना कृतडम्बरा विनिहता महिषश्च रुषाज्वलत् ॥51॥

तब चामर, वाष्कल, चिक्षुर, असि, विडाल तथा महाहनु सेना-प्रमुख भयंकर हुंकार भर कर हुल्लड़ मचाते हुए मारे गये। इससे महिषासुर क्रोध से जल-भुन उठा।

करगृहीतवरत्रशतं परागरिदलं तु विलोक्य तदाम्बिका
स्वदलमाह—विषं जठरे स्थितं दितिजसैन्यजनेष्वभिकीर्यताम् ॥52॥

हाथों में सैकड़ों रस्सियाँ लिये शत्रु-सेना को देखकर अम्बिका ने अपनी सेना को आदेश दिया—पेट में विद्यमान विष को दैत्य-सेना पर छिड़क दो।

कन्या विषाक्तमनिलं महिषस्य सैन्ये
फूत्कारघोरमभिमोक्तुमथारभन्त।
वीरास्तदैव गरलेन हि दग्धगात्रा
झंझाहतास्तरुगणा इव पेतुरुर्व्याम् ॥53॥

कन्याओं ने विषाक्त वायु को महिष की सेना पर ज्यों ही घोर फुत्कार से फैलाना शुरू किया, त्यों ही विष से शरीर के जल जाने के कारण सैनिक धरती पर उसी तरह गिर पड़े जैसे तूफानी हवा से चोट खाये पेड़ों के समूह।

चतुर्थः सर्गः

निःशस्त्रो महिषस्तया त्वभिलषन् सन्धिं जगादातुरः
'नाहं ते ऽस्म्यधुना शुभे! प्रतिभटो जानीहि मा स्वं जनम्
मह्यं साम्यपरीक्षकाय समरे मा द्रुह्य कञ्जानने!
सूल्लीढो निकषे मणिः शिरसि यद् धार्यः सुधीभिः सदा ॥1॥

शस्त्ररहित महिषासुर देवी के साथ सन्धि करने की तीव्र इच्छा से बोला — हे कल्याणी, अब मैं तुम्हारा प्रतिद्वन्द्वी नहीं हूँ। मुझे अब अपना जन समझो। हे कमल के समान नेत्रवाली, मैंने अपनी बराबरी के परीक्षण के लिए जो युद्ध किया, उसके लिए तुम मुझसे द्रोह न करो, क्योंकि जो बुद्धिमान आदमी हैं, वे मणि को कसौटी पर कसने पर ही अपने सिर में धारण करते हैं।

जित्वाजौ निखिला बलाढ्यरिपवः कृत्वा वशे कीलिताः
सर्वेऽप्यादिम-लोकपाल-सहिता वीरा मया निर्जिताः
पाताले भुवि चाम्बरे विचरणे स्यान्मे कुतः साध्वसम्
त्वद्देहे तु सुकोमले प्रहरणे किं मे सकम्पं मनः ॥2

मैंने युद्ध में बड़े-बड़े बली शत्रुओं को जीतकर गाड़ दिया है। पहले के लोकपालों के साथ मैंने सब वीरों को जीत लिया है। पाताल, भूलोक तथा अन्तरिक्ष में विचरण करने में मेरे लिए कोई भय का कारण नहीं, किन्तु तुम्हारे सुकोमल शरीर पर प्रहार करने में मेरा दिल काँप उठता है।

संयोगः सुखदो वियोगविषमः कालो विषादोत्कटः
लब्धे पाणिसरोरुहे तव शुभे स स्यात्सुखायाधुना
संयोगा इतरेऽपि काममवनौ प्रेष्ठोऽस्ति तेषां, परम्
सम्बन्धः प्रियतात्मकः सुमधुरः स्थाप्यः स एवावयोः ॥3॥

संयोग सुखदायक होता है; वियोग का कठिन समय अत्युग्र दुःख देता है। कल्याणी, तुम्हारा कर-कमल मुझे प्राप्त हो जाय तो मेरे लिए अब वह

सुखदायक होगा। यों तो संसार में और भी सम्बन्ध हैं, परन्तु प्रेम-सम्बन्ध सबसे अधिक अच्छा है। वही अब हमारे बीच स्थापित होना चाहिए।

नानन्दं लभते ऽक्षतेष्वरिषु तत् तान् हन्ति युद्धेऽधमः
सापत्नं तु विहाय जीवति निजीभूतैश्च भद्रो जनः।
मैत्रीं चेदुररीकरोषि सुभगे स्वर्गं सुरा भुञ्जताम्
पातालं च सह त्वया ऽपरमहं नाकं विधातुं क्षमः ॥4॥

दुश्मनों के रहते हुए सुख अनुभव नहीं करता है तो नीच आदमी उन्हें युद्ध में मार देता है। अच्छा आदमी शत्रुता त्याग कर उन्हें अपना बना लेता है। हे सुन्दरी! यदि तुम मेरी मैत्री स्वीकार करो तो फिर करें देवता स्वर्ग का भोग। मैं तुम्हारे साथ रहकर पाताल को ही दूसरा स्वर्ग बनाने में समर्थ हूँ।

पुंनार्योः प्रणयो मिथो हि कुरुते चान्योन्यपूर्तिं तयोः
तारुण्ये यदि युध्यते तु युगलं मानेन युक्तंतदा
स्त्रीणां स्त्रीष्वरिता मुधा परुषताऽप्यस्त्येव नृणां-नृषु
यूनः सा मिथुनस्य तल्पसमरे काम्याऽन्यथाऽसाम्प्रतम् ॥5॥

स्त्री-पुरुषों में परस्पर प्रीति एक-दूसरे की पूर्ति करती है। युवावस्था में यदि रूठ कर वे झगड़ते हैं तो कोई गलत नहीं है। स्त्रियों का स्त्रियों से अकारण वैरभाव, आदमियों में आपसी रोक-टोक चलती ही रहती है। जवानी में स्त्री-पुरुष-युगल में शय्या-युद्ध तो वाञ्छनीय है, अन्यथा वह उचित नहीं।

कामार्त्या म्रियमाणमेव महिषं मां मा विदित्वा वधीः
पुण्यान्यर्जय पीडकादव मनोजातात् खलान्मां लघु।
प्रेमान्धस्त्वधरामृते हितरुचिर् युद्धेन रज्येत किम्!
भुञ्जानो सहते न जातु पतितं कार्यान्तरं बाधकम् ॥6॥

कामजनित रोग से मरा जाता हुआ जानकर महिष का वध मत करो। पीड़ा देने वाले मन में पैदा हुए इस दुष्ट काम से मुझे ज़रा बचाकर पुण्य कमाओ। प्रेम से अन्धा, जिसे अधरामृत-पान का चाव हो, क्या लड़ाई कर खुश हो सकता है? जो भोगरत हो, वह किसी दूसरे काम की बाधा को सहन नहीं करता है।

आप्तेष्टः किमु युध्यते स तु सदा भोगेषु लीनोऽचलः
भृङ्गः पुष्पमरन्द-लिप्त-चरणो नोड्डीयते रोरुदन्
स्वर्गे वा धरणीतले मधु मुखे पार्श्वे च काम्या प्रिया
यातीत्थं यदि जीवनं रसमयं यस्यात्र युद्धेन किम् ॥7॥

जो अभीष्ट वस्तु को प्राप्त कर लेता है, वह क्या युद्ध करता है ? वह तो भोग भोगने में मस्त रहता है। जिस भौंरे के चरण फूल के शहद में डूबे हों, वह रो-रोकर इधर-उधर नहीं उड़ता। स्वर्ग हो या धरती, हाथ पर मदिरा का प्याला हो और बगल में खूबसूरत प्रेयसी हो, जिसका इस तरह आनन्दमय जीवन व्यतीत हो रहा हो, उसे युद्ध से क्या लेना!

अन्विष्यन्मकरन्दमज्ञमधुपः कुञ्जात्तु कुञ्जान्तरम्
गूङ्कारेण भनक्ति शान्तिमभितोऽमर्षादुपेतान् दशन्
स्थित्वा कञ्जमुखे मुखेन स परं, मौनी रसं चूषति
क्षिप्तः सन् सुषमालये पशुरपि क्लिश्नाति नान्यज्जगत् ॥8॥

जो मूर्ख भौंरा शहद खोजता हुआ एक कुञ्ज से दूसरे कुञ्ज पर गूँजते हुए वहाँ की शान्ति को भंग करता और क्रुद्ध होकर समीप जाने वालों को काटता है, वही कमल को प्राप्त कर चुपचाप रस चूसता है। ठीक है — सौन्दर्य भवन में पड़ा हुआ पशु भी दूसरों को कष्ट नहीं पहुँचाता है।

सेना मे निहता त्वया नहि मृषा, देवै र्न वा दानवाः
नाश्चर्यं द्वितयेन बाणधनुषोरेवास्त्रिणो निर्जिताः
यत् सत्यं नयने तवाहितशरे चापे निकोचं गते
दृष्ट्वैवाहतमानसा ममभटा नष्टाः सुखेनायुधैः ॥9॥

यह झूठ नहीं है कि मेरी सेना तुमने मारी, अन्य देवों ने नहीं। यह आश्चर्य की बात नहीं कि तुमने दुहरे धनुष-बाण से मेरे अस्त्रधारी दानवों को जीत लिया। यह सत्य है कि धनुष पर बाण रखते हुए तुमने जो अपनी आँख को संकुचित किया, उसे देखकर ही दिल से मरे हुए योद्धा आसानी से तुम्हारे हथियारों से मारे गये।

निष्कर्षोऽयमथो मृगाक्षि ! सुभगे ! नाहं क्षमश्चाहवे
शोभासिक्तमनङ्ग - दर्पदहनं भेत्तुं शरैस्ते वपुः

प्रासादेषु मया सुखं निवस वा युद्धस्थलं मुञ्च वा
को मूढः सुमनोमयं सुमसृणं हारं पदा धर्षयेत् ॥10॥

हे हरिण के समान नेत्र वाली सुन्दरी! मैं युद्ध में शोभा से सिंचे हुए काम के घमण्ड को चकनाचूर करने वाले तुम्हारे शरीर को बाण से भेदने में असमर्थ हूँ; इसलिए या तो मेरे महलों में आनन्द लो या लड़ाई के मैदान से हट जाओ। कौन ऐसा मूर्ख होगा जो फूलों वाले (अच्छे दिल वाले) सुकोमल हार को पैर से कुचल दे।

देवेन्द्रो रिपुरस्ति दैत्यजगतः सोऽसौ मया निर्जितः
किन्तेनापि न सङ्गिनी यदि भवेत् काप्याङ्गना त्वादृशी
मन्येऽहं हि शवासनं त्वधिगतञ्चेद्रासनं त्वां विना
सैन्यं भिक्षुकवृन्दमेतदतुलं, सत्ताञ्च नैवात्मनः ॥11॥

हाँ, मैंने दैत्यों के शत्रु इन्द्र को जीतकर स्वर्ग पर तो पूरा अधिकार किया; किन्तु तुम्हारे समान कोई स्त्री मेरी संगिनी नहीं हुई तो उससे क्या बना! तुम्हारे बिना प्राप्त इन्द्र के आसन को मैं मुर्दे का आसन मानता हूँ और अपनी इस विशाल सेना को भिखारियों का जमघट। तुम्हारे बिना मेरी कोई सत्ता नहीं।

आपात-प्रणयोल्वणं मदमयं दम्भोत्कटं दीनता-
भासं हीनबलस्य तस्य वचनं रागेण चैवारसम्
कर्णीकृत्य शिलामयं प्रतिवचो देवीष्टकामा ददौ—
"एला चेन्निहिता मुखे, न लशुनोद्गारस्तु निह्नूयते ॥12॥

अतिशय प्यार के बोझ से लड़खड़ाते, घमण्ड से भरे, ढौंग से परिपूर्ण, आसक्ति से नीरस और दीनता को प्रकट करने वाले कथन को सुनकर अपने उद्देश्य से मतलब रखने वाली देवी ने पत्थर-सा उत्तर दिया— 'इलायची मुँह में रखने पर भी लहसुन की डकार छिपाई नहीं जा सकती है अर्थात् तेरी पोल खुल गई है। बात बनाने से तुम अपनी कमजोरी को छिपा नहीं सकते हो।

षण्ढाः किं तव सैनिका ननु मया ये दृष्टमात्रा मृताः
तच्छक्त्या जगदार्दयो ऽथ विनयं स्नेहात्मकं सन्त्यजन्
तन्नाशे हतसैनिकेन विहितः प्रेम-प्रसङ्गस्त्वया
मैत्री-निर्वहणं कदापि कुरुते नैवातिचारी जनः ॥13॥

कैसे नपुंसक (निर्बल) तुम्हारे सैनिक रहे जो मेरे केवल देखने पर ही मर गये। उनके बलबूते पर तुम संसार को सताते रहे और स्नेहयुक्त नम्र बर्ताव को तुमने त्याग दिया। उनके नष्ट होने पर अब तुमने प्रेम का गीत अलापना शुरू किया है। अत्याचारी व्यक्ति मित्रता को कभी नहीं निभा सकता है।

नारी कामयते नरं तु सबलं रक्षाक्षमं संकटे
हेतोः कस्य वृणीत सात्र महिषं नाशोन्मुखं त्वादृशम्।
जित्वा देवपुरं पुरा त्वमधुना तद्योषितोऽपीच्छसि
दारा प्राणपणेन रक्षति, परं मन्दोऽप्यभद्राशयात्॥14॥

नारी उस पुरुष को चाहती है, जो संकट आने पर रक्षा करने में समर्थ एवं बली हो। स्वयं विपत्ति में पड़े तुम जैसे महिष को वह क्यों वरण करे? स्वर्ग को जीतकर तुम अब उनकी औरतों को लेना चाहते हो? परन्तु बुरे आदमी से छोटे-से-छोटा जन भी प्राणों की बाजी लगाकर स्त्रीजन की रक्षा करता है।

दिव्यं धाम सुतैजसं मम परं शक्त्यात्मकं, तामसः
न त्वं वेत्सि तनोषि यत्कलुषितां सामान्यनारीमतिम्
तेनाघेन निमन्त्रितः स्वयमयं मृत्युस्त्वया, मामकम्
शूलं यातु निमित्ततां शुभगतिं तुभ्यं प्रयच्छद् युधि॥15॥

मेरा दिव्य तेजोमय परम धाम शक्ति का घर है; परन्तु तामसी स्वभाव होने से तू उसे नहीं जानता है, इसीलिए मुझे सामान्य नारी समझ कर दूषित मनोवृत्ति का परिचय दे रहा है। उसी पाप से स्वयं तूने अपनी मौत को निमन्त्रण दिया है तो मेरा यह शूल युद्ध में तुझे शुभ गति प्रदान करने का निमित्त बने अर्थात् इस शूल से तुझे मैं युद्ध में मार दूँगी।

न ज्ञात्वा मम शक्तिमीतिहरणीं त्वं मां जिगीषस्यरे!
सैन्यं ते क्षरितं हताश्च गणपाः केचिच्च विद्राविताः।
मार्गोऽयं ह्यपरस्त्वया परिणयप्रस्ताव-रूपश्चितः
उद्वाहः क्रियते समैरधिबलै र्हीनैः, परं, शिष्यते॥16॥

विपत्तियों को हरने वाली मेरी शक्ति को न जानने के कारण अरे! तू मुझे जीतना चाहता है। मैंने तेरी सेना नष्ट कर दी; तेरे सेनानायक मार दिये और कुछ भाग गये। अरे मूर्ख, तूने अब दूसरा रास्ता पकड़ा है, विवाह का प्रस्ताव

रखा है। विवाह समकक्ष या अधिक बली से किया जाता है। नीच व्यक्ति पर शासन किया जाता है।

भालं ते मम शूलखड्गपरिघा आदावचुम्बंस्ततः
गाढं किं न गदा त्वदीयजघनं वक्षस्तथापीडयत्
संग्रामे विशिखै र्मिथो द्रुततरं भूयाच्च नो संगमः
स्वर्गानन्दकरं विहाय समरं मा भूरधः स्वल्पभुक् ॥17॥

पहले तेरे मस्तक को मेरे शूल, खड्ग, परिघ चूम लें; फिर मेरी गदा तेरे सीने और पिंडलियों को पीड़ित कर ले और युद्ध में परस्पर बाणों से हमारा मिलन हो, ऐसे स्वर्ग का आनन्द देने वाले युद्ध को छोड़कर निम्न स्तर के स्वल्पभोग से तुझे क्या लेना!

पाताले तव शासनं सुविदितं नाशङ्क्यते केनचित्
ख्यातं शास्ति शचीपतिः सुरपुरं तत्त्वं वृथा मा गृधः
स्वे स्वे सीम्नि समाहिता अधिकृताः कुर्यु र्जगन्मङ्गलम्
दण्ड्यं स्याद्धि पराधिकारहरणं कस्मै हि तद् रोचते!॥18॥

इसमें किसी को शंका नहीं है तू पाताल लोक का शासक है और देवलोक में इन्द्र का शासन है। तू व्यर्थ में उसका लालच क्यों करता है? अधिकारी अपनी-अपनी सीमाओं के भीतर रहकर ही संसार का कल्याण करें और जो दूसरे के अधिकार को छीनने का प्रयत्न करे, उसका पतन होना चाहिए। वैसा किसे अच्छा लगता है!

ईहे नैव तवर्द्धराज्यमखिलं नैवापि लघ्वंशकम्
मन्ये तत्तु तृणाय, मां हि जगतश्चिन्ता, परं, बाधते।
दण्ड्यस्त्वं परराष्ट्रगृद्धनयनो लोभाभिभूतस्तथा
नोच्छिष्टान्नमिवान्यदारधरणी र्भद्रो जनः काङ्क्षति॥19॥

तेरे पूरे समृद्ध राज्य, अथवा किसी छोटे हिस्से को हड़पने का मेरा कोई इरादा नहीं। वह सब मेरे लिए तुच्छ है, पर मुझे जगत् की चिन्ता सता रही है। तू दण्डनीय है जोकि दूसरों के राष्ट्र पर नज़र गड़ाये हुए है तथा लालची है। अच्छा आदमी दूसरे की पत्नी और धरती का जूठे अन्न की तरह भोग नहीं करता है।

युद्धे चेन्म्रियसे ततो परजनिः संशोध्यते ते क्षणात्
हन्तुं त्वां-क्षमयाचिराच्च कुमते नातो हतोऽद्यावधि।''
युद्धे शक्तिरनुत्तमा हृदि कृपा शत्रौ कुसूनाविव
देव्या युद्धविशेषतेति सततं वन्द्या सुधीभिः सदा ॥20॥

हे दुर्बुद्धि दैत्य! तुझे शीघ्र ही मारने में समर्थ होने पर भी मैंने आज तक इसलिए नहीं मारा कि युद्ध में मरकर दूसरे जन्म में तेरी बुद्धि सुधर जाय।' इस तरह युद्ध में प्रबल शौर्य, अपने मन में कुपूत-सा मानकर शत्रु के प्रति कृपा—देवी के युद्ध की यह विशेषता अच्छी बुद्धि वालों द्वारा सदा वन्दनीय रही है।

नागैस्तां वशगां विधातुमसकौ धर्तुं प्रयेतेऽसुरः
पाशाः किन्तु सुतीक्ष्णगारुडशरैः शक्त्या विखण्डीकृताः
एवं तामहतां ग्रहीतुमभवद् भग्नाऽभिलाषोऽन्ततः
कः स्यात्पूर्णमनोरथो जगति वा स्वप्नैर्दिवालोकितैः ॥21॥

नाग-पाशों से पकड़कर देवी को अपने अधीन रखने के लिए महिषासुर ने प्रयत्न किया; पर उसने तीखे गारुड़ बाणों से उनके टुकड़े-टुकड़े कर दिये। इस तरह बिना मारे देवी को पकड़ने का उसका मनोरथ आखिरकार भंग हो गया। ठीक है— कौन दिवास्वप्नों से संसार में सफल-मनोरथ होता है?

'स्तम्भं' बाणममुञ्चदाहतमनाः कर्तुं च शक्तिं शिलाम्
प्रत्याहार-शरेण तं समुकुटं देवी तदापातयत्
आग्नेयं विशिखं यदैव महिषो मौर्व्यां पुनः संदधौ
वार्बाणेन तदैव हस्तसहितं चापं चकर्ताम्बिका ॥22॥

'शक्ति' को बेजान शिला बना देने के लिए उसने 'स्तम्भ' नामक बाण छोड़ा। उसने प्रत्याहार बाण से उसे मुकुट सहित गिरा दिया। महिष ने जब प्रत्यंचा पर आग्नेय बाण रक्खा तो देवी ने 'वार्बाण' (पानी बरसाने वाला बाण) मारकर हाथ के साथ ही उसके धनुष को काट दिया।

कोशाणून् वपुषो विभज्य महिषश्चानेकरूपोऽभवत्
लुप्तो दीप्तशरान् मुमोच बहुशो व्योम्नो यदा नीरवान्
तां श्छित्त्वौषजनं निरुध्य स खलो देव्या तदा तर्दितः
सन् शार्दूलतनुर्धरामुपगतः सिंहेन तस्या धृतः ॥23॥

शरीर के कोशाणुओं को तोड़कर महिषासुर अनेक रूपों में हो गया और छिपकर चमकते नीरव बाणों को आसमान से छोड़ने लगा। उन्हें काटकर देवी ने ओषजन रोकते हुए उस दुष्ट को खूब यातना दी तो वह शेर बनकर धरती पर आ गया। तब देवी के शेर ने उसे पकड़ लिया।

धृत्वा वन्यगजस्य रूपमतुलं मायामयञ्चाप्यसौ
यावत्प्रारभते सुरान् क्षपयितुं पद्भ्यां रदाभ्यां तथा
शुण्डामस्य विभिद्य केसरिवरस्तावत् पुरः प्राक्षिपत्
मायावी महिषाकृतिं दधदथो योद्धुं पुनः संस्थितः ॥24॥

उसने वनैले हाथी का बहुत बड़ा जादुई रूप धारण कर अपने पैरों तथा दाँतों से देवताओं को रौंदना शुरू ही किया था कि देवी के सिंह ने उसकी सूँड तोड़कर सामने फेंक दी। तब उस मायावी ने भैंसे की आकृति धारण कर फिर लड़ना शुरू कर दिया।

तत्रापि क्षतविग्रहं शरशतैः स्वं वीक्ष्य भीतोऽसुरः
क्षिप्रं चित्रतनुस्तदा स शरभस्त्वष्टापदोऽदृश्यत
बद्धः संघटितैः सुरैः प्रतिहतो भूयो भवन् दानवः
शूलेनाशुहतस्तदा स महिषो देव्या द्युसन्तुष्टये ॥25॥

जब सैकड़ों बाण लगने से उसने अपने शरीर को घाव भरा देखा तो वह डरकर विचित्र-शरीर आठ पैरों वाला शरभ बना देखा गया और जब मिलजुल कर देवताओं ने उसे पकड़ा तो वह फिर दैत्य बन गया। इस पर देवी ने अपने शूल से स्वर्ग को सुखी बनाने के लिए उसे मार गिराया।

खेदो मातृहृदोऽपगच्छति कदा दुष्टेऽप्यपत्ये हते?
अक्ष्णोः शत्रुजयप्रसादसलिलं देव्या यतो नावहत्
रोषाग्नि र्ज्वलितो मृतेऽपि महिषे तस्या न शान्तिं गतः
तप्ता लौहपटी हुताशनगता सद्यो न शीतायते ॥26॥

दुष्ट बेटे के भी मरने पर माँ के हृदय का दुःख कैसे दूर रह सकता है! देवी की आँखों से शत्रु को जीतने की खुशी के आँसू नहीं बहे। उसके हृदय में जो क्रोध की आग जल रही थी, महिषासुर के मरने पर भी वह नहीं बुझी। ठीक है आग में पड़ी लोहे की पट्टी गरम होने पर फिर जल्दी ठंडी नहीं होती।

देवेशादिसुरास्तदात्युपकृताः कर्तुं स्तुतिं संगताः
कोपं हापयितुं स्वरूपसरणिं चानेतुमेतां पुनः
नत्वा सादरमीश्वरीञ्च नुनुवु र्बद्धाब्जहस्ताः स्थिताः
"क्रोधं संहर देवि सर्वसुखदे! शान्ता प्रसादं कुरु ॥27॥

देवी ने जिनका अत्यधिक भला किया, वे इन्द्रादि देवता देवी की स्तुति करने तथा देवी को क्रोध त्याग कर पुनः प्रकृतस्थिति में लाने के लिए इकट्ठे हुए। आदरपूर्वक कमलरूपी हाथ जोड़कर ईश्वरी की स्तुति करने लगे–'सबको सुख देने वाली हे देवि! क्रोध दूर करो, शान्त होवें, खुश होवें।'

आद्या शक्तिरनन्तरूपमहिमा त्वत्तो परा शून्यता
कृत्याकृत्यविनिर्णये च भवती त्वेका प्रभुः के वयम्!
देवेभ्यो निजकर्मजन्यसुफलं स्वर्गस्त्वया दीयते
मर्त्यानां विषयोऽपि तै रुपगतैः पुण्यक्षये लभ्यते ॥28॥

तू आदि शक्ति है। विश्व में अनन्त रूपों में तेरी महिमा प्रकट हुई है। तुझसे परे कुछ नहीं है। क्या करना चाहिए क्या नहीं - इसका निर्णय करने में केवल तू ही समर्थ है। हम तेरे सामने कुछ भी नहीं हैं। अपने अच्छे कर्म के परिणामस्वरूप देवताओं को स्वर्ग तू ही देने वाली है और पुण्य क्षय होने पर उन्हें फिर तू ही मनुष्य-लोक प्रदान करती है।

दैत्यानां वसतिः सुदीर्घसमयात्पाताल-लोके स्थिता
तेऽस्मत्स्थानमधिग्रहीतुमनसा प्रायो यतन्ते मुधा
गोप्तुं नीतिपरायणांश्च विबुधान् त्वं युध्यसे तैरतः
स्त्रीशक्तिः परकीयकार्यकुशला स्तुत्या सदा सूरिभिः ॥29॥

बहुत पहले से दैत्य पाताल-लोक में रहते रहे हैं। वे हमारे स्थान को ग्रहण करने की इच्छा से बेकार प्रयत्न करते हैं। नीति के अनुसार चलने वाले देवों की रक्षा के लिए तू उनसे लड़ती है। इसीलिए विद्वानों ने स्त्रीशक्ति को दूसरों के लिए काम करने के कारण सदा प्रशंसनीय माना है।

दुर्वृत्तोऽपि सुतोऽपराधनिरतो मात्रा तदैवार्द्यते
जन्यागो हि जनेश्च मन्यु-हुतभुक् स्यातां यदा मूर्धगौ
कोपस्ते परमोऽप्यतः समुचितः पुत्रं शठं शासितुम्
अम्बा दण्डधरा भवेद् यदि परो मार्गोऽयनायात्र कः ॥30॥

दुराचारी पुत्र को भी माँ तभी दण्ड देती है जब वह अपराध पर अपराध करते जाता हो और जब सन्तान का अपराध तथा माँ का क्रोध पराकाष्ठा पर पहुँच गये हों; अतः दुष्ट पुत्र को ठीक करने के लिए तेरा क्रोध करना उचित ही है। जब दण्ड देने का काम माँ को सौंपा गया हो तो समाधान का कोई और रास्ता है भी कहाँ?

सर्वेषां जडजीवजन्तुजगतामाधारभूते शिवे!
देवानां प्रमुखा वसन्ति रमणीरूपेण ते विग्रहे
स्त्रीरूपं सुमनोहरं तव पुरो दृश्यं यथार्थं न तत्
लिङ्गिज्ञानमृतेऽसि विश्वपरकं चैतन्यमात्रं महत् ॥31॥

हे कल्याणकारिणी, संसार में सभी स्थावर-जंगमों का आधार तू ही है। देवों के मुखिये स्त्रीवेष में तुम्हारे शरीर में रहते हैं। तेरा दृश्यमान यह मनोहर स्त्रीरूप वास्तविक रूप नहीं है। स्त्री-पुरुष के ज्ञान से रहित विश्वव्यापिनी शुद्ध विराट चेतना तेरा असली रूप है।

सृष्ट्वा विश्वमिदं त्वमेव सततं तद्रक्षितुं चेष्टसे
लोकेषूग्र - विनम्रसंसृतिततिस्त्वन्मायया तन्यते
संघर्षञ्च सुरासुरात्मकहृदां त्वत्प्रेरणा - प्रेरितम्
हेतोः कस्य च कश्मलं खरमिदं क्रीडाकृतावात्मनः ?32॥

इस संसार को बनाकर तू ही उसकी रक्षा करती है। लोक-लोकों में तेरी प्रचण्ड तथा नम्र सन्तान का विस्तार तेरी ही माया से होता है। तेरी ही प्रेरणा दैवी तथा आसुरी हृदयों के संघर्ष की सृष्टि करती है। तब तेरे अपने ही खेल की रचना में यह तेरा तीव्र विषाद कैसा!

भक्ता भोगरता स्त्रिविष्टपजनाः शान्तिप्रिया नोन्मदाः
दैत्या घ्नन्ति तथापि तान्तु, पणयो गा नो हरन्त्यन्यतः
यक्षाश्चान्तरितास्तथा न्रमरयो रायो ऽपि संचिन्वते
त्वन्नो रक्षसि देवि! कृच्छ-समये प्राप्ता मणिद्वीपतः ॥33॥

स्वर्ग के वासी भक्त, कर्मों के भोग करने में लीन शान्तिप्रिय तथा उन्माद-रहित हैं, फिर भी दैत्य उन्हें मारते हैं। दूसरी ओर से पणि लोग हमारी गायें चुरा ले जाते हैं और मध्यवर्ती यक्ष देवों और मनुष्यों के धन-दौलत ले जाते हैं। तब तू ही तो मणिद्वीप से आकर संकट के समय हमारी रक्षा करती है।

वैकुण्ठाधिपतिः पयोनिधिगतः शेतेऽतिनिद्राप्रियः
कैलासे वसता शिवेन च तपोमग्नेन किं साध्यते?
नाशक्नोदभिरक्षितुं सुरपुरं सेनापि याऽशिक्षिता
धाता नूतनभाण्डनिर्मितिरतः को नो विना त्वामवेत्?34॥

वैकुण्ठ के स्वामी विष्णु अत्यधिक निद्राप्रिय होने के कारण क्षीर-सागर जाकर सो जाते हैं। सुदूर कैलासवासी तपस्यालीन शंकर से क्या हो सकता है? सेना भी अशिक्षित होने के कारण देवलोक की रक्षा नहीं कर सकी। ब्रह्मा नये-नये बर्तन बनाने में लगे हुए हैं। हमारी रक्षा तेरे बिना और कौन करे!

कस्ते शाक्तबलं प्रसह्य भुवने जेतुं समर्थो भवेत्
दर्पो रावणरक्षसः परिहृतः श्वेतार्यनार्या द्रुतम्
सीम्नो योगवशात्तया त्वधिगता शक्ति र्न किं तावकी
श्वेतद्वीपवधूस्तथा मणिकनिः सख्यौ भवेताम् ध्रुवम्॥35॥

तेरी शक्ति के बल को संसार में कौन जीत सकता है! श्वेतद्वीप (मणिद्वीप से लगा द्वीप) की श्रेष्ठ औरत ने राक्षसराज रावण का घमण्ड अविलम्ब चकनाचूर कर दिया। सीमा से जुड़ने के कारण क्या तेरी शक्ति उसे भी मिल गई? श्वेतद्वीप की वह बहू तथा मणिद्वीप की कन्या तुम अवश्य ही सखियाँ रही होंगी।

वर्षर्तौ हरिवर्षपो हरिरहो! शेते पयः सागरे
सो[1]त्थायापि नरेण साकमलकां गत्वा तपस्वन् स्थितः
रुद्रो यो नियतः खलान् दमयितुं सोऽद्रौ तु शैत्यार्दितः
सम्प्राप्ता असुरार्दिता इति मणिद्वीपेश्वरीं त्वां सुराः॥36॥

वर्षा ऋतु में हरिवर्ष के मालिक हरि, दूध के समुद्र (दुग्धाभास समुद्र?) में सो जाते हैं और उठने पर भी 'नर' को साथ लेकर अलकापुरी जाकर तपस्या करने लग जाते हैं। रुद्र, जो दुष्टों के दमन के लिए नियुक्त हैं, कैलास पर्वत पर सर्दी से ठिठुरे पड़े हैं, इसलिए असुरों से पीड़ित देवता मणिद्वीप की शासिका तेरे पास आये हैं।

---

1. 'सैष दाशरथी राम' इत्येतादृशोऽयं छान्दसः प्रयोगः

पातालामरलोकयो र्विषमता नात्यन्तिकी मूलतः
नीत्योर्भिन्नतया विचारसरणौ भेदः कृतो लक्ष्यते।
स्वस्वामित्वमति स्तथात्मपरता दैत्येषु बद्धास्पदे
तस्माद् देवगणान् न कश्चिदपरः स्वर्गप्रभुत्वेऽर्हितः ॥37॥

पाताल और देवलोक में मूलतः कोई भिन्नता नहीं है। नीतियाँ पृथक्-पृथक् होने से विचारों में भेद दिखाई देता है। दैत्यों में एकाधिपत्य तथा वैयक्तिकता जड़ जमाये हैं। स्वर्ग में देवगण से परे किसी दूसरे का प्रभुत्व नहीं है।

यः स्यात्कोऽपि शतक्रतुः शुभकृती नाकस्य नेता भवेत्
इन्द्रः स्वर्गपति र्न वंशविहिता व्यक्तिर्विशिष्टा मता
पातालेऽसुरराजवंशजवरः सम्राट् परो जायते
भेदोऽयं वपते सुरासुरकुले संघर्षबीजं महत् ॥38॥

जिस किसी ने भी सौ यज्ञ कर लिये, वह शुभ कर्म करने वाला स्वर्ग का शासक हो— इस नियम के अनुसार इन्द्र स्वर्ग का मालिक हुआ, न कि वंश परम्परा से व्यक्ति-विशेष के रूप में। पाताल लोक में दैत्यराज का वंशधर ही अगला राजा बनता है। इसी भेद ने देव और दानव कुलों में संघर्ष के बीज बोये।

स्वे कार्येऽभिरताः सुराः प्रमुदिता पुष्णन्ति लोकांस्तथा
दैत्या आत्मपुषः परस्वहरणे सक्ता महत्त्वैषिणः
ते मर्त्या, अमरा वयं करुणया मातुस्तवादभ्रया
सङ्कोचं कदपत्यकृत्यकलिलैः स्नेहो जनन्या व्रजेत् ॥39॥

अपने कामों में लगे देव जनता का पोषण करते हैं, जबकि दैत्य अपना पोषण तथा दूसरों के धन का अपहरण करते हुए महत्त्वाकांक्षी हैं। इससे देवी माँ की अतिशय करुणा से हम तो मौत से मुक्त हैं, वे (दैत्य) मरणशील हैं। माँ का स्नेह असुर सन्तान के लिए बुरे कर्मों के दोषों से कुछ सिकुड़ गया है।

दुष्टान् दण्डयितुं सतः सुखयितुं चण्डी भवस्याहवे
तन्नो राज्यजिगीषया जगति तु न्याय-प्रतिष्ठेच्छया
हत्वा दैत्यपतिं कृता विजयिनो देवाः, कृतार्थान्वसि
क्रोधं संहर देवि! हर्षसमये किं कारणं कश्मलम्! ॥40॥"

दुष्टों को दण्ड देने तथा सज्जनों को सुख देने के लिए तू युद्ध में प्रचण्ड रूप धारण करती है, किन्तु किसी राज्य को जीतने की इच्छा से नहीं, अपितु संसार में न्याय की प्रतिष्ठा की चाह से। तूने दैत्यों के स्वामी को मारकर देवताओं को विजयी बना दिया। तू अपने काम में सफल हुई। फिर खुशियाँ मनाने के अवसर पर खिन्नता क्यों? हे देवि! अब क्रोध दूर कर।

हृद्या देवगणोक्तिरास्यमनयद् देव्याः प्रसादं पुनः
प्रत्यूषे रजनीतमो मलिनितं भानोः प्रभेवाम्बरम्
प्रोवाचामरकार्यसाधनरता ''हृष्टास्मि देवा अहम्
दैत्येन्द्रो निहतो मया, सुचरितैर्विश्वं प्रशान्तिं भजेत् ॥41॥

देवताओं की हार्दिक वाणी से देवी का चेहरा उसी तरह फिर खिल उठा जिस तरह रात के अन्धकार से भरा आसमान सवेरे सूर्य की प्रभा से। और देवताओं के कार्य करने में लगी हुई देवी बोली — हे देवो! मैं खुश हूँ। मैंने दैत्यों के स्वामी महिष को मार दिया है। अच्छे कर्मों के निष्पादन से विश्व में शान्ति हो।

जातं जीवति विश्वमन्तसमये नश्यत्यजस्रं स्वतः
जातस्येह सुनिश्चितं च मरणं क्लृप्ता मया हेतवः
अन्यान् कोऽपि निहन्ति चेन् मदवशात् स्वार्थाय दण्ड्योऽस्ति सः
प्राणान् रक्षितुमस्तु चेतनमति र्नेमान्निहन्तुं मुधा ॥42॥

विश्व, कभी पैदा हुआ, जी रहा है और निरन्तर स्वयं अंत समय में नष्ट हो रहा है। जातक की मृत्यु निश्चित है, उसके कारणों को मैंने पैदा किया है। और कोई घमण्ड के कारण अन्य लोगों को अपने स्वार्थ के लिए मारता है तो वह दण्डनीय है। चेतन प्राणी की बुद्धि प्राणों की रक्षा करने में लगे, न कि उनके अकारण विनाश में।

पुंनार्यो र्जनपालनार्यमनसोः शक्ति स्तु संक्रम्यते
व्यक्तिश्चाप्यवितुं प्रयाति ममताशक्तिं शुभां मामकीम्
इत्थं सा लभतेऽधिकारमवनेऽप्याशीर्भिरायोजनैः
हिंसा नानुमता कदाप्यनुचिता मात्रा प्रतीपे स्थिता ॥43॥

लोगों को पालने के लिए स्त्री-पुरुषों के उत्तम हृदयों में शक्ति का संक्रमण होता है। व्यक्ति भी मेरी कल्याणकारिणी ममता के प्रभाव को बनाये रखने के लिए आगे बढ़ता है। इस तरह वह आशीर्वादों और अन्यान्य आयोजनों से रक्षा करने का अधिकार प्राप्त करता है। प्रतिकूल पड़ने वाली हिंसा की अनुचित मात्रा को कभी ठीक नहीं माना जा सकता है।

हिंसैवास्ति सतां मनोविदलनं बाधा ततो रक्षणे
दुष्टस्याथ वधोऽपि नास्ति हननं, जीवन् स हन्तीतरान्
आसक्त्या निहितोऽसतामपि वधो हिंसा विनिन्द्यैव सा
कर्तव्ये हननं समापतति चेद्, हिंसा न तन् मन्यते ॥44॥

सज्जनों के दिल को दुखाना हिंसा ही है क्योंकि उससे रक्षा-कार्यों में बाधा खड़ी होती है। दुष्ट को मार देना भी हिंसा नहीं है क्योंकि वह जीवित रहते दूसरों को मार देता है। आसक्तिपूर्वक बुरे आदमियों का वध भी हिंसा ही है और निन्दनीय है। कर्तव्य कर्म करते हुए जो हिंसा होती है, वह हिंसा नहीं मानी जाती है।

नैकान् रक्षितुमेकलोऽप्यसिधरो वीरो ममासौ प्रियः
धर्मं वीक्ष्य बहून् विनाश्य विजयी प्रेयान् स हन्ताऽपि मे
निघ्नन् धर्मकृते हतश्च समरे प्रेष्ठौ मदीयावुभौ
आसक्तान् हतकान् निकृष्टचरितान् हन्यान्न यस्त्वप्रियः ॥45॥

बहुत-से लोगों की रक्षा के लिए जो वीर अकेला तलवार उठाता है, वह मेरा प्यारा है। धर्म (कर्तव्य) समझकर जो बहुतों का विनाश कर विजय प्राप्त करता है, वह हिंसक होता हुआ भी मुझे अधिक प्रिय है। जो धर्म (कर्तव्य) निभाने के लिए मारता है, और जो कर्तव्य बुद्धि से मारते हुए युद्ध में मारा जाता है, ये दोनों मुझे सबसे अधिक प्रिय हैं। जो आसक्तिपूर्वक हिंसा करते हैं, ऐसे लोगों को जो नहीं मारता है, वह मुझे अप्रिय है।

योद्धुं यो यतते न तं हतबलं नाहं तथा पालये
हीनोऽप्यस्त्रकरोऽरिभिश्च समरे लीढो यथा रक्ष्यते
उन्मग्नं रुधिरे विभर्तुमनसा युद्धोग्रलीलाकृते
पीत्वा चापि सुरामसृक्च विजयं प्राप्नोमि निश्चप्रचम् ॥46॥

जो लड़ने का प्रयास ही नहीं करते, ऐसे बलहीन व्यक्ति की रक्षा मैं वैसी नहीं कर पाती हूँ जैसी उसकी जो साधनरहित होते हुए भी शत्रुओं से घिरा होने पर हथियार उठाकर सामना करता है। खून में उमंग भरने की चाह से लड़ाई के बीच एक जोशीला खेल दिखाने के लिए मैं शराब और खून पीकर भी निश्चयात्मक विजय प्राप्त करती हूँ।

वाक्यं स्यादिति सत्यमेव जयते शास्त्रेषु चोक्तं पुरा
शब्दार्थोभयदर्शनैरनुचितं तावत्तु शङ्कास्पदम्
यावन्नोपपदं च तत्र 'सबलं' संयोज्यते पूर्तये
शक्त्या संवलितं चराचरमिदं विश्वं चिरं जीवति ॥47॥

शास्त्रों में जो 'सत्य की ही विजय होती है' यह कहा गया है, शब्द और अर्थ दोनों पक्षों से तब तक अनुचित एवं संदेहास्पद हैं जब तक कि उस वाक्य को 'सबलं' (शक्तिसम्पन्न) शब्द जोड़कर पूरा न किया गया हो। अर्थात् कहना चाहिए कि शक्तिसम्पन्न सत्य ही जीतता है। शक्तिसम्पन्न होने पर ही, चाहे स्थिर हो, चाहे अस्थिर, यह विश्व लम्बे समय तक जीवित रहता है।

कालो मे फलितै र्द्रुमैः कुसमितैश्चेयादितीहे भृशम्
स्वस्य स्वं स्वयमेव ये ददति नोऽसक्ताः शुभाकाङ्क्षिणः
नागानाक्रमितुं प्रफुल्लवदनैः क्रीडामि सिंहार्भकैः
मा मेत्थं रुदतस्त्वजस्य बलिभिर्नार्द्रायते मन् मनः ॥48॥

मैं यही चाहती हूँ कि मेरा समय अधिकतर फूल और फल वाले वृक्षों के बीच व्यतीत हो, जो आसक्तिरहित होकर केवल उपकार करने के लिए अपने आप अपने धन को हमें लुटा देते हैं, खुश होकर हाथियों के झुण्ड पर आक्रमण करने के लिए उतावले शेर के बच्चों के साथ मैं खेला करती हूँ। मिमियाते एवं रोते हुए बकरों की बलि से मेरा मन द्रवित नहीं होता है।

देवान् शक्तिमतस्तु कर्तुमनसा दैत्याश्च सृष्टा मया
सच्छक्तिः प्रभवेत् यथोन्नतिमिता दुष्टैः समुत्तेजिता
संख्यं यच् चिरकाल-चालित-भयं युष्मत्कृते मन्यते
व्यायोगाभिनयस्तदेव विहितोऽभ्यासोऽस्य वा मत्कृते ॥49॥

देवों को शक्तिसम्पन्न बनाने की इच्छा से मैंने दैत्यों की सृष्टि की है ताकि दुष्टों से उत्तेजित होकर उन्नति-प्राप्त मंगलकारिणी ताकत विजयिनी हो। जो युद्ध तुम्हें हमेशा के लिए भयदायक लगता है, वह मेरे लिए व्यायोग-नाटक का अभ्यास है, जिसमें बहुत से नायक युद्ध करते हैं।

मायेद्धेन हि नारदेन दितिजा युद्धार्थमुच्छालिताः
शुक्रेणापि गुरावसूयनवशात् क्षिप्तं घृतं पावके
यूयं चेदसुरान् विजित्य समरे भूयः प्रमादं गताः
नाश्चर्यं निवसेत्स्वरन्यजनता देवाश्च सन्त्वीत्वराः ॥50॥

चाल चलने में चतुर नारद ने दैत्यों को युद्ध करने के लिए फुसलाया। शुक्र ने भी देवगुरु बृहस्पति से ईर्ष्या रखने के कारण आग में घी डालने का काम किया। आप लोग दैत्यों को लड़ाई में जीतकर यदि फिर लापरवाह बन गये तो कोई आश्चर्य नहीं कि स्वर्ग में कोई अन्य जाति रहने लगे और देवता फिर घुमन्तु बन जायँ।

नार्जित्वेत्थमथापि शक्तिमनघां शेध्वे सुखं चेत्पुनः
दैत्येष्वद्य हतेषु मर्त्यजनता मोषिष्यतीर्ष्यापरा
तुष्टा यज्ञफलैर्न साऽथ विवशा देवाङ्गना नेष्यति
क्लिष्टा स्थास्यति 'चोर्वशी' भुवि भवत्सौन्दर्य-सेनाग्रणीः 51॥

अब यदि दैत्यों के नष्ट होने पर भी निष्पाप शक्ति अर्जित करने में तुमने फिर चूक की और सतर्क न हुए तो तब तुम्हें ईर्ष्यालु मनुष्य-जनता लूट लेगी; यज्ञ-फल न मिल पाने से असन्तुष्ट वे विवश होकर तुम्हारी औरतों को ले जायेंगे और तुम्हारी सौन्दर्य-सेना की नायिका उर्वशी धरती पर दयनीय जीवन व्यतीत करेगी।

मत्वा संघं बलस्त्रोतो यूयं तिष्ठत सङ्गताः
जाग्रतः शक्तिमन्तश्च भुञ्जीताप्तसुखान्यथो ॥52॥

अब संघ को अपना पराक्रम-स्रोत मानकर तुम लोग संगठित हो जाओ और जागते एवं शक्तिमान् बनते हुए प्राप्त सुखों का उपभोग करो।

इन्द्रोऽमरावतीं गत्वा स्वासनञ्चाधितिष्ठतु
भूराज्यं माहिषं शास्तु शत्रुघ्नोऽधिपतिस्तथा ॥53॥

इन्द्र अमरावती जाकर शासन की बागडोर थामे। भूलोक में महिषासुर के राज्य पर अयोध्यापति शत्रुघ्न राज्य करे।

दानवोत्था यदा बाधा स्वर्गे लोके भवेत्पुनः
संस्मृतैवागमिष्यामि निराकर्तुं समातृकाः ॥54॥

स्वर्ग में दैत्यों से फिर कोई संकट पैदा हो तो याद करते ही मैं मातृकाओं को लेकर उसे मिटाने के लिए आ जाऊँगी।

गच्छाम्यद्य मणिद्वीपं पुनरागमनाय भोः
कर्मण्यभिरता सर्वे दृश्यासुः सर्वमङ्गलम् ॥55॥

अच्छा, आज मैं मणिद्वीप जा रही हूँ। यहाँ आती रहूँगी। तुम सब अपने काम पर लगे रहो। सब लोगों का हर तरह कल्याण हो।

पञ्चमः सर्गः

द्वीपेष्वन्यतमो रम्यो मणिनाम्ना ऽत्र विश्रुतः
नामानुकूलधर्माथो विमलाभोऽनरुन्तुदः ॥1॥

द्वीपों में से एक द्वीप मणिद्वीप नाम से विख्यात है। नाम के अनुसार ही काम वाले इस द्वीप की दिव्य शोभा दिल को चुभने वाली नहीं, अपितु शान्तिदायिनी है।

दृषद्वती - सरस्वत्योर्ब्रह्मावर्तोऽन्तरे स्थितः
पोषितो यः सरस्वत्या सारस्वत इतीरितः ॥2॥

दृषद्वती और सरस्वती के मध्य में ब्रह्मावर्त प्रदेश है। वह सरस्वती से पालित होने के कारण सारस्वत भी कहा जाता है।

उत्तरे च मणिद्वीपाद् द्वीपः श्वेताभिधः स्थितः
यस्मिन् बदरिकाक्षेत्रे तेपे नारायणस्तपः ॥3॥

मणिद्वीप से पश्चिमोत्तर दिशा में श्वेत द्वीप स्थित है, जहाँ बदरिका क्षेत्र में नारायण ने तपस्या की थी।

ब्रह्मावर्तादुदग्भागे पूर्वं श्वेतान् मनाक् तथा
त्रिविष्टपादधोवर्ती मणिद्वीपः प्रकीर्तितः ॥4॥

ब्रह्मावर्त से ऊपर, श्वेतद्वीप से थोड़ा पूर्व, त्रिविष्टप (तिब्बत) से नीचे मणिद्वीप की स्थिति मानी जाती है।

यक्षकिन्नरगन्धर्वाः कलावाणिज्यजीविनः
वसन्ति मणिद्वीपाधो वसतौ च पृथक् पृथक् ॥5॥

यक्ष, किन्नर तथा गन्धर्व लोग कला और व्यापार से आजीविका चलाने वाले मणिद्वीप से नीचे अलग-अलग बस्तियाँ बनाकर रहते हैं।

मणिभिर्वेष्टितो द्वीपो मणिवन्मन्दभारतः
दृष्टिक्षेपैः स्तम्भिताङ्गो वस्तुतश्चिरभास्वरः ॥6॥

मणियों से व्याप्त मणिद्वीप मणियों की तरह ही मन्द कान्ति से युक्त है। देखने पर स्तब्ध (सुस्थिर) लगने वाला यह द्वीप वस्तुतः हर हमेशा दमकता रहता है।

सूर्यकान्तैर्दिनेऽनभ्रे चन्द्रकान्तैश्च रात्रिषु
सिक्तो दीप्तो मणिद्वीपः कस्य नैव मनो हरेत्! ।।7।।

बादल रहित दिन में सूर्यकान्त मणियों तथा रात में चन्द्रकान्त मणियों से सुशोभित यह द्वीप किसका मन न हर ले!

इन्द्रनील-गिरेर्मध्याद् हीरकस्य कनिर्वधूः
आगता शोभते सुभ्रूः सम्प्राप्तारुणचत्वरम् ।।8।।

इन्द्रनील (इन्दर सेन?) पहाड़ के बीच से निकली सुन्दर भौंहों वाली हीरे की कन्या-सा वह द्वीप अरुण के आँगन में उपस्थित वधू के समान सुशोभित है।

माणिक्य-पुष्कराश्लेषो मणिद्वीपस्य वर्ष्मणि
प्रतीयतेऽस्य वासोऽपि दधच्छायातपद्युतिम् ।।9।।

माणिक्य और पुष्कर रत्नों की मिश्रित शोभा से मणिद्वीप धूप-छाया वाला वस्त्र पहना लगता है।

बञ्जुलानां मणिच्छिन्नः स्निग्धसान्द्रहरीतिमा
प्रतिभान्त्यस्य वस्त्राणि चोत्कीर्णानीव मायया ।।10।।

बाँज के पेड़ों की कोमल तथा गहरी हरियाली, मणियों से संवलित होकर ऐसी लगती है कि मानो जादुई कढ़ाई वाले मणिद्वीप के वस्त्र हों।

तडागः शैलमध्यस्थो मणिभिः प्रतिबिम्बितैः
प्रतीयते सनक्षत्रं सुप्तमुत्तानमम्बरम् ।।11।।

पहाड़ के बीचों-बीच तालाब, मणियों के प्रतिबिम्ब से ऐसा लगता है कि जैसे नक्षत्रों के साथ आकाश चित लेटा हो।

जना नौभिः सन्तरन्तो दृष्टिक्षेपादुपर्यधः
यानं क्षिपन्ति विभ्रान्ता अहो! कीदृक् नभोद्वयम्!12।।

नावों से सन्तरण करते हुए लोग ऊपर-नीचे देखने पर दो आसमानों के भ्रम से अपनी नाव को खेते हुए खुश होकर सोचते हैं कि कैसा मनोहर दृश्य है!

क्षिपते नाविको दृष्ट्वा मणींश्च प्रतिबिम्बितान्
दुर्दिनीभूत-वर्षर्तौ नैदाघीं मन्यते निशाम् ॥13॥

वर्षा ऋतु के किसी दुर्दिन में (जब पानी तो बरसता नहीं, पर बादल लगे रहते हैं) तालाब में प्रतिबिम्बित मणियों के कारण नाविक चौमासी रात को भी गर्मी की रात समझते हैं।

स्वर्गादभिसरन्त्योऽथ मणिद्वीपस्थनागरान्
अप्सरसो वनं यान्ति मत्वा ज्योतिर्मयं पुरम् ॥14॥

मणिद्वीप के शहरी लोगों के लिए अभिसार करती हुई स्वर्ग की अप्सरायें रात में मणियों के प्रकाश के कारण नगर समझ कर कभी वन में ही उतर जाती हैं।

निकेतनेषु दीप्यन्ते मणिदीपा अहर्निशम्
निद्राभंगभिया रात्रौ प्रच्छाद्यन्ते प्रलेपनैः ॥15॥

घरों में रात-दिन मणिदीप चमकते हैं अतः नींद के टूट जाने के डर से लोग रात में उन्हें ढक दिया करते हैं।

ज्योतिर्मय-मणिग्राव-निर्मिताः पंक्तिराजिताः
रेखाङ्कितुमिवारामान् मार्गा लेखनरञ्जिताः ॥16॥

प्रकाशित मणियों से बने बगीचों के रास्ते ऐसे लगते हैं जैसे कि उनकी ओर ध्यान खींचने के लिए रेखाङ्कित किये गये हों।

मणिद्वीपस्य कुध्रेषु नन्दानाम्ना च विश्रुतौ
पर्वतौ द्वौ हिमाच्छन्नौ नदीनां स्त्रोतसी मतौ ॥17॥

मणिद्वीप के पहाड़ों में 'नन्दा' नाम से दो प्रसिद्ध पर्वत हैं जो सदा हिम से ढके रहते हैं तथा उनसे नदियाँ प्रवाहित होती हैं।

यमध्यास्ते शक्तिरेकं 'नन्दादेवी' स कथ्यते
दुर्गं परश्च देवीनां नन्दाकोटाख्यया मतः ॥18॥

उनमें से एक में शक्ति का निवास-स्थान है, वह 'नन्दा देवी' कहा जाता है। दूसरा पर्वत देवियों का किला है, जो नन्दाकोट नाम से विख्यात है।

अधो हिमाक्तभागाच्च शष्पराजिः सुपिंगला
पीतोष्णीषमिव स्रस्तं किरीटाधः प्रतीयते ॥19॥

हिमाच्छादित भाग से नीचे उगी पीली घास ऐसी लगती है कि मानो वह मुकुट के नीचे बँधी पीली पगड़ी का खिसका हुआ वस्त्र हो।

अद्रेः शीते तटे लक्ष्या देवदारुमहाद्रुमाः
कदुष्णे सानुभागे च निम्नस्थे सरलाः स्थिताः ॥20॥

यहाँ पहाड़ के ठण्डे भाग पर देवदार के ऊँचे वृक्ष देखे जाते हैं; थोड़े गरम पहाड़ी समतल तथा निचले भाग में चीड़ के वृक्ष खड़े रहते हैं।

समशीतोष्णभागेषु वनस्पतिप्रजातिभिः
सम्भूताभि र्मणिद्वीपे सुषमा परिवर्धते ॥21॥

सर्दी और गर्मी जहाँ बराबर होती है, वहाँ वनस्पतियों की कई प्रजातियाँ पाई जाती हैं जिनसे मणिद्वीप की शोभा में चार चाँद लग जाते हैं।

उत्पद्यते स्वतः शस्यं स्वयमेवाथ पच्यते
देव्याः प्रसादात् पर्जन्यः काल आयाति याति च ॥22॥

अनाज अपने आप पैदा होकर स्वतः पक जाता है। देवी की कृपा से ठीक समय पर बादल आते-जाते रहते हैं।

सरण्यू-गोमती-काली-गर्गास्या यमुना तथा
वहन्ति मणिशैलेभ्यो रामगंगा पुरन्दरी ॥23॥

सरयू, गोमती, काली, गगास, यमुना, रामगंगा, पुरन्दरी आदि नदियाँ मणिद्वीप के पहाड़ों से प्रवाहित होती हैं।

भागीरथी-शतद्रवश्मा विपाशा- पिण्डरादयः
अन्या अपि प्रवाहिण्यःप्रवहन्ति च पार्श्वतः ॥24॥

वहीं से भागीरथी, शतद्रु (सतलुज), विपाशा (व्यास), पिण्डर आदि अन्य नदियाँ भी निरन्तर बहती रहती हैं।

द्रुमाः सर्वे मणिद्वीपे फलपुष्पसमन्विताः
कुड्मलैश्च नतग्रीवै र्विकासाभिमुखैर्युताः ॥25॥

खिलने से पहले गर्दन झुकाये पुष्पकोशों से सुसम्पन्न मणिद्वीप के पेड़ सदा फल-फूलों से लदे रहते हैं।

नैकोऽपि पादपस्तत्र वल्लर्याऽनभिवेष्टितः
व्यजितः पवमानेनोत्पुलकः कम्पितस्तथा ॥26॥

कोई ऐसा वृक्ष नहीं दिखाई देता, जो किसी बेल से लिपटा न हो। वह हवा के चलने पर सिहरन तथा रोमाञ्च से भर उठता है।

मन्दारवृक्षबहुलाः सुरम्या बहुवाटिकाः
किं कर्म किमकर्मेति शुको यत्रोपदेशकः ॥27॥

मन्दार वृक्षों की अधिकता वाले बहुत-से रमणीक छोटे-छोटे बागों की अच्छी संख्या मणिद्वीप में विद्यमान है, जहाँ तोता 'अच्छा काम क्या है, बुरा काम क्या है ?' इसका उपदेश देता रहता है।

शीकरैरभिषिक्ताश्च प्रपात-तट-पादपाः
चालयन्ति हि गर्वेण शिरोभागं मुहुर्मुहुः ॥28॥

पानी की बूंदों से अभिषेक किये जाने पर झरने के तटवर्ती पेड़ बार-बार गर्व से अपना सिर हिलाते हैं।

च्योतद्भिर्द्रुममूलेभ्यः प्रवणे पर्वताञ्चले
बिन्दुभिः सजलां दूर्वां लिहन्ति च पतत्रिकाः ॥29॥

मणिद्वीप के ढालवें पर्वत भाग में पेड़ों की जड़ों से रिसती हुई बूँदों से सिंची दूब को तितलियाँ चाटा करती हैं।

क्वचित्सुदीर्घपत्रेषु पतन्तो जलबिन्दवः
स्यन्दन्ते मधु कर्णेषु टिप् टिप् टिप् स्वनमञ्जुलम् ॥30॥

कहीं बड़े पत्तों पर टपकती बूँदें टिप् टिप् करती कर्णप्रिय ध्वनि से कानों में शहद घोलती हैं।

कणपातभयान्मौनाः शकुन्ताः कोटराद् बहिः
स्फारयन्तः पतत्राणि शावकानाह्वयन्ति किम्!31 ॥

कहीं दाना मुँह से गिर न जाय, इस भय से चिड़ियाँ चुपचाप कोटर के बाहर से पंखों को फड़का कर अपने बच्चों को बुलाती हैं।

पक्षिणां सान्ध्यगीतेन मञ्जीरमलिचीलिकाः
वादयन्तो विपञ्चीं च सङ्गच्छन्ते तृणध्वजाः ॥32 ॥

चिड़ियों के सायंकालीन गीत के साथ झींगुर मञ्जीर तथा बाँस विपञ्ची बजाकर संगत करते हैं।

काका गृध्राश्च वृक्षेषु भूमौ शूकरगर्दभाः
रुवन्ति न मणिद्वीपे वकभेका जलाशये ॥33 ॥

मणिद्वीप में पेड़ों पर कौवे और गीध, धरती पर सुअर और गधे तथा जलाशयों में बगुले और मेंढक रुदन नहीं करते हैं।

पिका हंसाःसचटका बर्हिसारससारिकाः
मधुवाचो विहंगाश्च काले कूजन्ति मञ्जुलम् ॥34 ॥

कोयल, हंस, चटका, मोर, सारस सारिका आदि मधुर बोलने वाले पक्षी यथासमय मीठे बोल सुनाते हैं।

न हन्ता नैव हन्तव्यो मित्रीभूतेषु जन्तुषु
क्रीडां निमीलां कुर्वन्ति मार्जारो मूषिका मिथः ॥35 ॥

मित्र बनकर रहते हुए जन्तुओं में मणिद्वीप में न कोई मारता है और न मारा जाता है। वहाँ बिल्लियाँ और चूहे परस्पर आँख-मिचौनी का खेल करते हैं।

मृगाश्चरन्ति निर्भीका नृत्यन्ति बर्हिणो वने
गावः सिंहाश्च निश्चिन्ता एकघट्टे पिबन्त्यपः ॥36 ॥

जंगलों में हरिण भयहीन विचरण करते और मोर नाचा करते हैं। गाय और शेर निश्चिन्त होकर एक ही घाट पर पानी पीते हैं।

व्यूढोरस्कास्तु वृषभा बलिनां मानमर्दकाः
मोदन्त ऊर्णिनो मेषाः खराश्च भारवाहकाः ॥37 ॥

गठी पिंडलियों वाले बैल बलवानों के घमण्ड को चूर-चूर कर देते हैं। ऊन वाली भेड़ें तथा बोझ उठाते गधे भी खुश नज़र आते हैं।

हया द्रुतजवा नागा धीराः संकेतसाधकाः
लिहन्ति बालिका गावः स्ववत्सानिव च व्रजे ॥38॥

मणिद्वीप में घोड़े तेज, हाथी धीर गम्भीर तथा इशारों को समझने वाले हैं। गाय कन्याओं को उसी तरह चाटा करती हैं जैसे अपने बछड़ों को।

स्तन्यं पिबन्ति धारोष्णं स्पर्धमानाश्च ता मिथः
कर्तुं स्वायत्तमेकं तु ता लुञ्चन्ति स्तनानपि ॥39॥

बछड़ों तथा कन्याओं में धारोष्ण दूध पीने की होड़ लगी रहती है। अपने लिए काबू करने में वे स्तनों को खींचते रहते हैं।

वनात् द्रुतपदा गावः स्तन्यभारमुमुक्षवः
क्षणं निरुध्य मार्गेषु दुह्यन्तेऽल्पदुधुक्षुभिः ॥40॥

दूध के भार से मुक्त होने के लिए गायें लम्बे डग भरती हुई घर आती हैं और रास्ते में उन्हें रोककर थोड़ा दूध चाहने वाले दुह लेते हैं।

न काचित्कन्यका द्वीपे या न स्याद् बहुशिक्षिता
पुष्टाङ्गी सर्वथा स्वस्था कर्मठा कुशला तथा ॥41॥

मणिद्वीप में कोई ऐसी कन्या नहीं है जो बहुत पढ़ी-लिखी, स्वस्थ, मज़बूत अंगों वाली, कर्मठ तथा चतुर न हो।

शक्तिः सर्वोत्तमा देवी नाम्ना दुर्गेति विश्रुता
शैलपुत्र्यादयोऽष्टौ च भेदा भिन्न-क्रियात्मिकाः ॥42॥

शक्ति वहाँ की श्रेष्ठ देवी है, वह दुर्गा नाम से प्रसिद्ध है। अलग-अलग काम करने के कारण शैलपुत्री आदि उसके आठ और भेद हैं।

सर्वा एव 'परं' देव्यो युद्ध-विद्याविशारदाः
नानाशस्त्र-प्रहरणाः सर्वा व्यूहविभञ्जिकाः ॥43॥

सभी देवियाँ युद्ध-विद्या की जानकार हैं। अनेक शस्त्रों को चला सकती हैं। सभी व्यूह-भेदन जानती हैं।

यावत्यः कन्यका राष्ट्रे सर्वास्ताः शस्त्रचालिकाः
अरीन् स्वादयितुं शक्ता दौरात्म्यस्य फलं द्रुतम् ॥44 ॥

राष्ट्र की सब कन्यायें शस्त्रचालिका हैं और दुश्मनों को दुष्टता का फल चखाने में समर्थ हैं।

शिल्पिन्य स्तक्षिका वैद्या अभियन्त्र्योऽथ शिक्षिकाः
स्वे स्वे कर्मण्यभिरता अनुशिष्टाः स्वयं तथा ॥45 ॥

उनमें शिल्पिनी, तक्षिका, वैद्य, इंजीनियर, अध्यापिकायें अपने-अपने काम में लगीं तथा स्वयं अनुशासन को मानती हैं।

न कश्चिदवकाशं तु द्वीपे गृह्णात्यनीप्सितम्
ईप्सितं नैव कश्चिच्च विना हेतुं निषेधति ॥46 ॥

मणिद्वीप में कोई बेकार अवकाश नहीं लेता है और आवश्यक अवकाश को बिना कारण कोई रोकता नहीं।

स्वस्थश्चेत्साधयेत्कार्यं रुग्णश्चेद् रमतां गृहे
यथाव्यक्ति तथावृत्तिर्मणिद्वीपे हि दृश्यते ॥47 ॥

यदि स्वस्थ हो तो काम करो और बीमार हो तो घर में रहो। जैसा व्यक्ति वैसा ही काम। मणिद्वीप में यही देखा जाता है।

युद्धकाले प्रजाः सर्वाः सम्भारानखिलान् द्रुतम्
त्यक्त्वा कुर्वन्ति द्वे कार्ये आहारमथवा रणम् ॥48 ॥

युद्ध के समय सारे कामों को त्याग कर लोग केवल दो काम करते हैं - खाना और लड़ना।

न कश्चित् कार्मिको द्वीपे चोत्कोचं जातु वाञ्छति
नहि स्वीक्रियते दत्तं धनं वा वस्तु केनचित् ॥49 ॥

कोई कर्मचारी द्वीप में रिश्वत नहीं लेता है। किसी दूसरे द्वारा दिये गये धन या वस्तु को कोई स्वीकार भी नहीं करता है।

मणिद्वीपस्य चोन्नत्यै जना जाग्रति कर्मठाः
शयाना अपि स्वप्नेषु योगक्षेमं वहन्ति ते ॥50 ॥

मणिद्वीप की उन्नति के लिए वहाँ के लोग निरन्तर काम करते रहते हैं। वे सोते हुए भी मणिद्वीप के कल्याण के सपने देखते हैं।

हितैषिता स्वराष्ट्रस्य नैव हानिः परस्य च
विश्वस्य हितकर्तृत्वं मणिद्वीप-विशेषता ॥51॥

अपने राष्ट्र का हित चाहना, दूसरे की हानि न करना तथा विश्व की भलाई करना — यह मणिद्वीप की विशेषता है।

न केवलं स्वदेशस्य परस्याप्यहितैषिणः
मातरो मणिवासिन्यो दण्डयन्ति मुहुर्मुहुः ॥52॥

न केवल अपने देश का, अपितु दूसरे देश का भी अहित चाहने वाले को मणिवासिनी मातायें बार-बार दण्ड देती हैं।

विश्वक्षेमाय शक्तिर्हि मणिद्वीपे प्रतिष्ठिता
मातृवत्सर्वजीवानां पोषिका रक्षिका च सा ॥53॥

विश्व के कल्याण के लिए मणिद्वीप में शक्ति की प्रतिष्ठा है। वह सब प्राणियों का माँ की तरह पालन-पोषण करती है।

दुःखिनां शोषितानाञ्च हितायान्याय्यशासनैः
युयुत्सते परा शक्ती रिपुस्तस्याः कुतोऽन्यथा ॥54॥

दुःखी और शोषितों के हित के लिए वह पराशक्ति अन्याय करने वाले शासन से लड़ती है। अन्यथा उसका अपना कोई शत्रु कहाँ !

देव्या प्रशासिते द्वीपे प्रजा ऐश्वर्यसंमदाः
स्वे स्वे कर्मण्यभिरता नाऽदक्षः कोऽपि नालसः ॥55॥

देवी द्वारा शासित द्वीप में प्रजा ऐश्वर्य-सम्पन्न एवं खुश है। सब अपने अपने काम में लगे हैं। न कोई अपने काम को न जानने वाला है और न कोई आलसी ही।

नापि कश्चिद् दुराचारो जनस्तत्र तु लक्ष्यते
सर्वेऽपि गृहिणस्तुष्टा सापराधो न कश्चन ॥56॥

कोई दुराचारी व्यक्ति मणिद्वीप में नहीं है। सारे गृह-वासी खुश हैं। कोई अपराधी वहाँ नहीं है।

अन्वेषितोऽपि द्रष्टव्यो नाभियुक्तो न दण्डितः
रक्षिणामालये लक्ष्या मक्षिका मूषिकाः खगाः ॥57॥

खोजने पर भी कोई अभियुक्त या दण्डित मणिद्वीप में नहीं मिलता। पुलिस-स्टेशनों में केवल मक्खियाँ, चूहे और पक्षी दिखाई देते हैं।

बहिःस्थेऽपि गृहादर्ये न चौर्यं न भयं क्वचित्
मातृरक्ष्या जनाः सन्ति मणिद्वीपेऽकुतोभयाः ॥58॥

गृह-स्वामी के बाहर रहने पर भी कहीं चोरी का भय नहीं रहता है। मणिद्वीप में सब लोग माँ द्वारा रक्षित होने से सर्वत्र भयहीन विचरते हैं।

लोष्ठवत्परवस्तूनि परदारा विमातृवत्
पितृ-भ्रातृ-सुतैस्तुल्या स्तथैव परपूरुषाः ॥59॥

मणिद्वीप में दूसरे की चीज़ मिट्टी के ढेले के समान उपेक्षित समझी जाती है। वहाँ दूसरे की औरत को विमाता की तरह माना जाता है। इसी तरह पर-पुरुषों को पिता, भाई तथा पुत्र के समान माना जाता है।

प्रेमोदयिक-सम्पर्के पुंसोऽमान्या पुरार्थना
नायिकारब्धरत्यादि-प्रस्ताव आदृतो जनैः ॥60॥

प्रेम-सम्बन्धों में पुरुष द्वारा पहल अमान्य मानी जाती है। मणिद्वीप में प्रेम का आरम्भ या प्रस्ताव नायिकाकृत होने पर सम्मान्य ठहरता है।

उन्मुक्ता मेल-सम्बन्धा विवाहपरिणामिनः
एकेनोद्वाहपर्यन्तं प्रशस्ता योषितां मताः ॥61॥

प्रेम-सम्पर्कों पर कोई प्रतिबन्ध तो वहाँ नहीं है; परन्तु परिणाम विवाहों में देखा जाता है। अर्थात् विवाह करने के लिए ही प्रेम-सम्पर्क हुआ करते हैं। एक विवाह करने के लिए स्त्रियों में वे अच्छे माने जाते हैं।

आतिथ्ये दीयते सोमः पेयमीषद्धि मादकम्
परिवेष्यो विशेषेण मधुपर्को महोत्सवे ॥62॥

द्वीप में अतिथि-सत्कार के रूप में थोड़े नशे वाला पेय सोम दिया जाता है। जब कोई बड़ा समारोह होता है तो विशेषकर मधुपर्क दिया जाता है।

वरीयांसो जना द्वीपे सत्कारैरेवमादृताः
तस्यागो मन्यतेऽक्षम्यो यस्तु तानवमन्यते ॥63॥

वरीयान् (वृद्ध) नागरिकों को इस तरह आदरणीय माना जाता है कि उसके प्रति किया हुआ अपराध शासन द्वारा भी अक्षम्य माना जाता है।

दिनत्रयं क्षमां याचेद् यदि सोऽहर्निशं नमन्
तर्हि तस्यापराधोऽसौ क्षम्यते शासनेन हि ॥64॥

तीन दिन तक अपराधी झुककर क्षमा-याचना करे तो तब सरकार उसे क्षमा करती है।

सामान्यतो मुखे यूनः क्षमाशब्दः प्रतिष्ठितः
आयाति स्थविरेऽसौ तु जपे तस्य प्रवर्तते ॥65॥

सामान्य रूप से युवा के मुख में क्षमा शब्द बसा हुआ रहता है। वृद्ध के आने पर वह उसे जपने लग जाता है।

कृत्वावमानं वृद्धस्य याचते च क्षमां न यः
नेहामुत्र च तस्य स्युः श्रेयांसीत्येव मन्यते ॥66॥

वृद्ध का अपमान कर जो क्षमा-याचना नहीं करता है, माना जाता है कि उसको इहलोक तथा परलोक में शुभ गति नहीं मिलती है।

मणिलोके यतः पूर्वापरार्चनपरम्परा
सुखैश्वर्याण्यतः सन्ति वर्धमानानि नित्यशः ॥67॥

चूँकि मणिद्वीप में वर्तमान पीढ़ी पूर्व पीढ़ी का आदर करती है, इसलिए वहाँ सुख-ऐश्वर्य सदा बढ़ते ही रहते हैं।

मणिद्वीपे यतः शक्तिः शासिका चास्ति शंकरी।
पुमांसो विरलास्तेऽपि नारीरूपेष्ववस्थिताः ॥68॥

चूँकि मणिद्वीप में कल्याण-कारिणी शासिका शक्ति है, इसलिए पुरुष वहाँ कम हैं और वे भी स्त्री-वेश में रहते हैं।

कर्ता नियन्तोत्पादस्य 'ब्रह्मा' इत्यभिधीयते
पालको दण्डको 'विष्णुः' संहर्ता 'हर' उच्यते ॥69॥

जो सृष्टि का उत्पादक तथा नियन्ता है, उसे ब्रह्मा कहा जाता है। पालक तथा दण्डाधिकारी को विष्णु और संहर्ता को हर कहा जाता है।

त्रयोऽप्येते सरस्वत्या, लक्ष्म्या काल्या च संगता
स्त्रीरूपमेव धृत्वास्मिन् द्वीपे कुर्वन्ति शासनम्।।70।।

ये तीनों ही सरस्वती, लक्ष्मी तथा काली से सम्बद्ध होकर, स्त्री रूप धारण कर इस द्वीप पर शासन करते हैं।

महत्तमा स्थिति स्तेषां स्वर्लोके दृश्यते, परम्
न तेऽर्हन्ति मणिद्वीपे स्वातन्त्र्यं पुरुषप्रियम्।।71।।

उनका स्वर्गलोक में बड़ा महत्त्व है; किन्तु मणिद्वीप में उनकी पुरुष-प्रिय स्वतन्त्रता नहीं रहती है।

अहङ्कारेण पुंसां हि विश्वं संत्रास्यते यदा
स्त्रीणां मधुरया शक्त्या तत्तु निर्भाय्यते तदा।।72।।

पुरुषों के अहंकार से जब विश्व भय खाता है तब स्त्रियों की मधुर शक्ति से उसका डर दूर किया जाता है।

शक्तिकेन्द्रे मणिद्वीपे जनता परदेशतः
अर्जितुं शक्तिमखिलां देव्याः शरणमागता।।73।।

शक्ति-केन्द्र मणिद्वीप में दूसरे देशों की जनता देवी की शरण लेने आती है और पूर्ण शक्ति प्राप्त करके ही जाती है।

नापत्यं जायते तत्र, दम्पती स्तां तु धर्मतः
स्त्रीपुमांसो वसन्त्यत्र मित्राणीव परस्परम्।।74।।

मणिद्वीप में बच्चा पैदा नहीं होता है। वहाँ धर्म-दम्पतियाँ रहती हैं। स्त्री-पुरुष मैत्री-भाव से यहाँ निवास करते हैं।

स्त्रीणां प्रभुत्वं सर्वत्र नरा आदेश-पालकाः
गृह-कार्येषु दृश्यन्ते स्त्रीनियुक्ता नराः सदा।।75।।

सर्वत्र स्त्रियों का आधिपत्य है। पुरुष केवल आज्ञापालक हैं। घरेलू कामों में सदा स्त्रियों द्वारा नियुक्त पुरुष काम करते हैं।

मातृमात्रप्रभुत्वेन पितॄणाञ्च न दर्शनात्
अपत्यान्यवगम्यन्ते मातृनाम्ना समष्टिषु ॥76 ॥

केवल माँ का प्रभुत्व और पिता की अनुपस्थिति होने के कारण सन्तान समाज में माँ के नाम से जानी जाती है।

पुरुषोऽकृंतकर्मा चेद् गृहे स्याद् वा बहिस्ततः
मातृ-रक्ष्या सदा बाला मन्यन्ते बहु मातरम् ॥77 ॥

घर या बाहर जब पुरुष क्रियाशील न हो तो बच्चे माँ द्वारा रक्षित होने के कारण माँ को ही सब कुछ मानते हैं।

अपेक्षितप्रजावृद्धयै स्त्रियो द्वीपाद् बहिर्गताः
पुरुषान् मन्त्रशक्त्या वा लभन्ते सन्ततिं शुभाम् ॥78 ॥

मणिद्वीप में अभीष्ट प्रजावृद्धि के लिए स्त्रियाँ मणिद्वीप से बाहर जाकर पुरुष के सम्पर्क या मन्त्रशक्ति से शुभ सन्तान प्राप्त करती हैं।

तत्पश्चाच्च वयस्कैस्तैरपत्यैः सह दम्पती
देव्याः पूर्वाज्ञयाऽऽगन्तुं पुनर्द्वीपं च शक्नुतः ॥79 ॥

पीछे वयस्क बच्चों को लेकर देव-दम्पति देवी की आज्ञा से द्वीप में बस सकते हैं।

नियमोऽयं मणिद्वीपे सावधानं प्रपाल्यते
स्कन्दमातापि कैलासं याता जनयितुं सुतम् ॥80 ॥

यह नियम मणिद्वीप में ध्यान देकर परिपालित होता है। स्कन्द की माता भी पुत्र को पैदा करने के लिए कैलास गई थी।

सुशासितो द्वीपवरोऽथ मातृभिः दिने दिने शक्तिमवाप सात्त्विकीम् ॥
दुष्टा परघ्ना अतिवाददूषिता भिया कनीनां पुरतः पलायिता ॥81 ॥

माताओं द्वारा सुशासित मणिद्वीप में दिनोंदिन सतोगुण वाली ताकत बढ़ती गई। दुर्जन, दूसरों की हत्या करने वाले एवं अतिवादी कन्याओं के डर से मणिद्वीप से भाग गये।

षष्ठः सर्गः

व्यतीत्य नूनं समयं सुखावहं प्रजाऽभवद् यद्यपि कर्मसूल्लसा
मनस्तु तस्याः सदसद्विभावने तथाप्यशान्तं सततं व्यशङ्कत ॥1॥

कुछ समय सुखपूर्वक बिताकर यद्यपि प्रजा कार्यलग्न हो गई, किन्तु उसका मन सही और गलत की पहचान में लगे रहने से हमेशा अशान्त एवं सशङ्कित रहता था।

असंशयं विग्रह एक आशये शुभाशुभानां सततं प्रवर्तते।
बहिर्भवश्चामरदैत्ययो र्भवे पुनः पुनर्जायत आत्मसंभवः ॥2॥

निश्चित ही हृदय में शुभ और अशुभ का द्वन्द्व हमेशा चलता रहता है। वही आत्मा से उद्भूत द्वन्द्व बाहर देवों और दैत्यों के बीच बराबर चलता है।

प्रकृष्टभावो मनसः प्रमादकः शरीरमादौ गमयत्यसत्पथम्
शुभः समागत्य रुणद्धि तं यदा प्रवर्ततेऽन्तः कलहस्तयोस्तदा ॥3॥

मन में नशा भरने वाला भाव जब तीव्र अवस्था पर पहुँचता है, तो सबसे पहले शरीर को बुरे मार्ग पर ले जाता है। शुभ भाव आकर जब उसे रोकता है तो हृदय में संघर्ष पैदा होता है।

स्थितिं समाधातुमनिश्चिता मतिस्तयो र्विवादं परिहर्तुमक्षमा
चितिं प्रपद्येत विनिश्चयाय चेत् परात्परा सा विनिहन्त्यसङ्गतम्॥ 4॥

बुद्धि निश्चयात्मिका न होने की स्थिति में उनके कलह को मिटा नहीं पाती है। तब निश्चित निर्णय के लिए यदि परात्पर अन्तश्चेतना की शरण ली जाय तो वह अनुचित का हनन कर देती है।

यदा यदैवेत्थमभद्रमानसं च्युतः सुरत्वादसुरत्वमाश्रयेत्
तदा महाचित् तदपोह्य मोहतः प्रवर्तयत्येव प्रशस्त-दिक्पथि ॥5॥

इस तरह जब कभी बिगड़ा हुआ मन देवत्व को छोड़कर दानव बन कर

बुराई की ओर जाने लगता है, तब महाचेतना मोह भंग कर उसे ठीक रास्ते पर ले आती है।

मनो न संत्रासततं भवेदतः विशेषतः ज्ञानवतां शरीरिणाम्
स्थितीर्विभिन्ना अवधार्य चाम्बिका भवं समग्रं परिरक्षतीत्वरा ॥6॥

लोगों का – विशेषकर ज्ञानियों का मन भय से मुक्त रहे, इसलिए विभिन्न स्थितियों के अनुसार अपनी गतिविधि से देवी सारे विश्व की रक्षा करती है।

ध्रुवं शरीरं शुभ कर्म-साधनं तदर्थमावश्यकमेव भोजनम्
क्षुधां तदर्थं प्रददाति याऽम्बिका सदा प्रणम्याद्‌भुतकर्मकारिका ॥7॥

यह निश्चित है कि शरीर शुभ कर्मों का साधन है। उसे काम करने योग्य बनाने के लिए भोजन आवश्यक है। जो अम्बिका भोजन लिये जाने के लिए क्षुधा पैदा करती है, अद्‌भुत कार्य करने वाली वह सदा प्रणाम योग्य है।

ज्वलन्ति चाङ्गानि यदाऽनलं विना प्यहर्निशं जाग्रत आधिपीडया
क्षिणोति देव्येव तदा सुनिद्रया ह्यसुज्वरं चन्दनलेपनैरिव ॥8॥

जब कोई मनोरोग से पीड़ित होकर रात-दिन बिना सोये समय व्यतीत करता है और उसके अंग बिना आग के जलते हैं, तब देवी ही चन्दन के लेप की तरह सुख-नींद बनकर प्राणों के बुखार को दूर करती है।

ससर्ति छायेव हिताय या सदा त्रिधा त्रितापाधिकृतस्य चेतसः
मरीचिकाक्रान्तपिपासितानां सदा प्रणम्यामृतवर्षिणी सा ॥9॥

तीन तरह के तापों दैहिक, दैविक, भौतिक से पीड़ित चित्त की भलाई के लिए जो देवी सदा छाया की तरह उसके साथ लगी रहती है, जो इस तरह मिथ्या सुखों को पाने के असफल प्रयासों से थके हुए प्यासे प्राणियों को अमृत की वर्षा कर जिलाती है, वह सदा प्रणाम करने योग्य है।

क्रियाविभक्तेषु मनोगतेषु वा कामादिरागै र्विवशीकृतेष्वपि
निषिद्धभावेष्वटतो विषण्णतां सुमातृशक्ति र्हरतीडिता जनैः ॥10॥

कामादि आसक्तियों से वशीभूत एवं विभिन्न कार्यों में उलझे हुए मन के बुरे-बुरे भाव-विचारों से जूझते हुए व्यक्ति के विषाद को जन-जन से पूजित

मातृशक्ति दूर कर देती है।

यथा यथा जायत आयुषः क्षयस्तथा तथा वर्धत आशयाशयः
कलेवरं क्षीणमपीर्यते यया सदैव तृष्णा परिवन्दितास्ति सा ॥11॥

जैसे-जैसे आयु बीतती है, वैसे-वैसे आशा से हृदय भरता जाता है और जिससे निर्बल शरीर भी क्रियाशील देखा जाता है, वह हर तरह से वन्दित देवी तृष्णा है।

विरुद्धभावैर्मथितं मनो यदा गतिं न प्राप्नोति सुखावहां क्षणम्
विरोध-शान्त्यै शरणं गतं तदा देवी क्षमाख्या विमलं करोति तत् ॥12॥

विपरीत भावों से झकझोरे मन को जब एक क्षण भी सुखदायक स्थिति नहीं मिलती है, तब विपरीत भावों की शान्ति के लिए अपनी शरण में आये हुए व्यक्ति के दोषों और कमियों को क्षमा नाम की देवी प्रभावहीन बना डालती है।

स्थितास्ति वा चाणुगतानुवंशता बहिर्भवस्यान्तरिता समष्टिः
परम्परा जात्यभिधा सनातनी परात्परा सा परमादरास्पदम् ॥13॥

जो अणुओं में विद्यमान गुप्त विरासत बाहर आकर समष्टि का रूप धारण करती है, वह जाति नाम से पुकारी जाने वाली सनातन परम्परा ही परात्पर देवी के रूप में परमादरणीय है।

गिरा सभीः संकुचिताक्षता मुधा गतिर्विभिन्ना सजलः करग्रहः
कपोलयो रक्तिमरागचारुता त्रपामयीत्थं परिचीयते जनैः ॥14॥

बोलने में हिचक, देखने में अकारण संकोच, चाल में भङ्गिमा, हाथ पकड़ने पर उसमें पसीना आना और गालों में लालिमा के साथ मनोहरता, इन लक्षणों से लज्जा रूपिणी अम्बिका की पहिचान की जाती है।

प्रतिष्ठिते ज्ञानगुरौ वयोधिके निकेतनं गेहिन आगते, शुभा
भवेद्धि सश्रद्धमतिस्तदा यया देवी पुरःस्था चिरवन्दितास्ति सा ॥15॥

प्रतिष्ठा-प्राप्त ज्ञान से बड़े अथवा आयु से बड़े व्यक्ति के घर पर पधारने पर जिससे मन में उसके प्रति आदरभाव उमड़ पड़ता है, वह सद्यःउपस्थित चिर-पूजित श्रद्धा देवी का स्वरूप है।

समागता चेत् सुषमावती पुरः प्रवर्ततेऽन्तः सुरदैत्ययो रणः
नमन्ति देवा हृदि 'कान्ति' मातरं प्रकर्तुमिच्छन्त्यसुराश्च तां तदा ॥16॥

जब एक अद्‌भुत सौन्दर्य सामने दिखाई देता है तो हृदय में देव-दानवों का द्वन्द्व शुरू हो जाता है। देवता उसे कान्ति माँ कहकर प्रणाम करते हैं, दानव उसे मसल देना चाहते हैं।

गृहेषु सर्वेषु निगद्यते धनं विना न येन क्रियते च सत्क्रिया
यदर्जितुं युध्यत आदितो जनस् तदैव लक्ष्मीरितिशब्द्यते जनैः ॥17॥

घर-घर में जिसे धन कहा जाता है जिसके बिना कोई अच्छा काम किया नहीं जा सकता है और जिसे कमाने के लिए लोग आदिकाल से संघर्ष करते आये हैं, वही उनके द्वारा लक्ष्मी कहकर पुकारी जाती है।

जनिर्जगत्यां भवति व्यवस्थिता यया विकासो बहुधा विधीयते
लघीयसी वास्तु महीयसी, मनः सिनोति देवी जन-वृत्तिरूपिणी ॥18॥

संसार में जिसके कारण जीवन व्यवस्थित होता है, जिससे अनेक प्रकार का विकास होता है, और जो चाहे छोटी हो या बड़ी, मन को बाँधे या लगाये रखती है, वह वृत्ति (आजीविका) देवी है।

अवेत पाथेयसमां स्मृतिद्वयीं वयः पदव्यां सुमशूलवर्तिनीम्
कटुस्तयोः कृन्तति कालिकासमा श्रियेव मध्वा द्रवतीह हृत्तलम् ॥19॥

आयु के मार्ग में फूल और शूल के रूप में दो यादगारों को रास्ते की भोजन-सामग्री समझें। उनमें से जो काट खाने वाली कड़वी स्मृति है, वह कालिका देवी के समान है और दूसरी मधुर स्मृति लक्ष्मी की तरह हृदय को करुणा से भर देती है।

दयास्ति देवी सरसोर्मिला नदी मदप्रकर्षेण खलीकृतेऽन्तरे
दयैव दीनानपि पाति चान्यथा बली बलीयान्, न तु नीतिपद्धतिः ॥20॥

अत्यधिक घमण्ड के कारण दुष्टता से भरे हृदय में दया देवी रसमय लहरीली नदी के समान है। दया ही है जो दीनों को पालती है, अन्यथा जिसके पास बल है, उसी का बोलबाला है, किसी नीति-मार्ग का नहीं।

कियद् भवेन् मे न भवेत् कियच्च न चेदमित्थं विहितं नियामकैः
सुखं, परं, तुष्टिरपूर्णपूरणाद् उपासनीया ह्यतएव सा सदा ॥21॥

कितना मुझे मिले, कितना नहीं – यह नियामकों ने निश्चित नहीं किया है। सुख तो सन्तोष में है जो अधूरे को पूरा कर दिखाता है, इसलिए सदा तुष्टि देवी (सन्तोष) का ही सहारा लिया जाना चाहिए।

प्रतीयमानं खिलवस्तुजीवितं तदाख्यमप्यस्ति मरीचिकासमम्
जगत्सिसृक्षोर्मनसेप्सितं कृतं यया, तु सा, भ्रान्तिरलं विवेचनैः ॥22॥

चराचर सारा संसार प्रतीतिमात्र है (जो दिखाई दे रहा है, वस्तुतः है नहीं) इसलिए उसका नाम भी मृगतृष्णा के समान है। यह भ्रान्ति देवी है, जिसने विश्व स्रष्टा की सृष्टि की चाह को पूर्ण करके दिखाया, उसके विषय में तर्क-वितर्क करना व्यर्थ है।

यथास्ति संसारमखण्डमूर्जितं बहिःस्तृतं व्याप्य समस्तमण्डजम्
तथैव चान्तस्तम-देश-वेशके त्वधोमुखी व्यष्टिगुहास्ति चिन्मयी ॥23॥

जिस तरह संसार परिपूर्ण तथा ऊर्जा से भरा है, बाहर फैला हुआ और सारे ब्रह्माण्ड में व्याप्त है, उसी तरह अन्तर्हृदय में सूक्ष्म चेतना वाली व्याप्ति देवी (विस्तार) की नीचे की ओर मुँह वाली गुफा है।

प्रसूयते वैश्वचराचरं यथा तथा प्रसिद्धा जननी परात्परा
पदे पदे व्यक्तिगता च सेश्वरी करोत्यपत्यान्तरहो वशंवदम् ॥24॥

जिस तरह परात्पर विश्व-जननी चराचर समस्त विश्व की सृष्टि करने के लिए विख्यात है, उसी तरह वह ईश्वरी व्यक्तिगत रूप में भी पग-पग पर अपने बच्चों के अन्तःकरण को अपने अधीन रखती है।

महाचिदेषाऽखिल विश्वगा यथा तथैव पिण्डान्तरिता विभाति सा
अणोरणीयान् , महतो महत्तरश्चतुर्विधो भूतगणो ययान्वितः ॥25॥

जिस तरह चेतना महाचिति के रूप में सारे विश्व में व्याप्त है, उसी तरह वह एक पिण्ड (व्यक्ति) में भी सुशोभित है। अणु से भी अणु और महान् से भी महान् यह चार वर्गों में बँटा भौतिक संसार उसी से संयुक्त है।

हृदिस्थभावौ सुरदैत्यरूपिणौ बभूवतुश्चाक्षिचरौ सकृत्पुनः
अतोऽसुरान् नाशयितुं तु पार्वती चिदात्मिका सावततार मेदिनीम् ॥26॥

जब हृदय के देव और दानव रूपी शुभ तथा अशुभ भाव रूपवान् बनकर एक बार फिर दिखाई देने लगे तो चैतन्य रूपिणी देवी पार्वती ने असुरों का नाश करने के लिए पृथ्वी पर अवतार लिया।

अथैकदा स्नातुमुपस्थिता तटे सुरापगाया अवलोक्य संगतान्
सुरान् समाराधयतः स्वदेवतां पप्रच्छ— कान्वत्र भवद्भिरीड्यते ॥27॥

एक समय की बात है कि वह स्नान करने के लिए गई तो उसने गंगा के किनारे देवताओं को इष्टदेव की आराधना करते हुए एकत्रित देखकर पूछा कि वे किसकी पूजा कर रहे हैं।

शरीरकोशाद् बहिरागता कनी वदन्त्यतस्तां भुवि कौशिकीं जनाः
उमामुवाचाद्भुतरूपशालिनी स्तुतिर्ममैषा क्रियतेऽसुरार्दितैः ॥28॥

उसके शरीर-कोशिका से बाहर आकर एक कन्या ने, कोशिका से निकलने के कारण जिसे लोग कौशिकी कहने लगे और जिसका सौन्दर्य अद्भुत एवं अलौकिक रहा, उत्तर दिया— दैत्यों से सताये गये लोग मेरी स्तुति कर रहे हैं।

प्रसूय कोशात्कनकाभ-कन्यकां मसी-समादृश्यत पार्वती तदा
प्रजा जगुस्तामिति कालिकाह्वया त्रिमूर्तितां प्रापदथैकमातृका ॥29॥

अपनी कोशिका से सुनहरे रंग की कन्या को उत्पन्न कर पार्वती का रंग स्याही ही तरह काला हो गया। प्रजा ने उसकी कालिका के नाम से स्तुति की। इस तरह एक ही मातृका के तीन रूप हो गये।

यथा सुवर्णं मृदुगन्धपेशलं सरोवरोत्पन्न - सरोजकोरकम्
तथैव रम्या कमनीयनिर्मला स्थले चरन्ती जननी मनोऽहरत् ॥30॥

जैसे मन्द सुगन्धि भरा और अच्छे रंग वाला, कोरक (कुड्मल) होता है उस तरह की उस सुन्दर एवं निर्मल देवी ने इधर-उधर घूमते हुए लोगों का दिल चुरा लिया।

प्रजारुजं निम्नधरातलावटे परीक्षितुं जातु गिरीशवासिनी
दयार्द्रचित्ता शिरसा दधाति किं महीमसीं श्यामशिरोजरूपिणीम् ।।31।।

निम्न धरातल की गंदी बस्तियों की प्रजा के रोगों की जाँच करने केलिए हिमालय में रहने वाली दयालु देवी ने काले बालों के रूप में अपने सिर पर धरती की कालिख को तो धारण नहीं कर लिया है ?

नवीन देव्या निशिते त्रिवर्णके शुभाशुभं वेत्तुमिवायते दृशौ
भजन्ति भक्ता, अपयन्ति शत्रवो, ज्वलन्ति चालोक्य सकृत् कुबुद्धयः ।।32।।

नई देवी (कौशिकी) के तीखे तीन रंगों वाली आँखों को, जिन्हें उसने बुरे-भले की खोज करने के लिए आयताकार खोला है, एक बार देखकर भक्त सेवा करने लग जाते हैं, शत्रु भाग जाते हैं और दूषित मनोवृत्ति वाले जल उठते हैं।

वपुः सुगौरं, सरला द्विजाः सिता, मृदू श्रुती चारुकपोलनासिकाः
सुपेशलं कम्बुसमं गलं कनेर्भुजौ बलिष्ठौ चरणौ च सुष्ठिरौ ।।33।।

नवीन देवी का शरीर गोरा, दाँत सीधे एवं श्वेत, कान मुलायम, कपोल तथा नाक रमणीक, गला शंख के समान छरहरा, भुजायें बलिष्ठ और पैर अडिग हैं।

चलत्यसौ चेच्चलतीव यौवनं स्थितौ कलाज्ञानबृहच्चयः स्थिरः
स्वपित्यसौ चेद् वरटा प्रतीयते, मृगीव मुग्धा, क्षमिणी यथा धरा ।।34।।

वह चलती है तो लगता है जवानी जा रही है और चलना बन्द करती है तो लगता है कि सब कलाओं तथा ज्ञान का स्तूप खड़ा हो गया। वह सोती है तो हंसिनी लगती है। वह मृगी की तरह भोली तथा क्षमा करने में पृथ्वी बन जाती है।

विलोक्य देव्याः सुषमाशतांशकं वचो विहीनो हि धुनोति यः शिरः
स जातु दृष्ट्वा सकलं गुणान्वितं स्वरूपमस्या न मुदा म्रियेत किम्! ।।35।।

देवी के परम सौन्दर्य का सौवाँ हिस्सा देखकर जिसकी बोलती बन्द हो और जो सिर धुनने लगता हो, वह कभी सारे गुणों से युक्त उसके समग्र स्वरूप को देख ले तो खुशी के मारे मर न जाय।

विचार्य सम्पर्क-भवं फलं जनैः सुरूपकोटिस्त्वनुमीयतेऽन्यथा
चमत्कृतिं सोढुमलं स्वरूपजां स्वयं न देवी किमुतान्यदर्शकाः ॥36॥

देवी के सम्पर्क में आने से जो प्रभाव लोगों पर पड़ता है उससे उसके सुन्दर रूप की चरम सीमा का अनुमान लगाया जा सकता है; अन्यथा अपने रूप की चमक को स्वयं देवी सहन नहीं कर सकती। अन्य दर्शकों की कौन कहे!

विलोक्य देवी चरणाब्जकुड्मलं जनो रुजो मुक्तिसुखं तु विन्दते
विषाददग्धो लभते सुखाश्रयं रुदन्मुखं पुष्प्यति पुष्पसन्निभम् ॥37॥

देवी के चरण रूपी कमल-कोशों को देखकर द्रष्टा रोग से मुक्त होने का आनन्द प्राप्त करता है, दुःख से झुलसे हुए को सुख की शरण मिल जाती है, और रोता हुआ आनन फूल के समान खिल उठता है।

विलोक्य देव्याः सुषमामलौकिकीं त्रपाभिभूता क्षयमेति कौमुदी
स्त्रियः सुरम्या लघुतातिदुःखिता मनस्सु कामः स्वमुखं निगूहते ॥38॥

देवी की अलौकिक शोभा को निरख कर शरम के मारे चाँदनी क्षीण हो जाती है। सुन्दर रमणियाँ अपनी हीनता से अत्यधिक दुःखी हो उठती हैं और काम (प्रेम और सौन्दर्य का देवता) लोगों के दिलों में अपना मुँह छिपाने लगता है।

अवाक् हि देव्या सुषमांश-वर्णने स्थितोऽस्ति कोषोऽपि पराजितो यदि
कथं क एतां सकलां समीक्षितुं लभेत शब्दान् कुत आशयात्खनेः ॥39॥

देवी की परम शोभा के वर्णन करने में शब्दकोष भी (उसमें ठीक शब्द न मिलने के कारण) पराजित होकर मूक बन जाता है तो उसके समग्र स्वरूप की समीक्षा करने के लिए कौन, कहाँ और किस खान के अन्दर से शब्दों को ढूँढ कर लाये?

क्षतं भवेत् कोमलमङ्गमङ्गुलैः करो न तत् स्प्रष्टुमुपैति साहसम्
न दृष्टिदोषोऽपकरोतु तामतो निरीक्षते नो सहसाप्युपासकः ॥40॥

देवी के कोमल अंग पर अंगुलियों से घाव न हो जाय, इस डर से हाथ को उसे छूने की हिम्मत नहीं होती है। देवी का उपासक, कहीं नज़र न लग जाय, इस आशङ्का से उसे एकदम नहीं देखता है।

न दृग्वराकी सहते तु भारकं समग्र-सौन्दर्यनिधेः सपद्यतः
विनम्रभावं सुखमेत्य पादयोः शनैः शनैरूर्ध्वमुखी भवत्यसौ ॥41॥

बेचारी दृष्टि, देवी के सम्पूर्ण सौन्दर्य के खज़ाने के भार को एक बार ही सह नहीं पाती है, तो विनम्रतापूर्वक पैरों से धीरे-धीरे देखना शुरू कर ऊपर की ओर बढ़ती है।

किं सास्ति मुक्ता शुचि-शुक्ति-संस्थिता सरोज-हासानुसृतोषसः स्मितिः ?
निदाघदग्धावनिमेघमालिका तृषार्त-मीनाय जलोर्मिशीतला ? ॥42॥

क्या वह (देवी) शुद्ध सीपी में स्थित मोती है ? या उषा (सुबह) की मुस्कान है जिसको देखकर कमल खिल उठता है ? या गर्मी से जली धरती पर छाई बदली है ? अथवा प्यास से तड़पती मछली के लिए पानी की शीतल लहर है ?

विलोक्य देव्याः सुषमामतीन्द्रियां विकारतुन्नोऽपि भवत्यनामयः
निरामयो जायत इष्टसाधकोऽप्यभीष्टसिद्धो भयतः प्रमुच्यते ॥43॥

देवी की अतीन्द्रिय खूबसूरती को देखकर विकारों से भरा व्यक्ति भी नीरोग हो जाता है। रोगमुक्त व्यक्ति इष्टसिद्धि में लग जाता है और इष्टसिद्ध व्यक्ति भय से मुक्त हो जाता है।

अपैति तापत्रयमप्यनाश्रितं समाधिमाप्तो लषते च साधकः
देव्या घनाल्याः क्षणमात्रदर्शनात् पिपासितस्तृप्यति दासचातकः ॥44॥

देवी मेघमाला के समान है। उसे देखते ही तीनों ताप आश्रयहीन हो कूच कर जाते हैं, साधक समाधिस्थ होकर दमकने लगता है और दास रूपी प्यासे चातक की प्यास बुझ जाती है।

दृशो जनन्या वदनं दिदृक्षवो मिथो विगृह्णन्ति बुभुक्षिता इव
भ्रमन्ति किं वा शशिवृत्तरूपि तत् ग्रहीतुकामाः करपट्टिकाधिया ॥45॥

देवी माँ के मुँह को देखने की इच्छा से आँखें भुखमरों की तरह झगड़ने लगती हैं। क्या चन्द्रमा के गोल वृत्त की तरह मुँह को रोटी तो नहीं समझ लिया है भूखी आँखों ने ?

जनेः स्तनान्निसृतदुग्धपोषितो जयेदरीन् वा विजितोऽरिभिर्जनः
जगज्जनेः प्रेम-पयः सुबृंहितः जयत्यवश्यं परिपुष्टविग्रहः ॥46॥

माँ (सामान्य माँ) के स्तन से निकले दूध को पीकर पला शत्रुओं को जीत ले अथवा शत्रु उसे जीत ले; परन्तु जगन्माता देवी के प्रेम रूपी दूध या जल पीकर पले सुदृढ़ शरीर वाला अवश्य विजयी होता है।

पवेः कठोरा कुसुमाच्च कोमला रवर्ट नाडी किमुतासुपूरिता
जगच्छिशुस्तत्सुषमा-समावृतः गुणैर्जनन्या गुरुतामुपैति किम् ?47॥

देवी माँ वज्र से भी कठोर तथा फूल से भी कोमल है। उसे प्राण-वायु भरी रबड़ की नली समझना चाहिए। देखें — उसके सौन्दर्य से सम्पन्न विश्व- बच्चा माँ के गुणों से भी सम्पन्न होकर गौरव को प्राप्त करता है क्या?

काल्याम्बिका-त्रिनयना-विजया-जया-वा
शक्त्यैकया ध्रियत कर्मजरूपभेदः
सृष्ट्वा बिभर्ति, विनिहन्ति जगच्च सैव
क्रीडाकृतेऽसुरसुराहवमीहते किम् ?॥48॥

काली, अम्बिका, त्रिनयना, विजया अथवा जया — यह एक ही शक्ति का भिन्न कर्मदर्शक नामभेद है। वह सृष्टि को पैदा कर पालती है और वही उसे मारती है। इस तरह क्या देव-दैत्यों के युद्ध को उसके खेल खेलने की केवल चाह माना जाय?

शक्ति-विजयम्

उत्तरार्धम्

सप्तमः सर्गः

स्वर्गादधो विकटशैल - वनान्यटन्तौ
दृष्ट्वैकलां सुरमणीमथ चण्डमुण्डौ
क्षिप्तं तटे मणिमिवाम्बुधितुङ्ग - घातै
रेकान्त - दिक्परिसरे चकितावभूताम्।।1।।

स्वर्ग से नीचे डरावने पहाड़ तथा वनों में घूमते हुए चण्ड-मुण्ड दैत्यों ने समुद्र की प्रचण्ड चोटों से किनारे पर फेंकी गई मणि की तरह अकेली सुन्दरी को एकान्त स्थान पर देखा तो वे आश्चर्यचकित रह गये ।

मत्वा कनिं च रमणीषु सुरत्नरूपां
शुम्भासुरं च वररत्नभुजं जगत्याम्
तौ दध्यतुर्यदसुराय समर्प्यते सा
भाग्यं तयोर्वियति चन्द्रसमं चकास्ताम्।।2।।

उन्होंने विचार किया कि वह सुन्दरियों में रत्न के समान है और दैत्यराज शुम्भासुर संसार के सभी रत्नों का भोग करने वाले हैं; इसलिए उस स्त्री-रत्न को वे उस असुरराज को समर्पित कर सकें तो उनकी किस्मत आसमान में चन्द्रमा की तरह चमक उठे।

सन्त्रास्य तां स्ववशगां हि विधातुकामौ
स्फोटेन कम्पितगिरेः पतनात्प्रहृष्टौ

स्तब्धाऽस्थिरा विचलिता वशमेष्यतीति
संचिन्त्य तेनतुरुमामभितः स्वजालम्।।3।।

डराकर उसे अपने वश में करने की इच्छा से धमाका करने पर पहाड़ के हिलकर गिरने से उन्हें खुशी हुई। वह (रमणी) अचम्भित, अस्थिर एवं विचलित होकर हमारे वश में हो जायेगी, यह सोचकर उन्होंने देवी के चारों ओर अपना जाल फैलाया।

हर्यक्ष-गर्जन-रवात् तु निबद्धवाचोः
शक्तस्तयो र्न कनिमेकतरोऽप्युपैतुम्
भूकम्प - भीषण - रवैरहतात्मशक्तिं
दूरान्यवेदयदभीष्ट-वचांसि चण्डः।।4।।

शेर की गर्जन से उनकी बोलती बंद हो गई। उनमें से एक भी देवी के पास नहीं जा सका। धरती के काँपने से पैदा हुई भयंकर आवाज़ से भी जिसकी आत्मशक्ति अप्रभावित रही, उस शक्तिस्वरूपा देवी को चण्ड ने दूर से ही अपनी बात कह सुनायी।

"का त्वं क्व वास इह निर्जनवन्यभागे
लब्ध्वा वरं न नगरे वनमागता किम्?
भोगी शिरोमणिमृते विकलो म्रियेत
स्थाने तु तस्य न मणिः सरटं वृणीते।।5।।

कहाँ तुम और कहाँ यह जंगल का निर्जन भूभाग! क्या नगर में तुम्हें चाह के मुताबिक वर नहीं मिला जो तुम जंगल में चली आई हो? नागराज सिर की मणि के बिना बेचैन होकर मर जाये तो उसकी मणि उसके बदले छिपकली का वरण नहीं करती है।

इच्छाम्यहं पुनरपीन्द्रपदेऽभिषिक्तं
शुम्भासुरं रमणि! वीर्यवतां वरिष्ठम्।
सद्यः शुभं पुरुषरत्नवरं वरित्वा
तस्यावरोधभवने शिखरे विराजेः"।।6।।

हे सुन्दरी, मैं चाहता हूँ कि बलवानों में श्रेष्ठ एवं इन्द्रासन पर विराजमान पुरुषरत्न शुम्भासुर का शुभ वरण कर तुम यथाशीघ्र उसके अन्तःपुर में वास करो।

चण्डोऽत्र शुम्भबलकीर्तनमग्न आसीन्
मुण्डो गतोऽसुरपतिं कनिवर्णनाय।
चण्डः प्रचोदयति तामसुरं वरीतुं
मुण्डोऽसुरेण कनयेऽगमयच्च दूतम्।।7।।

इधर चण्ड शुम्भ की शक्ति का बखान करने लगा, उधर मुण्ड कन्या की प्रशंसा करने के लिए शुम्भ के पास गया। चण्ड शुम्भ को वरण करने के लिए देवी को प्रेरित करता है और मुण्ड शुम्भ द्वारा देवी के पास दूत भिजवाता है ।

चण्डो विधाय निज-वाग्रचनां निवृत्तः
शुम्भस्य मुख्य-सचिवः समुपस्थितोऽतः।
सुग्रीव - नाम - विदितो मधुरं च वक्तुं
ख्यातोऽथ दिव्यकनिकामवदत् त्वभीष्टम्।।8।।

चण्ड वाक्-चातुरी दिखाकर चुप हुआ तो शुम्भ का प्रधान सचिव सुग्रीव उपस्थित हो गया। मधुर वचन बोलने में ख्याति-प्राप्त वह उस दिव्य कन्या से अपने मन की बात कहने लगा।

या संगरे विदितशौर्यगुणोल्लसन्ती
सिंही शिशूनिव जनान् नुदते प्रहर्तुम्
शक्तिं तु तां कनितनूं नवनीतपिण्डं
यो मन्यतेऽत्र स तु किन्न विवेकमूढः ?।।9।।

युद्ध में प्रख्यात पराक्रम-गुण के उमंग से भरी जो देवी लोगों को उसी तरह शत्रु को मारना सिखाती है जैसे शेरनी अपने बच्चों को सिखाती है, उस शक्तिशालिनी कन्या को जो केवल एक मक्खन का गोला समझ रहा है, वह क्या विचार करने में मूर्खता नहीं कर रहा है ?

दूतः, परन्तु कनिकां रमणीं विदित्वा
शुम्भाय दिव्यमुपहारममन्यतैव
मत्वा पिशंग-कुसुमं शलभोऽग्निजिह्वां
प्राणार्पणाय यदि चुम्बति कस्य दोषः ?।।10।।

परन्तु दूत ने कन्या को सुन्दर रमणी मानकर शुम्भासुर को प्रदान करने के लिए एक उपहार-मात्र माना । पीले रंग का फूल समझकर जो परवाना आग की लौ को

प्राण देने के लिए चूम ले तो इसमें किसका दोष है!

"नश्येत् किमित्थमतिशाद्वलवर्ष्म-शस्य-
मम्भोद - दृष्टिभिरपीदमसिक्त - पूर्वम्
वैराग्यमेतदनवाप्तसुखं नु किं वा
हृत्वा परस्य हृदयं वनवासरूपम् ?।।11।।

तुम्हारा यह यौवन-सम्पन्न शरीर, जो हरे-भरे अनाज के खेत के समान है और जो दूसरों की नज़रों के समान बादलों से भी अभी तक सींचा नहीं गया है अर्थात् उस पर अभी तक किसी की दृष्टि नहीं लगी है, क्यों नष्ट हो? क्या प्रेम करके इच्छित सुख के प्राप्त न होने पर वैराग्य पैदा होने से तुमने वनवास तो नहीं ले लिया है !

अस्त्यत्र रूप - गुण - वित्त - पराक्रमैर्यः
श्रेष्ठो वरोऽसुरवरो महतां वरेण्यः
रत्नानि तस्य गृहमध्युषितानि तस्मात्
स्त्रीरत्नरूपिणि शुभे! प्रवृणीष्व शुम्भम्।।12।।

महान् लोगों में महान् असुरराज के रूप-गुण-धन-पराक्रम को दृष्टि में रखें तो वे सबसे अच्छे वर हैं। उनके घर में रत्न भरे पड़े हैं; अतः स्त्री रत्नरूपिणी हे देवी, तुम शुम्भ का वरण करो।

ऐश्वर्यमत्र ललना - प्रियतानिदानं
सम्भारतस्तदपि ते सदनेषु तस्य
त्वामाह सोऽसुरवरश्च ममाननेन
मामेहि देवि ! सुपदेन सभाजयामि।।13।।

औरतों के प्यार का निदान कारण ऐश्वर्य होता है। तुम्हारी देखरेख से वह उसके घर में होगा ही। तुम्हें असुरराज ने मेरे द्वारा संदेश भेजा है कि तुम यहाँ आओ, मैं तुम्हें अच्छा पद देकर सम्मानित करूँगा।

बुद्धि र्वयश्च मिलतो न सदा शुभाङ्गि !
मा भूः प्रतीपमतिरत्र वयो - लघुत्वात्
शुम्भं वृणीष्व, लभसे सुखमप्यकूलं
त्यक्त्वा तमेव विपदां चयमप्यनन्तम् ।।14।।

सुन्दरी, बुद्धि और आयु सदा साथ नहीं रहती हैं। तुम्हारी उम्र कम है अतः तुम्हारी बुद्धि उल्टी चल रही है। ऐसा न करो, शुम्भ का वरण करो। वहाँ तुम्हें असीम सुख मिलेगा। यदि तुम शुम्भ का वरण नहीं करती हो तो तुम्हें इतनी विपदाएँ घेर लेंगी कि उनकी संख्या को आँका तक नहीं जा सकेगा ।

रम्यं परं युववयः खलु जीवितेऽस्मिन्
यत्र प्रयाति सुजनः प्रियभोगतृप्तिम्
यः कश्चनात्र रमते विषयान्तरेषु
प्राप्नोति किं स भुवि यत्कथनीयमस्तु ? ।।15 ।।

इस जीवन में युवावस्था सबसे रमणीय होती है जिसमें एक अच्छा आदमी रुचिकर भोगों का आनन्द उठाता है ,जो कोई अन्य विषयों में रमता है तो उसे संसार में ऐसा क्या मिलता है, जिसे उल्लेख योग्य माना जाये।

सौन्दर्यमर्चति मनो विषयाश्रितानां
नार्या गुणान् परिचिनोति न निर्ममस्तु
अङ्गीकृतानि कमलान्यधुना भवत्या
विध्वंसयिष्यति तु तानि करी वनौकाः ।।16 ।।

जो विषय भोगों का आनन्द उठाते हैं, वे ही अपने मन में सौन्दर्य की उपासना करते हैं । ममत्वहीन व्यक्ति औरत के गुणों को पहचान नहीं पाता है । कमल के समान जिन सुकोमल अंगों से इस समय तुम्हारी शोभा बनी है, उन्हें जंगली हाथी के समान कोई अभद्र पुरुष बर्बाद करके रख देगा ।

रत्नं ह्यसंशयमिहास्ति यथा दुरापं
सर्वत्र नैव सुलभोऽस्ति परीक्षकोऽपि
स्त्री त्वादृशी मिलति नैव पदे पदेऽत्र
पुं-पुंगवो दितिज-शुम्भसमोऽप्यलभ्यः ।।17 ।।

निश्चित रूप से जैसे संसार में रत्न दुर्लभ होता है, वैसे ही उसका जौहरी भी विरला ही होता है। वह सर्वत्र प्राप्य नहीं है । तुम जैसी नारी पग-पग पर नहीं मिलती है तो दैत्यराज शुम्भ के समान पुरुषश्रेष्ठ भी नहीं मिलता है।

आयौवनं प्रणयिनो तरुणीति मान्या
भावेऽक्षते सति पुमांस्तु युवा सदैव

सह्योऽत एव पुरुषस्य कृते विलम्बः
नार्याः कृते परिणयः समये विधेयः ।।18।।

प्रेम करने वाली औरत में जब तक यौवन है तब तक वह तरुणी मानी जाती है। पुरुष तब तक सदा ही तरुण रहता है जब तक कि वह अपने आपको जवान समझता है। अतः विवाह के समय के विषय में पुरुष के लिए देरी सह्य है ; किन्तु औरत का विवाह तो ठीक समय पर हो जाना चाहिए।

शक्तोऽस्मि नेतुमचिरात्स्वगृहं बलात् त्वां
नायं, परं, परमभद्रजनस्य मार्गः
स्त्रीपुंसयोः प्रणयिनो हि चकास्ति योगः
वह्नेर्यथा निशि युतिः खलु दीपवर्त्या ।।19।।

यद्यपि मैं तुम्हें बलपूर्वक अपने घर ले जाने में समर्थ हूँ ; किन्तु ऐसा करना बहुत भले आदमी का तरीका नहीं है। प्रेमी स्त्री-पुरुष का संयोग जीवन में उसी तरह प्रकाश भर देता है जैसे रात में आग का संयोग दीपक की बत्ती से।

सङ्गे त्वयात्र मम देवि च योगसिद्धे
मां विद्धि भाविनमहो ! अयसः सुवर्णम्
स्यां काष्ठ-पुत्रल इवाशु तवाऽसुरोऽपि,
प्रेमास्पदे नहि मृगीयति सिंह उग्रः ? ।।20।।

मेरा तुम्हारे साथ योग होने से, समझो कि मैं लोहे से सोना बन जाऊँगा। यह खूँखार असुर यथाशीघ्र तुम्हारे हाथ का कठपुतला हो जायेगा ! हिंस्र शेर क्या अपने प्रेमास्पद के साथ हिरण बन कर नहीं रहता है ?

वीरांगनाऽस्यहमपि श्रुतवान् गुणज्ञः
जानाति मत्समरनिष्ठुरतां त्रिलोकी
मन्तव्य एष मणिकाञ्चनयोग इष्टो
वीरा वृणाति वरवीरतरं, न हीनम् ।।21।।

तुम वीरांगना हो तो मैं भी गुणग्राही विद्वान हूँ और युद्धभूमि में मेरी कठोरता को तीनों लोक जानते हैं । हम दोनों का विवाह मणि और सोने के योग की तरह परम अभीष्ट माना जाना चाहिए। वीर स्त्री श्रेष्ठ वीर वर को चाहती है, किसी नीच को नहीं।

साम्यं सुरूपगुणजातिकुलानुरूप्यं
तच्चावयो-र्बहुगुणं मिलतीह सम्यक्
द्वन्द्वं च दैत्य-सुरयोः समतां ब्रवीति
जन्यं समैः खलु चिरं चलतीति सिद्धम्।।22।।

रूप, गुण, जाति तथा कुल की एकरूपता ही साम्य है । उसके लिए हम दोनों के बहुत से गुण ठीक-ठीक मिलते हैं । दैत्यों और देवों में जो द्वन्द्व बना हुआ है उससे भी साम्य सिद्ध होता है; क्योंकि समबलों में ही चिरकालीन द्वन्द्व चला करता है ।

मां वाऽनुजं मम निशुम्भमथो वृणीष्व
द्वावेव वा पतिपदे त्वरया गृहाण
आगच्छ देवि ! लघु भूषय मेऽवरोधं
लब्ध्वा तु तत्र भवती महतीं प्रतिष्ठाम्।।23।।

मुझे या मेरे छोटे भाई निशुम्भ को अथवा दोनों को पति रूप में तुम यथाशीघ्र वरण करो। हे देवी, तुम ज़रा मेरे अन्तःपुर की शोभा तो बढ़ाओ। तुम्हें वहाँ बहुत सम्मान मिलेगा।

कस्तूरिगन्धि वसनं हि तवाङ्ग-लग्नं
चास्माकपूर्वमधुरात्रि - महोत्सवेऽस्मिन्
आघ्राय नित्यमनुभूति - सुखं ग्रहीतुं
गोप्तव्यमस्तु कृपणार्जित-वित्तवन्मे।।24।।

हमारी पहली सुहागरात के उत्सव में तुम्हारे शरीर से लगे कस्तूरी गंध वाले कपड़े को सूँघकर सदा सुखानुभूति प्राप्त करने के लिए मैं उसी तरह छिपा कर रखूँगा जैसे कंजूस अपने अर्जित धन को।

चार्वङ्गि ! यौवनमिदं परिणेतुमास्ते
पक्कं फलं हि समये स्वदितं सुखाय
तारुण्य-हीन वनिता, गलितं रसालं
नोभे रसाय भवतः खलु यातयामे।।25।।

हे सुन्दरी ! जवानी विवाह के लिए होती है । पका हुआ फल समय पर ही स्वाद देता है । समय बीतने पर जवानी रहित औरत और गले हुए आम के फल का स्वाद चला जाता है ।

आकर्ण्य तस्य कथनं तमुवाच देवी-
"दूतोऽसि शीलसुभगश्चतुरो वचोभिः
स्यान्नाप्यभीष्टपथगार्थकरी सुवाणी
प्रीणात्यसूनुचित-शब्द-तरङ्ग-रङ्गैः ।।26।।

उसके वचनों को सुनकर देवी बोली — "तुम शील-स्वभाव तथा बोलने में चतुर हो । यद्यपि तुम्हारी वाणी सही मार्ग को दिखाने वाली नहीं है, फिर भी उचित शब्दों की रंगीन भाव-भंगिमा से प्राणों को प्रिय लगती है ।

वाच्यस्त्वयाऽसुरपतिस्तु मदाननेन
प्रस्तावितः परिणयोऽस्ति विचारणीयः
आदौ सखीभिरधुना शिविरे वसन्त्या
उद्वाह-सन्धि-समया अवधारणीयाः"।।27।।

तुम असुरपति से जाकर मेरी बात कहो कि प्रस्तावित विवाह विचार-योग्य है। सर्वप्रथम सखियों के साथ शिविर में रहकर विवाह की शर्तों को निर्धारित करना मुझे अभीष्ट होगा।"

मत्वा प्रशंसितवचोभिरभीष्टसिद्धिं
नोक्तेऽपि शिष्टवचने प्रतिबोधनार्थम्
लेभे प्रशस्तिमसुरेशमुखात्तदर्थम्
किंवेष्ट-लाभ-समये पुनरस्तु शिष्टम् ! ।।28।।

उसकी प्रशंसा योग्य वचनों से अभीष्ट सिद्धि के संकेत पाने के कारण असुरराज ने साधुवाद से उसको आदर दिया, यद्यपि उसने राजा को संदेश देने से पूर्व पारम्परिक शिष्ट सम्बोधन नहीं किया था । ठीक है- जब इष्ट लाभ हो रहा हो तो शिष्यचार का ध्यान किसे रहता है !

निर्मापितं सुशिविरं दितिजेन शीघ्रं
शीतोष्णतां रुचिमपेक्ष्य सदा प्रदातुम्
व्यक्तेः प्रभुत्व - जनशक्ति - धनोन्नतायाः
कर्तुं न कर्तुमथवा किमसाध्यमस्ति ! ।।29।।

असुरराज ने यथाशीघ्र शिविर का निर्माण करवा दिया जिसमें रुचि के अनुसार सर्दी और गर्मी लाने का प्रावधान था । जिस व्यक्ति के पास काम करने वाले जन,

धन और प्रभुत्व विद्यमान हों, वह जो चाहे, करे या न करे, असाध्य क्या है?

शुम्भान्निदेशमधिगत्य च विश्वकर्मा
कार्ये नियोज्य जनताञ्च परः सहस्त्रम्
स्थायीव वासभवनं किल निर्ममे द्राक्
कामोऽजनस्य कलया ह्यनुगम्यते किम् ! ।।30।।

शुम्भ के निर्देशानुसार विश्वकर्मा ने हजारों लोगों को नियुक्त कर शीघ्र ही हमेशा के लिए रहने योग्य जैसा निवासस्थान बना दिया । क्या कला किसी के काम-भाव का अनुसरण करती है ?

सिंहोऽस्ति वाहनमुतांगसुरक्षकोऽपि
देवी न्यवर्तयदतोऽसुर - वायुयानम्
पक्षेषु चोड्डुयितुमस्ति बलं हि यस्य
सोऽप्सूडुपाय विहगः स्पृहयेत्किमर्थम् ? ।।31।।

सिंह देवी का वाहन है और अच्छा रखवाला भी ; इसलिए देवी ने शुम्भ द्वारा भेजा गया वायुयान वापिस भेज दिया । जिस पक्षी के पंखों में उड़ने का बल हो, वह पानी को पार करने के लिए नाव की इच्छा क्यों करे ?

शुम्भाप्तरक्ष्यनुसृता स्वसखीसहाया
वासांसि रत्नजटितानि च धूसराणि
धृत्वा मृगेन्द्रमधिरुह्य चचाल देवी
संचारिणी शिखरिणीव दिवा दवार्चिः ।।32।।

देवी के साथ उसकी सखियाँ थीं और शुम्भ के विश्वस्त सिपाही पीछे-पीछे चल रहे थे । देवी धूसर रंग के रत्नजड़ित वस्त्रों को धारण कर सिंह पर चढ़कर उसी तरह चलती हुई दिखायी दी जैसे दिन को लपटों वाली दावाग्नि चल रही हो।

हारोऽसुरोपहृतरत्नयुतोऽथ देव्या
न स्वीकृतोऽपहरणाद्यत आगमोऽस्य
ग्राह्यो नदी-जलनिभो न धनोपहारः
स्त्रोतोऽस्ति यस्य समलं ह्यकृतोपचारम् ।।33।।

शुम्भ के रत्न-हार का उपहार देवी ने यह सोचकर स्वीकार नहीं किया कि उसे

शुम्भ ने अपहरण कर प्राप्त किया होगा । ऐसी किसी वस्तु का उपहार उसी तरह अग्राह्य होता है जैसे उस नदी का पानी जिसका उद्गम मल-मूत्र वाले स्थल से हो और उसे साफ न किया गया हो।

देवी यदैव शिविरान्तिकमाससाद
शुम्भो ननन्द, तुमुलं नदति स्म वाद्यम्
सिंहो जगर्ज बत तर्जयितुं निनादे
स्वोपस्थितिं ज्ञपयतिस्म जनांश्च किं वा ! ।।34।।

जब देवी शिविर के पास आयी तो शुम्भ बड़ा खुश हुआ और तब तुमुल वाद्य ध्वनि हुई। शेर उसे झड़पने के लिए गरज उठा या उसने लोगों को अपनी उपस्थिति की सूचना दी।

आशङ्किताश्च विबुधा भयरुद्धवाचः
शोचन्ति किं परिणयस्त्वसुरेण देव्याः
अस्माकमात्मवसतिं पुनराप्तुमाशां
सर्वाशयं शशकशृङ्गसमां विदध्यात्।।35।।

देवता डरकर वाणी-विहीन हो गये। सोचने लगे कि देवी का शुम्भ के साथ विवाह अपने वासस्थान को फिर से प्राप्त करने की हमारी आशा को कहीं खरगोश का सींग सिद्ध न कर दे अर्थात् उनके लौटने की हमारी आशा निरा स्वप्न न बन जाये।

खिन्नास्ति किं न्वनुदिनं हितयाञ्चया नो
यत्सा विहाय बिबुधानसुरानुपैति
कष्टैः पुनः पुनरपि प्रतिहन्यमाना
मातापवार्य न शिशून् स्वसुखं वृणोति।।36।।

अपनी भलाई के लिए प्रायः याचना करने के कारण क्या देवी खिन्न तो नहीं हो गई कि वे देवताओं को त्यागकर असुरों के पास जा रही हैं । माता तो बार-बार कष्ट उठाने पर भी बच्चों को त्याग कर अपना सुख नहीं चाहती है।

देव्याः प्रयाण - परताऽसुरनाथदेशं
भावावुभावजनयद् दनुजाऽमरेषु

दैत्याः प्रहर्षपुलकोद्गमनादनृत्यन्
देवा विषादविकला निरये न्यमज्जन्।।37।।

देवी की शुम्भ के पास जाने की तैयारी से सुरों और असुरों में दो भाव पैदा हुए। दैत्य तो आनन्द से पुलकित होकर नाचने लगे और देवता विषाद जनित बेचैनी से नरक में जा गिरे।

सारुह्य सिंहमटवीं तु यथा जहाति
देवाः प्रयान्ति च तथा गिरिकन्दरासु
भिन्नः सुरासुरकृते समयः समानो
रात्रिं दिवा जनयतीति विचित्रमेतत् ! ।।38।।

शेर पर चढ़कर देवी जितनी जंगल में आगे बढ़ती, देवता लोग उतने ही पहाड़ों की कन्दराओं में छिपते जाते। एक ही समय ने देवों और दानवों के लिए क्रमशः रात और दिन की सृष्टि की — यह विचित्र बात रही।

ब्रह्मा रुणद्धि विबुधान् सहसापसारान्
मेघागमे त्वशनिपातभयं न शश्वत्
प्राप्ताऽपि सा तु शिविरं विदधीत शन्नः
पुत्रो भवेद्धि कुसुतो न जनिः कुमाता।।39।।

ब्रह्मा देवताओं को सहसा पलायन से रोकते हैं और समझाते हैं कि बादलों के छा जाने पर हमेशा व्रजपात का भय नहीं रहता है । देवी यदि दैत्य शिविर में जाती भी है तो हमारा कल्याण ही करेगी । पुत्र भले ही कुपूत हो, माता कुमाता नहीं होती है।

देवान् रुरोध विखनास्तु पलायनाद् भी-
स्तस्यासमंजसहतान्न हृदस्त्वसर्पत्
देवी चरित्रबहुला च चलेत्कथं क्व !
ज्ञातुं न शक्यमतिगूढमनोऽङ्गनानाम्।।40।।

देवताओं को ब्रह्मा ने पलायन से रोक दिया; पर असमंजस से मरे हुए उनके (ब्रह्मा के) मन से डर दूर नहीं हुआ। देवी के बहुत से चरित्र हैं। वह न जाने कहाँ किस चाल चले ! औरतों के रहस्यमय मन की थाह पाना सम्भव नहीं।

श्रुत्वा समागतवतीं शिविरं नवीना-
मन्तःपुरे च दितिजस्य जुगुञ्ज कोपः

मांसाय पञ्जरधृता नवकुक्कुटीवत्
मांसार्दनाय तु धृता क्व नु यातु योषित्।।41।।

नवेली के शिविर में पहुँचने की बात सुनकर दैत्यराज के अन्तःपुर में क्रोध गूँजने लगा; पर मांस खाने के लिए पिंजरे में बंद मुर्गी की तरह मांस को मसलने के लिए कैद की हुई औरत कहाँ जाय!

देव्या वार्ताविषयमवयन् सोऽभवद् हृष्टचित्तः
विद्यावृद्धान् कतिपयजनान् स्वेन सार्धञ्च नेष्यन्
तत्रातिष्ठन् करधृतशरा अम्बिका - वीर-सख्यः
वार्ता किं स्यात्परिणयपरा वाहवे व्यूहमाया ! ।।42।।

देवी के साथ बातचीत का विषय जानकर अपने साथ विद्याओं में पारंगत कुछ लोगों को साथ ले जाता हुआ वह (शुम्भ) अपने मन में बड़ा खुश हुआ । वहाँ हाथ में बाण थामे देवी की सखियाँ विद्यमान थीं। क्या विवाह वार्ता के लिए बैठक हो रही थी या युद्ध में की जाने वाली व्यूह-रचना ?

अष्टमः सर्गः

शुक्राचार्यो विदितविषयः खिन्नचित्तोऽसुरेन्द्रं
गत्वोवाचोदधिमथंनगं स्मारयन् पूर्ववृत्तम्
लब्धव्यो वो नवपरिभवो देवताभ्यः किमर्थम्
मन्ये, देव्या सह परिणयो नैव युष्मद्धिताय ॥1॥

शुक्राचार्य ने जब शुम्भ का वर्तमान वृत्तान्त ज्ञात किया तो दुःखी मन से असुरराज के पास जाकर समुद्र-मंथन से पूर्व वृत्तान्त की याद दिलाते हुए कहा— तुम किसलिए देवताओं से नई पराजय प्राप्त करना चाहते हो । मेरी यह मान्यता है कि देवी के साथ विवाह तुम्हारे हित में नहीं है।

देवी माता भुवनविदिता पूज्यवर्या त्रिलोक्याम्
तस्माच्चिन्त्यां धिगनभिमतामार्यया भोगलिप्साम्
कर्तुं कृत्यं पशुसममिदं नार्हतीहासुरेशः
राजा यद् यत् कुरुत इतरस्तत्तदेवापि लोकः ॥2॥

देवी माँ लोकविदित है और तीनों लोकों में वह पूजनीय है, अतः वाणी और मन से भी उस आदरणीया के साथ संभोग की लालसा अनुचित एवं चिन्त्य होने के कारण धिक्कार के योग्य है। पशुओं के समान यह कुकृत्य असुर-स्वामी को शोभा नहीं देता है। राजा जो-जो करता है, सामान्य जनता भी वही करती है।

उद्वाहेषु प्रकृति-समता स्याद् वरस्याथ वध्वा
सत्त्वं देवेष्वसुरनिवहे तिष्ठतोऽन्यौ गुणौ च
सत्त्वोद्रिक्ता कथमिव वधूस्तामसश्चेद् वरः स्यात्
देवी देवानसुरकुलजानासुरी भो वृणीयात् ॥3॥

विवाहों में वर की वधू की प्रकृति के साथ समता होनी चाहिए । देवताओं में सत्त्व गुण प्रधान है जब कि दैत्यों में अन्य दो गुण— राजस और तामस- प्रधान रहते हैं। यदि वर तामसी हो तो सतोगुण वाली वधू कैसी हो सकती है ! देवी देवकुल के और आसुरी वृत्ति की वधू असुर कुल के वर का वरण करे।

देवी कञ्चित् सुरवरसुतं कामयेतेति भव्यम्
त्वं वा काञ्चिद् दनुजतनयामुद्वहेः साम्प्रतं तत्
सख्यं संख्यं च हि समुचिते साम्यभूमौ स्थितानां
वैषम्येणानुदिनमतुलं दुःखमाप्नोति युग्मम् ।।4 ।।

उचित यह है कि देवी अपने वर के रूप में किसी देव-पुत्र की कामना करे और तुम्हारे लिए उचित है कि तुम दैत्य-पुत्री के साथ विवाह करो । मित्रता तथा युद्ध समान स्थिति वालों के साथ ही उचित ठहरते हैं। जहाँ विषमता हो, वहाँ पति-पत्नी आये दिन बहुत दुःख झेलते हैं ।

देवाः सर्वे हरिमनुगताः कौशिकी चानुजास्य
प्रेष्ठो बन्धुः खलु सुरपते र्यो द्विषच्चासुराणाम्
सोऽसौ विष्णुः कपट-वटुको यस्त्रिलोकीं ययाचे
मायां तस्याखिलभवततां लिप्ससे किं स्वपत्नीम् ।।5 ।।

सभी देवता विष्णु के अनुयायी हैं और कौशिकी (देवी) उनकी बहिन है। जो असुर का शत्रु इन्द्र है, उसका विष्णु सबसे अधिक प्रिय भाई है। वह विष्णु, जो वटुक का कपट रूप धारण करके तीनों लोकों के राज्य को माँग लेता है, उसकी सारे संसार में व्याप्त मायारूपिणी देवी को तुम अपनी पत्नी बनाने की लालसा करते हो ?

यच्छन्ती या सरसममृतं मोहिनी देवताभ्यो
दैत्यान् व्यामोहयदविदितान् रूपजालप्रसारम्
सैवेयं भोः प्रथितमहिमोपस्थिता दिव्यरूपा
तस्यां भार्याधियमभिभजन् कालकूटेऽसि रक्तः ।।6 ।।

देवताओं को सरस अमृत प्रदान करती हुई मोहिनी (देवी) ने अनजान दैत्यों को अपने रूप-जाल में फँसा कर मोह लिया। वही महिमामयी देवी के रूप में दिव्य सौन्दर्य लेकर उपस्थित है। उसमें भार्या बुद्धि रखने वाले तुम कालकूट महाविष में लीन हो रहे हो।

त्वं यां देवीं शुभपरिणये कर्तुकामः स्वभार्यां
किंस्वित्सा त्वामपि गृहपतिं मंस्यते शुद्धभावैः
प्रायो नार्यः समरसमये यान्ति शत्रुं विषाक्ताः
शङ्के मृत्युर्भ्रमति पुरतः स्त्रीमिषेणाऽसुराणाम् ।।7 ।।

तुम जिस देवी के साथ मांगलिक विवाह कर अपनी पत्नी बनाना चाहते हो, क्या वह भी तुम्हें शुद्ध अन्तःकरण से अपना पति मानेगी। युद्ध के समय प्रायः औरतें विषैली बनकर शत्रु के पास जाया करती हैं। मुझे तो शंका है कि औरत के बहाने दैत्यों के चारों ओर मौत चक्कर काट रही है।

देहाबन्धः क्षिति-जल-वियद्वायुतेजः समष्टिः
सा चान्योन्यं यदि विघटिता प्राणिनामेव मृत्युः
पीयूषान्तः परिहृत - धरातत्त्वमात्रोऽन्तरात्मा
दृश्यादृश्य श्चरति विबुधोऽन्तःस्थितो निर्गतो वा ॥8॥

धरती, पानी, आकाश, हवा और अग्नि (तेज) के परस्पर मिल जाने पर शरीर बनता है। यदि वे विघटित होते हैं तो प्राणियों की मृत्यु हो जाती है। केवल पृत्वीतत्त्व को छोड़कर अमृतभरा देवस्वरूप अन्तरात्मा कभी स्वर्ग जाता है तो कभी वहाँ से निकलता है और इस तरह कभी दृश्य तो कभी अदृश्य होकर विचरण करते रहता है।

पृथ्वीतत्त्वं त्यजतसृजतामन्वशासं पुरा वो
निर्मातुं वाऽसमसमविधान् प्राणिनः कोशिकाभिः
दक्षा देवी महिषमसुरं तु न्यहन् युध्यमानं
लघ्वी शक्तिः प्रबल-रिपुभि र्युध्यते मृत्यवेऽद्धा ॥9॥

बहुत पहले मैंने तुम्हें कोशिकाओं से विभिन्न वर्ग के प्राणियों की निर्मिति के लिए पृथ्वीतत्त्व को छोड़ना और ग्रहण करना सिखाया था। फिर भी प्रबुद्ध देवी ने लड़ते हुए महिषासुर को तो मार ही दिया था। जब अल्प बल वाला अधिक बल वाले से लड़ता है तो वह मारा ही जाता है।

देवी धन्या जनयति जगद् वत्सला मातृरूपा
तस्यां कामः शलभनिवहस्येव दीपेद्धवर्तौ
देवेभ्योऽदात् सरसममृतं मातृभावं श्रितेभ्यः
दैत्यास्तस्याः करसरसिजाद् वारुणीमात्रमैच्छन् ॥10॥

देवी धन्य है। वह ममतामयी माँ संसार को पैदा करती है। उसके प्रति तुम्हारी काम-वासना उसी तरह विनाश-कारक है जिस तरह शलभों के लिए दीपक की बलती हुई बत्ती। जिन देवताओं ने देवी को माँ मानकर शरण ली, उन्हें उसने अमृत

दिया और दैत्यों ने उसके कमल के समान हाथों से केवल मदिरा पीने की इच्छा की।

आद्या शक्तिः सकलजगतां सा तु माताऽप्रमेया
यूयं तस्या अनुपमकृपां कामयध्वं शिवाय
तुष्टा चैषाऽशरणशरणं क्षेमकृद् वः सदा स्यात्
श्रेयस्कामः क इह कुरुतां कामभावं जनन्याम् ! ॥11॥

देवी आदि शक्ति है; समस्त लोकों की जननी है और उसकी महिमा कोई पार नहीं पा सकता। तुम अपने कल्याण के लिए उसकी अनुपम कृपा प्राप्त करने की इच्छा करो। यदि वह खुश हो जाती है तो अशरण को शरण देने वाली वह सदा तुम्हारे लिए कल्याणदायिनी सिद्ध हागी। अपना भला चाहने वाला कौन ऐसा होगा कि जो माँ के प्रति कामभावना रखता हो!

मत्वा देवीं निखिलजननीं श्रद्धया सन् प्रपन्नस्
तस्याः शक्तिं त्वमपि सुरवत् प्राप्तुमर्होऽसि दिव्याम्
देवेन्द्रः स्यात् किमपि न तदा तेऽपकर्तुं समर्थः
कामासक्तिं न खलु तनुयात् ताम्प्रति क्षेमकामः ॥12॥

देवी को सबकी माँ मानकर यदि तुम श्रद्धापूर्वक उसकी शरण में जाते हो तो तुम भी देवताओं की तरह उसकी दिव्य-शक्ति प्राप्त करने के योग्य बन जाते हो। तब इन्द्र भी तुम्हें कोई हानि नहीं पहुँचा सकता है। जो अपना भला चाहे, वह उसके प्रति वासना की दृष्टि न रक्खे।

नारी सूते सुरसममृतं मानसे चेद् वयस्का
यस्या हुत्या प्रसरति समा प्राणिसृष्टिर्जगत्याम्
कामस्तस्यां भवति सुखदो यौवने वंशवृद्ध्यै
नारी-संगो विषय-रसितः कश्मलस्यैव हेतुः ॥13॥

नारी वयस्क होने पर मन में अमृत-रस पैदा करती है, उसके बलिदान से संसार में प्राणियों का विकास होता है। उसके साथ यौवन में काम-सम्पर्क सुखदायी एवं वंशवृद्धि के लिए उपयोगी है। यदि सम्पर्क केवल वासना-तृप्ति के लिए स्थापित होता है तो पछताना पड़ता है।

नारी लोके परमममृतं मूलसृष्टिः स्वयम्भू-
राद्या शक्ति र्निखिल जगतः सा प्रसू र्वत्सला च

स्नुत्वानन्दं नयति शुचितां जीवनं देहभाजाम्
ज्ञातुं शक्यो न खलु महिमा त्वङ्गसङ्गे न तस्याः ॥14॥

संसार में नारी उत्तम अमृत है; सृष्टि का मूल कारण है; स्वतः उत्पन्न है; सारे संसार की आदिशक्ति है; वह माँ एवं मोहमयी है। आनन्द बरसा कर वह प्राणियों के जीवन को पवित्र बनाती है। उसके पास रहने की महिमा को जाना नहीं जा सकता है।

बालस्तस्याः स्तनरसपिबः पुष्यति क्रोडलीनो
रागासक्तस्तुदति तरुणस्तां च दासीमिवाज्ञः
धृत्वा रूपं विकृतिभयदं सापि काली करालं
कृत्वा चेतो निगिरति खलान् स्वात्मजान् वा भुजंगी ॥15॥

उसी की गोद में विराजमान बच्चा दूध पीकर परिपुष्ट होता है। कामासक्त मूर्ख युवक उसे दासी की तरह समझ कर दुःख देता है तो वह भी विकारग्रस्त हो डरावनी काली बनकर अपनी दुष्ट सन्तान को उसी तरह नष्ट कर देती है जैसे सर्पिणी अपने बच्चों को निगल जाती है।

मन्दोऽप्यन्यं स्व-दयितरतं नैव शक्नोति सोढुं
कीदृक् त्वं चेत् तव परिणयेऽस्या निशुम्भेन तोषः
पश्चादीर्ष्याकलुषितमनाः स्या न तस्मिन् विरक्तो
देव्या इत्थं प्रणयनपरः काङ्क्षसि स्वं विनाशम्? ॥16॥

नीच से नीच प्राणी भी अपने प्रेमास्पद के अन्य प्रेमी को सह नहीं सकता है। तुम कैसे हो कि देवी का निशुम्भ के साथ विवाह होने के विकल्प पर भी सन्तुष्ट हो। पीछे ईर्ष्या से मन में खोट पैदा होने से क्या तुम्हारा उससे वैमनस्य नहीं होगा? इस तरह देवी से प्यार करते हुए तुम अपने विनाश को नहीं बुला रहे हो?

चातुर्यं तेऽविदितबहुलं नूनमत्यन्तगूढम्
तेन त्वं तां छलनविधिना जेतुकामोऽसि नूनम्
चिन्त्यन् त्वेतन् नहि किमु तया पाश्यसे पाशहस्तः
को जानीते कपट-चरितं योषितां जन्मजातम् ॥17॥

तुम्हारी बहुत-सी चालाकियाँ अत्यन्त गुप्त एवं अजानी हैं। तुम देवी को भी चालाकी से जीतना चाहते हो, पर तुम्हें यह पता नहीं कि अपने हाथ में जाल लिए

हुए तुम स्वयं बाँध लिये गये हो । औरत की जन्मजात कपट-चातुरी को कौन समझ सकता है !

मा भून्नार्या हतविधिवशात् केनचिद् द्वेषभावो
विद्यावृद्धो यदपि स भवेदल्पशिक्षा च योषा
मूलच्छेदे प्रभवति न ना हन्त ! तस्याः कदाचिद्
जल्केवैषाऽविदितदशना शोषयत्यस्य रक्तम् ॥18॥

दुर्भाग्यवश किसी की दुश्मनी औरत से न हो। वह चाहे बड़ा विद्वान हो और औरत कम पढ़ी हो। पुरुष शायद ही उसका विनाश कर पाये ! औरत अपने दंश का पता न लगने देने वाली जोंक की तरह उसका खून शोष लेती है।

नारी पुंसोऽपि च पटुतरा प्राणिमात्रे जगत्याम्
नैषापन्ना कमपि च गुरुं कूटनीतिप्रवीणम्
क्षुब्धस्तस्याः पुरुषनिवहो हर्तुकामो हृदोजोऽ
सूयाग्रस्तः सततमबलां घोषयत्यात्मदम्भात् ॥19॥

प्राणिमात्र में मादा नर से अधिक चतुर होती है और चतुराई सीखने के लिए वह किसी कूटनीति में पारंगत गुरु के पास नहीं जाती। ईर्ष्यावश पुरुष वर्ग उसके मनोबल को मिटाने के लिए अपने ढोंग के कारण उसे सदा अबला कह कर पुकारा करता है !

कन्या नारी चरति सबला कूटनीत्या श्रिया वा
जेतुं शक्या सरति-पुरुषै र्मातृभावं प्रपन्नैः
मातृत्वं संभवति किमु सा गृह्यते चेन्न पाणौ
वोढुं शक्या वरण-विधिना नैव दुर्वासनैस्तु ॥20॥

शोभा अथवा कूटनीति की दृष्टि से अविवाहित नारी बलवती बनकर रहती है। उसे वे ही अनुरागी पुरुष जीत सकते हैं जो माता समझ कर उसकी शरण में रहते हैं। यदि विवाह ही न हो तो मातृत्व सम्भव नहीं होता और विवाह उसके द्वारा वर के वरण से ही हो सकता है न कि उसके प्रति बुरी वासनाओं से।

देवा दैत्या जलधिममथन् रत्नराशीनुपैतुम्
लब्धे तस्मिन् वितरणमभूत् कीदृशं विस्मृतं किम् ?

लक्ष्मी विष्णोर्हृदयमभजद् वारुणी युष्मदास्यम्
देवैः पीतं सकलममृतं वञ्चिता किं न यूयम् ॥21 ॥

देवताओं और दैत्यों ने रत्न-भण्डार को पाने के लिए समुद्र-मन्थन किया । उसके मिलने पर कैसा वितरण हुआ, यह क्या तुम भूल गये हो ? लक्ष्मी ने विष्णु के हृदय में वास लिया मदिरा तुम लोगों के मुँह लगी । देवताओं ने सारा अमृत पी लिया। क्या तुम लोग ठगे नहीं गये ?

विष्णु र्यो वः प्रबलरिपुराट् तस्य मायास्ति देवी
युष्मभ्यं या ह्यमृतकलशाद् नाददाद् बिन्दुमात्रम्
तामेवाद्याश्रुतहितवचा वोढुकामोऽसि किं त्वम् ?
कामार्ता हि प्रकृति-विमुखा वाचि भद्राशयानाम् ॥22 ॥

तुम्हारे प्रबल रिपु विष्णु हैं, देवी उनकी माया है जिसने अमृत के घड़े से तुम्हें एक बूँद भी नहीं दी। अपनी भलाई की बातें न सुनकर आज तुम उसी से शादी करना चाह रहे हो, ठीक है कामी लोग हित चाहने वालों के कथन के प्रकृति से ही विमुख होते हैं।

दैत्याधीशो बलिरपि पुरा मे न शुश्राव वाक्यं
श्रेयस्तस्याप्यहमभिलषँ श्चासृणां चक्षुरेकम्
जाने लाभो न भवति भिषजाऽपथ्य-भोक्तु र्जनस्य
खिन्ते स्वान्ते स्वयमपि रुजं हर्तुकामोऽस्य वैद्यः ॥23 ॥

पुराने समय में दैत्यराज बलि ने मेरा कहा कान नहीं किया। उसकी भलाई चाहते हुए मैंने अपनी एक आँख गँवा दी। ठीक है परहेज न करने वाले को औषधि -सेवन का कोई लाभ नहीं होता है। उसके रोग को दूर करने का इच्छुक वैद्य अपने मन में कुढ़ता रहता है।

वागीशस्याशुचिनयवशाद् दैत्यवंशार्तिखिन्नं
भद्राकांक्षा मुखरयति मां तूत्पथाद् वारणाय
मामोद्वाक्षीरखिलजननीं मास्तु रागस्तवास्यां
मात्रा सूनो रतिविषयिता रोचते गर्दभेभ्यः ॥24 ॥

बृहस्पति की गंदी नीति के परिणामस्वरूप दैत्यवंश के कष्टों से खिन्न होकर तुम्हारे हित की इच्छा से मैं तुम्हें बुरे मार्ग पर जाने से रोकने के लिए यह कहने को

विवश हूँ कि विश्व-जननी से विवाह मत करो ; उसमें आसक्त मत होओ। माँ से पुत्र की भोगेच्छा गधों को ही अच्छी लगती है।

मन्ये, दाराः पुरुष-पशुना भोग्यभावेन दृष्टाः
काम्यश्च स्याद् रतिरणजये मानदो यस्तु नार्याः
न स्यात्क्वेवाधिकमनुचितं वारिपानं तृषा चेत्
घट्टे घट्टे स्वदित-सलिलं जायते कालकूटम् ॥25॥

यह मैं मानता हूँ पुरुष रूपी पशु ने स्त्रियों को भोग्य समझा और सम्भोग का मैदान मारने पर औरत ने उसे मान दिया तथा शुभ माना हो। प्यास लगी हो तो उसे बुझाने के लिए कहीं भी पानी पी लेना अधिक अनुचित नहीं है; परन्तु घाट-घाट में चखा हुआ पानी तो विष बन जाता है।

नारी जाति र्मधुरवचना तावदेवास्ति रम्या
माता, जामिः सुतवधुसुतारूपिणी चापि यावत्
सैवाभद्रा भवति मदिरा स्पृश्यते चेद् विविक्ते
तस्मान्नार्या मदनशमनं यत्नतो वर्जनीयम् ॥26॥

मधुरभाषिणी स्त्री जाति तभी तक रमणीक है जब तक वह माँ, पुत्री, पुत्र-वधू, तथा बहिन रूप में दृष्टिगत होती है; किन्तु वही जब एकान्त में आलिंगन की अधिकारिणी बन कर उपस्थित होती है तो नशा बनकर बुराई की जड़ बन जाती है; इसलिए नारी से वासना-शान्ति के क्षणों को सप्रयास त्याग देना चाहिए।

जानीह्येतां परमसुखदं काञ्चनं मातृरूपे
पत्नीरूपे शुभदरजतं साहचर्यं च पूतम्
कन्यारूपे कुमति - हरणं सर्वतोभद्ररत्नं
भङ्गापेयं मदिरगरलं प्रेयसीरूपमस्याः ॥27॥

नारी को माँ रूप में परम सुख देने वाला बहुमूल्य सोना समझो। पत्नी रूप में वह परम पवित्र साथ देने वाला मंगलमय चाँदी है । कन्या रूप में वह दुर्बुद्धि को दूर करने वाला एवं हर तरह हितसाधक रत्न है। उसका प्रेमिका रूप मन्द-मन्द प्रभावकारी विष के समान भाँग का पेय है।

कान्ता-मैत्री विषयविषया तावदेवास्ति मान्या
यावत्त्वस्याः प्रणयपरता गोपनीया जनेषु

तस्मिन् जाते सकलविदिते भोगिनीवोल्लुठन्ती
प्रेमाधारं दशति तु बलात्कारकाक्षेपदुष्टम् ॥28॥

विषय-वासना भरा किसी रमणी से प्यार तभी तक उसे स्वीकार्य होता है जब तक कि उसके प्रेम का पता लोगों को नहीं रहता है । यदि सब लोग उसे जान लेते हैं तो वह सर्पिणी की तरह पलट कर प्रेमास्पद पर बलात्कारिता का दोष लगाकर उसे डस लेती है।

धूर्ताभासौ युवति-पुरुषौ मारकौ तारकौ वा
तावन्योन्यं प्रणुदत इहामुत्र चोत्सृष्टदोषौ
शुद्धासेवोऽमृतमथ विषं वर्जनीयं परं च
क्रीडा-व्रीडा हरित-वपुषो दूरतो दर्शनीया ॥29॥

पुरुष और युवती धतूरे की तरह मारक तथा तारक दोनों हैं। दोषों को छोड़कर यदि वे मिलते हैं तो जीते जी तथा मरणोपरान्त एक दूसरे को प्रेरणा देते हैं; जैसे धतूरा सोधा हुआ अमृत का काम करता है, वैसे ही शुद्ध प्रेम से स्त्री-पुरुष-संयोग भी स्वास्थ्यप्रद है। परन्तु बिना सोधे धतूरे के सेवन की तरह कलुषित प्रेम, विष की तरह वर्जनीय है। बिना सोच-विचार के अलमस्त युवक-युवतियों की लाज भरी क्रीड़ाएँ (प्रेम योग) दूब के समान हरे-भरे धतूरे की हिल-डुल की तरह दूर से ही अच्छी लगती हैं (सोच-विचार के बाद नहीं) ।

योषा मूले सरलमसृणा शीतला नापि नोष्णा
पुंसः श्वासानिलपरिगता जायते सा तदात्मा
नीरङ्गाम्भः सदृशविमला रज्यते नैकरागैः
किंवा द्रष्टुर्नयनरुचिषा रङ्ग आलोक्यतेऽस्याः ॥30॥

मूलतः सरल और कोमल औरत न तो ठंडी है और न गरम । पुरुष के श्वासों की हवा लगने पर वह तद्रूप हो जाती है। वह रंगहीन पानी की तरह स्वच्छ है जो नाना रंगों से रँगी जाती है अथवा देखने वाले के आँखों के रंग से उसका रंग निश्चित होता है।

दिव्या नारी रुचिरवसना बिभ्रती प्रेमभावं
प्रेम्णा दृष्टा सरलहृदया विश्वसत्येव पुंसः
भ्रान्त्या कैश्चिद् विकृतचरितै र्वञ्चिता चेत् कदाचिद्
भूत्वा दावो दहति तु शठान् साहचर्यं च सद्यः ॥31॥

प्रेमभाव से परिपूर्ण सुरुचिसम्पन्न वस्त्र धारण करने वाली नारी दिव्य होती है और सरल हृदय होने के कारण प्रेम दिखाने पर पुरुष का विश्वास कर जाती है । कदाचित् कुछ भ्रष्टचरित व्यक्ति भ्रमवशात् उसे ठगते हैं तो वह वन की आग बनकर उन दुष्टों और उनके साथियों को शीघ्र ही भस्म कर देती है ।

ज्ञातुं शक्या सपदि न सुखं स्थूल-दृष्ट्या तु योषा
मार्गोऽन्तःस्थः परिचयकरःस्वात्मजो दर्शकस्य
मूर्तिर्या योद्भवति हृदये द्रष्टुरन्तः क्रमेण
त्यक्त्वा कामान् अवहितदृशा सैव नारी तदर्थम् ॥32 ॥

मोटे तौर पर औरत को जल्दी समझा नहीं जा सकता है। देखने वाले की अपनी अन्तरात्मा ही उसका परिचय देती है। आसक्तियों को त्याग कर उसे सावधानी से देखने पर जो-जो मूर्ति दर्शक के हृदय पर क्रमशः अंकित होती है, उसके लिए वही नारी है।

मत्वा त्वेनां मनसि गुणिनीं यो हि गृह्णाति पाणिम्
पात्रं स्पृष्ट्वा गणयति स तु द्रव्यमाभ्यन्तरीयम्
दृष्टं भद्रं मनसि मधुरं स्यान्न चैकान्तिकं तत्
बाह्यं रूपं युवतिवपुषः प्रायशो भ्रामकं स्यात् ॥33 ॥

जो देखने में गुणवती मानकर उससे विवाह करता है, वह बर्तन छूकर तदनुरूप उसमें भरे अच्छे द्रव्य की कल्पना करता है, परन्तु जो देखने में भला हो, वह हृदय से भी मधुर हो, यह ध्रुव सत्य नहीं है। औरत का बाहरी रूप प्रायः धोखा देता है।

प्रीणात्येषा सुभगपुरुषं सोऽपि चैनां मनोज्ञां
तावत् तिष्ठेद् युगलमुभयो र्यावदुद्दामकामम्
शान्ते वेगे क्व खलु दयितः क्वाथ कान्ता प्रगल्भा
प्रेमानन्दे विषयिगतता दृश्यते क्वेव हृद्या ॥34 ॥

सुन्दर पुरुष को देखकर स्त्री प्यार करती है और पुरुष भी सुन्दरी से प्रेम करता है। जब तक वासना प्रबल रहती है, तब तक वह प्रेमी युगल साथ बना रहता है। जब जोश समाप्त हो जाता है तो कहाँ प्रियतम और कहाँ काम-प्रवीण प्रेयसी! प्रेमजनित आनन्द-कहा जा सकता है - कहीं कहीं ही दर्शकाश्रित रहता है।

कामासक्तं प्रणयियुगलं बाह्यपात्रं लिहानं
प्राप्तानन्दं गणयति निजं जीवनं धन्यधन्यम्
अन्तर्ज्ञात्वाऽशुचिमलमयं दूयते तच्च पश्चाद्
धिक् कुर्वन् स्वं प्रकृतिविवशं वासनामूढचित्तम् ।।35 ।।

कामासक्त प्रेमी ज़ोड़ा बाहरी पात्र को चाटते हुए आनन्दित होकर अपने आप को धन्य-धन्य मानता है। जब उसे पता चलता है कि उसमें अपवित्र मल भरा हुआ है तब उसे बड़ा दुःख होता है और प्रकृति के वशीभूत वासना से मूर्ख चित्त वाला अपने को इस तरह धिक्कारता है।

"लालाक्लिन्नं वमथुघृणितं मांसरक्तादिगर्भं
विष्ठा-मेदः-क्षवथु-सृकणौ दूषितं देहमेनम्।
त्यक्तं प्राणैः सपदि कृमिभिश्चाचितं गर्हणीयं
रम्यभ्रान्त्याऽपहृतमतिकौ भोक्तुकामौ धिगावाम् ! ।।36 ।।

"थूक से गीले, कै करने से घृणास्पद, मांस-रक्त आदि से भरे मल, चर्बी, बलगम और लार से दूषित एवं प्राणों से छोड़े जाने पर शीघ्र ही कृमि-कीटों के जमाव वाले इस निन्द्य शरीर को धोखे से सुन्दर मानकर भोगने वाले हम बुद्धिभ्रष्टों को धिक्कार है।

किं सौन्दर्यं समलवसने चातिसारे प्रियायाः
किं रम्यत्वं नयनपुटके चेदभिष्यन्ददग्धम्
खल्वाटो ना कचितलपना स्त्री हरेत् कस्य चित्तं
यूका घ्नन्ती कुरुचिमलिना योषिता रञ्जयेत् कम् ! ।।37 ।।

जब प्रिया अतिसार-पीड़ित होती है और उसके कपड़े मल से सने रहते हैं तो उसमें क्या सौन्दर्य रह जाता है ! जब उसकी आँखें जुकाम बहने से जली रहती हैं तो रमणीयता क्या रह जाती है। सिर के बाल उड़ जाने पर पुरुष तथा मुँह पर उगे बालों वाली औरत किसके चित्त को चुराते हैं! जुवें मारने की गन्दी आदलवाली औरत किसके दिल को भाती है!

यात्राकाले रथगतिवशादुद्वमन्त्या अजस्रं
म्लानास्याया घृणित-कुदतो या दशा स्याद् रमण्याः

आरार्तिक्ये भजननिरता पर्दमाना तथाधः
सौन्दर्यं किं भजति हि तदा व्याधि-दूने शरीरे ! ।।38 ।।

यात्रा-काल में वाहन की विषम-चाल के कारण निरन्तर वमन करती, मुरझाये हुए चेहरे तथा घृणास्पद बुरे दाँतों वाली तथाकथित रमणी की जो दशा होती है और जो आरती के समय भजन में मस्त हुई दुर्गन्ध अधोवायु छोड़ती है तो उनके व्याधिग्रस्त शरीर में तब क्या सौन्दर्य रहता है!

दृष्ट्वा रम्यं वपुरभिनवं जायते प्रेमभावस्
तेनैवैतत् प्रणयियुगलं रज्यते ग्रन्थिबन्धे
विच्छिन्नो यो भवति बहुशो म्लानतां याति रूपे
क्षीणे यस्मिन् परिजनगणस्यापि हास्यं तनोति ।।39 ।।

मनोरम एवं नवीन शरीर को देखकर जो प्रेमभाव पैदा होता है उससे ही दो प्यार करने वाले विवाह कर लेते हैं। रूप समाप्त होने पर प्रायः प्रेम-भाव भी टूट जाता है। प्यार न रहने पर अपने लोग तक हँसी उड़ाने लगते हैं।

कुभ्रूशृंगामसितरसनां दन्तुलां हस्तिपादां
सार्द्धैकाक्षीं सकचवदनां काष्ठपाणिं खरौष्ठीम्
सूचीकेशीं पनसजठरां कर्कशां चाप्यभद्रां
कामासक्तो गणयति युवा यौवनस्थां मनोज्ञाम् ।।40 ।।

नारी चाहे कुत्सित तथा खड़ी भौंहों वाली हो, चाहे काली जीभ वाली हो, चाहे उसके दाँत बाहर निकले हों, चाहे उसके पैर हाथी के पैरों के समान हों, चाहे वह डेढ़ ही आँख वाली हो, चाहे उसका मुँह बालों से भरा हो, चाहे उसके हाथ काठ की तरह कठोर हों, चाहे होंठ गधे के होंठ जैसे हों, केश (सिर के बाल) सूई की तरह खड़े हों, चाहे उसका पेट कटहल जैसा हो, और चाहे वह कर्कश भी हो, तो भी युवती रहने पर उसे कामी युवा मनोहर मानता है।

वन्यो वृक्षो व्रततिललितः सुस्थितः शान्तदेशे
सान्द्रच्छायः वमथुहरणः प्राणिनां चाप्यकामः
प्रातः सायं विहगविरुतै र्गीतकीर्ति र्विभाति
प्रीणँल्लोकानवितथमिदं सुन्दरत्वं तदीयम् ।।41 ।।

शान्त स्थान पर किसी वन में खड़े तथा लताओं से वेष्टित होने से घनी

छायावाला शोभाशाली पेड़ जो कै करने से उपजी रुचिहीनता को अनासक्त होकर दूर कर देता है और सवेरे-शाम चिड़ियों की चहचहाहट में जो गीतों का यश फैलता है, प्राणों को निरन्तर तृप्त कर देने वाला वही सौन्दर्य है।

नीत्वा नानाविधमलचयं सागरान्तं सरिद् या
क्ष्मामम्लानां प्रतिपलमहो! कावयन्ती करोति
सीमाभंगाकृतिमवगुणं दर्शयन्ती प्रवाहैः
प्रायेणासौ निजतटमिता दृश्यते क्षीणकाया ।।42।।

जो नदी विभिन्न प्रकार की गन्दगी को स्वयं लेकर सागर पर्यन्त धरती को प्रतिपल ताजा करती हुई गुंजरित करती है; अपनी बुराई को कभी-कभी बाढ़ के रूप में प्रकट करती हुई सीमा को लाँघ जाती है: अधिकतर वही अपने किनारों से बँधी तन्वंगी बनी शोभा देती है।

भूत्वा वाष्पं पुनरपि जलं घूर्णते व्योम्नि यत्तत्
सौन्दर्यस्याप्रतिममहिमा, दृश्यते श्यामरूपे
धृत्वा मालां स्फटिकघटितां नील-पाथोधिमध्ये
बाला चोर्मिर्भ्रमति समतां बिभ्रती कह्वपंक्तेः ।।43।।

जो पानी भाप बन कर फिर आसमान में घुमड़ता है, वह श्याम छटा के रूप में अद्वितीय सौन्दर्य की सृष्टि करता है। ऐसा लगता है कि नीले आकाश के समान समुद्र में बगुलों की पाँत के रूप में लहररूपिणी बाला स्फटिकमणि की माला पहन कर घूम रही है।

नाब्धिः पूर्णोऽगणितसरितां पूर्णमाणः पयोभिः
मेघस्तस्मात् पिबति सलिलं नैव रिक्तः स तेन
दानादानैरहतसुषमः शोभते त्वेकरूपः
किं सौन्दर्यं प्रतिपलमहो व्येति वा वर्धते यत् !।।44।।

बहुत-सी नदियों से जल भरे जाने पर भी समुद्र अपूर्ण रहता है और बादल उससे पानी पीते हैं तो वह खाली नहीं होता है। दान और आदान से जिसकी सुन्दरता पर कोई असर नहीं पड़ता है (वह है आदर्श सौन्दर्य) वह क्या सौन्दर्य जो प्रतिपल घटता-बढ़ता जाता है!

कैलासात्प्राक् शिखरिशिखरे पश्य शोभामपारां
दर्शं दर्शं नयनमनसां जायते नैव तृप्तिः
प्रातः सायं मृदुकिरणकृतः ओम (ॐ) शैलाभिसारो
मेयो नाक्ष्णोः शिथिलगतिना नापि वाचा प्रकाश्यः ॥45 ॥

कैलास से पहले ॐ से अंकित पर्वत की चोटी की अतुल शोभा को देखो। देखते–देखते मन और आँखों की तृप्ति ही नहीं होती है। सुबह–शाम जब सूरज की मन्द किरण इस पर छायी हो तो उस ॐ अंकित शैल शिखर की शोभा का आकलन न तो आँखें कर पातो हैं और न उसे शिथिल पड़ी वाणी द्वारा ही प्रकट किया जा सकता है।

शूलाङ्के यत् प्रसरति मुदा पाटलाख्यं प्रसूनं
दिव्यं शुभ्रं नहि परिसरं दूषयेत् तत् कदाचित्
दृष्टं सौख्यं जनयति दृशोः शान्तिमात्मन्युपेतं
ख्यातं रूपं परमसुषमामस्य जेतुं न शक्यम् ॥46 ॥

काँटों के बीच जो गुलाब का फूल खिलता है, वह दिव्य एवं स्वच्छ तथा परिवेश को गन्दा नहीं करता है। उसे देख लेने पर आँखों को अच्छा लगता है, आत्मा को शान्ति मिलती है। सौन्दर्य का कोई प्रसिद्ध रूप उसकी प्राकृतिक छटा को पराजित नहीं कर सकता।

शान्ते कान्ते सघन - विपिने खर्वखद्योत - दीप्ते
रात्रौ ताराङ्कित - नभसि यः श्रूयते शान्तिनादः
"आत्माहन्ते न विषय-विषं भुंक्ष्व विस्मृत्य सत्यं"
सौन्दर्यं तद् हृदि विमृश भोः क्वास्ति सादृश्यमस्य ॥47 ॥

शान्त रमणीक घने जंगल में, जहाँ रात को जुगनू रूपी दीपक जलते हैं और तारों से भरे आसमान में यह जो नाद सुनाई देता है कि "मैं तेरी आत्मा हूँ। सत्य को त्याग कर विषयों के विष को मत खा ।" अपने हृदय में विचार कर इस सौन्दर्य को पहचान । इसकी क्या कहीं समता है ?

सौन्दर्यं स्यात् त्रिविधमिह भो हृद्वपुः कर्मनिष्ठं
तेषां हृत्स्थं परमसुभगं नैव सर्वत्र लभ्यम्

यामुद्वोढुं त्वमिह यतसे सा न भावेन रम्या
तत्रासक्त्या शलभ इव किं मृत्युमेवावृणोषि ॥48 ॥

हृदय, शरीर और कर्म से सम्बद्ध होने वाले के कारण सौन्दर्य के तीन भेद हैं। उनमें से हृदय-परक सौन्दर्य बहुत उत्तम है । यह सब जगह नहीं मिलता है। जिससे तुम विवाह करना चाहते हो, उसका भाव सुन्दर नहीं है । उससे अनुराग कर क्या परवाने की तरह प्रकारान्तर से तुम मौत का वरण कर रहे हो ?

गर्ह्यं गर्भे नयन-हरणं दर्शने जीवदेहं
तुच्छं चर्मावृतपटहवज् ज्ञातसाराः कवीन्द्राः
लोकं भ्रान्तं विहतरतिकं कर्तुमाहो प्रगल्भा
विष्ठा-कुम्भं कनककलशीकृत्य किं न्वभ्यनन्दन् ॥49 ॥

जो शरीर भीतर से घृणास्पद रहा, उसे देखने में सुन्दर बनाने के लिए चमड़े से मढ़े तुच्छ नगाड़े के भीतर की पोल को जानने वाले चतुर कवियों ने प्रेम से परे रहने वालों को भ्रम में डालने के प्रयत्न-स्वरूप मल भरे घड़े को सोने का कलश बनाकर तो उसकी प्रशंसा नहीं की ?

आप्तान् पूज्यान् निजगुरुजनान् योऽवमन्येत दर्पात्
श्रीस्तं तु द्राक् त्यजति विरसा दुर्भगं मन्यमाना
आज्ञाभङ्गान् निज - कुल - गुरोः शङ्कमानोऽशिवं ते
सम्बन्धेऽस्मिन् विमतिरपि नाऽवारयं त्वां तु पूर्वम् ॥50 ॥

जो अपने विश्वसनीय पूज्य गुरुजन का घमंड के कारण तिरस्कार करता है, उसे हतभाग्य मानकर नाराज़ लक्ष्मी शीघ्र ही छोड़ देती है। अपने कुलगुरु की आज्ञा न मानने के कारण तुम्हारे नुकसान की आशंका से देवी से विवाह करने के तुम्हारे निर्णय से असहमत होते हुए भी मैंने पहले तुम्हें रोका नहीं।

देव्या मातुः सरसपयसा पुष्टकायः प्रभावी
धर्माचारो जगदविरतं राजनीत्या प्रशिष्याः
सौन्दर्यं वा युवति-वपुषो मन्यसे त्वं वरीयो
लीढि ष्ठ्यूतं त्वधररसितं, जिघ्र सापान-मूत्रम् ॥51 ॥

देवी माँ के मधुरदुग्ध के प्रभाव से तुम्हारा शरीर पुष्ट हो । धर्म का आचरण

करते हुए तुम राजनीति से निरन्तर संसार का शासन करो । यदि तुम युवती के शरीर को ही अधिक श्रेष्ठ मानो तो ठीक है, फिर चाटो उसके होंठ से रिसते हुए थूक को और सूँघो अपान वायु के साथ निकलते हुए मूत्र को !

मधुरसमिव पीतं नीतिमार्गोपदिष्टं
हृदि कुरु, पत नैवं रूपपाशे तु नार्याः
परिहर मणिबुद्धिं काच-पिण्डे सुवर्णे
परिणमति हितं यत् तत् सुधीराददीत ॥52॥

इस नीति मार्ग के उपदेश को मीठा शरबत समझकर हृदय में बसा लो । औरत के सौन्दर्य रूपी जाल में मत फँसो। अच्छी दिखाई देने वाली काँच की ढेरी को सोना मत समझो। बुद्धिमान् आदमी को वही करना चाहिए, जिसका परिणाम अच्छा हो।

नवमः सर्गः

स्थविरगुरुवरोक्तं मंगलं चाप्तभूतं
विविधमतिविलासैरूर्जितं शास्त्रसिद्धम्
वचनमुशनसस्तद् भाति शुम्भं न भव्यं
विमल - विधु - मयूखैर्दूयते चौरचित्तम् ॥1 ॥

वयोवृद्ध गुरुदेव शुक्राचार्य की हितकर एवं सिद्ध वाणी, जो बुद्धि के अनेक चमत्कारों से सशक्त, भव्य तथा शास्त्रों के अनुकूल रही, शुम्भ को अच्छी नहीं लगी। ठीक है, चाँद की निर्मल किरणों से चोर का हृदय दुखता ही है।

कटुमपि हितवाणीं मन्यमानो भयोत्थाम्
अनुपमवररत्नं चापि देवीं शुशोच-
"पुनरसुलभमेतत् सत्पथात् द्वारिसंस्थं
कथमपि न मयैवं शक्यते हातुमद्य" ॥2 ॥

उसने शुक्राचार्य की कड़ुवी होती हुई भी हितकर वाणी को डर की उपज माना और देवी को अनुपम श्रेष्ठ रत्न समझा; इसलिए वह इस निष्कर्ष पर पहुँचा कि सही तरीके से दरवाजे पर स्थित उस रत्न को वह किसी तरह त्याग नहीं सकता है।

सुररिपुरथ शुम्भो दूतमाश्वादिदेश,
व्रज शिबिरगतां तां सुन्दरीमानयेति।
श्रुतविनयवचास्तं प्राह देवी सहासं -
जयति युधि तु यो मां सैव[1] भर्ता ममेष्टः ॥3 ॥

तब दैत्यराज शुम्भ ने दूत को आदेश दिया कि वह जाकर शिविर से उस सुन्दरी को साथ ले आए। विनयपूर्वक निवेदित दूत के वचनों को सुनकर देवी ने मुस्कराते हुए उससे कहा 'जो मुझे युद्ध में परास्त करेगा, वही मेरा मनोनीत पति बनेगा'।

अधिबल उत तुल्यः शक्तितो वीरमानी
ननु पतिरनुरूपो योषितां नावरो यः

---

1. सैव दाशरथी राम इत्यत्र यथा रामायणे छान्दसः प्रयोगः।

यदि जयति रणे मां सोऽस्तु भर्ता प्रशस्यो
भवतु च परिहीणो मद्गृहे क्षुद्रभृत्यः ॥4॥

औरतों का अनुरूप पति वह होता है जो अपने को वीर मानता है, जो बल में उस जैसा या उससे अधिक हो, उससे नीचा नहीं । यदि वह युद्ध में मुझे जीतता है तो मेरा उत्तम स्वामी होगा। यदि नहीं तो वह मेरे घर में एक साधारण नौकर हो सकता है।

गजरदन - विदारी वाहनं मेऽस्ति सिंहो
ऽसुरपतिरधिरूढ; किं न शोभेत सिंहीम् !
भवति परिणयेऽस्मिन् दम्पती स्तामपीमौ,
सितहरिशिशुरस्मत्क्रीडनायाप्यभीष्टः ॥5॥

मेरा वाहन हाथियों के दाँत उखाड़ने वाला शेर है। असुरों का स्वामी शुम्भ सिंही की सवारी करे तो कैसी शोभा से सम्पन्न नहीं होगा वह ! इस विवाह में वे भी (सिंह-सिंही) दम्पति बन कर आएँ। हाँ, हमारी क्रीड़ा के लिए एक सफेद शेर का बच्चा भी अपेक्षित है।

कुलधनपदरूपादित्वभीष्टं वरे यत्
तदखिलमपि शुम्भे साधु सम्पन्नमेव
भवति परिणयात्प्राक् शक्तिरस्य त्ववेक्ष्या
भजतु स वरमालां निर्जितायाः कराभ्याम्॥6॥

कुल, धन, पद, रूप आदि गुण जो वर में देखे जाने चाहिए, वे सब तो शुम्भ में पाये जाते हैं । विवाह से पहले उसकी शक्ति की परीक्षा करनी है। मेरे हार जाने के बाद मैं अपने विजित हाथों से उसे जयमाला पहनाऊँगी। (वह ऐसा क्यों नहीं होने देता है?)''

''भुवनपतिरनन्यः शुम्भ एषोऽस्ति वीरो
मणिगण- वररत्नैः पूरितश्चास्य कोशः
गणयति शुभरत्नं रत्नभुक् स्त्रीषु यत् त्वाम्
अभिलषति निशान्तं स्वं ततो भूषयन्तीम्॥7॥

इस पर दूत बोला कि सारे भुवनों में शुम्भ जैसा कोई और स्वामी नहीं है। उसका खज़ाना भव्य मणियों और रत्नों से भरा पड़ा है। औरतों में वह तुम्हें रत्न मानता है। वह रत्नभोगी है। उसकी चाह है कि तुम उसके अन्तःपुर की शोभा बढ़ाओ।

ननु रण उपहासः पाणिपीडाप्रसंगे
प्रणय - सरसमर्हस्यादरं चावरोधे
क्व बत ! भुवनभीमश्चापघोषस्तदीयः
क्व ननु कुसुममृद्वी त्वं कुरङ्गीव भीता !॥8॥

विवाह के शुभावसर पर युद्ध ठानना यह एक मज़ाक है। तुम्हें अन्तःपुर में जाकर प्यार का आनन्द भरा आदर करना चाहिए। कहाँ शुम्भ के धनुष की धरती को कँपाने वाली धनुष की टंकार और कहाँ फूल के समान कोमल डरी हुई मृगी के समान तुम !

यदि बत ! समरे त्वं हन्यसे तेन वासु !
व्रजति परिणयस्याशाप्यजातावसानम्
रणभुवि जयसि त्वं चेत्तमेवानुषंगात्
विजित-विजयिनो र्नो प्रीतियोगः समृद्ध्येत्॥9॥

सुन्दरी, यदि तुम युद्ध में मारी गई तो विवाह होने की आशा पैदा होने से पहले ही समाप्त हो जाती है, युद्धभूमि में यदि तुम्हारी जय होती है तो उसी शर्त के अनुसार हारे और जीतने वाले व्यक्तियों के बीच प्रेम-संयोग का सुयोग बनता ही नहीं।

नवयुववयसीदं काञ्चनाभं शरीरं
सुररिपुपतितुल्यः क्वास्य भोक्ता जगत्याम्!
विषय-सुखदचर्या नैवं पापं मनोज्ञे !
परिणय-समयोऽयं नावहेल्यः प्रमादात्''॥10॥

इस समय तुम्हारा यह सोने जैसी शोभा वाला शरीर नवीन युवावस्था में है । संसार में दैत्यपति के समान इसका भोक्ता और कौन हो सकता है ! सुन्दरी, विषय-भोग का आनन्ददायी अनुभव कोई पाप नहीं है। यह विवाह का उचित समय है । इसकी अवहेलना नहीं होनी चाहिए।

''यदपि वदसि सत्यं स्याद्विकल्पादिहीनं
भवति न तदुपेक्ष्यं यत्प्रतिज्ञातपूर्वम्
समरभुवि जयेन्मां यः स भर्ता भवेन्मे
शिशुचपलतयेत्थं शैशवे प्रत्यजानाम्॥11॥

"जो भी तुम कह रह हो, वह बिना किसी विकल्प आदि के सत्य हो सकता है; किन्तु मैंने जो प्रतिज्ञा पहले की है, उसे उपेक्षित भी नहीं किया जा सकता है कि जो युद्ध के मैदान में मुझे जीतेगा, वही मेरा पति हो सकेगा। बचपन में अपनी चंचलता से मैंने ऐसी प्रतिज्ञा कर ली थी।

हिम - सित - मणिदेशे नाम पाणिग्रहोऽसौ
प्रभवति परिपूर्णो वस्तुतश्चाहवाय
नहि मम मरणं स्यात्पीड्यमानेऽपि पाणौ
शव-रमण-विशङ्का नैव कार्याऽसुरेण ॥12॥

हिमपात से सफेद बने मणिदेश (मणिद्वीप) में मेरा यह विवाह वस्तुतः लड़ाई होने पर ही परिपूर्ण होता है। पाणिपीडन, (I) 'युद्ध में जोर से हाथ मसलने पर' (II) 'विवाह होने पर' मैं मरूँगी नहीं, इसलिए असुरों के स्वामी के लिए मुर्दे से प्रेम-क्रीड़ा की समस्या पैदा नहीं होती है।

कुलिशकुसुमपाणिः श्रीमणिद्वीपकन्या
त्यजति करधरं नो जीवनान्तं च यावत्
क्षयति सपदि सद्यो मोदते वानयाऽसौ
शव-रमण-समस्या जायते नैव तस्याः ॥13॥

वज्र के समान कठोर तथा फूल के समान कोमल हाथों वाली यह मणिद्वीप की कन्या (I) जिसके हाथ को युद्ध के मैदान में जोर से पकड़ लेती है, उसका अन्त होने पर ही छोड़ती है। (II) जिससे विवाह करे; उसके जीवित रहते कभी उसे त्यागे नहीं। वह (शुम्भ) या तो शीघ्र ही लड़कर मर जाए या उसके साथ सदा आनन्द मनाए; इसलिए उसके लिए मुर्दे से प्रेम-क्रीडा करने की समस्या खड़ी ही नहीं होती।

अपहृतवनिताभिः शोभतेऽस्यावरोध :
कर-चरण - विमर्दै वर्धतेऽमुष्य लासः
मधुर-मिलन - मोदस्त्विन्द्रियाणां गृहीतः
करुण-मरणमाजौ गृह्यतां तेन चाद्य ॥14॥

तुम्हारे स्वामी का अंतःपुर (रनिवास) हरण की गई औरतों से शोभित है। हाथ-पैर दबवाने से वह अधिक खुश होता रहा है। उसने मधुर मिलनों से अपनी इन्द्रियों का सुख-भोग किया हुआ है। अब वह युद्ध में करुण रस से भरा मृत्यु का

आनन्द क्यों न ले ?

श्रुतबलकुलशीला तेऽधिपस्यागताऽहं
पुनरपि बलिनां तं कर्तुमग्रण्यमीहे
भवतु समर - भूमौ चावयोः पाणिमेलः
वरण - मरणमध्ये यत्र वैकल्पिकं स्यात् ॥15॥

तुम्हारे स्वामी के बल, कुल और शील की बात सुनकर मैं आई हूँ । उसे बल शक्ति से और भी बड़ा बना देना चाहती हूँ । हम दोनों के हाथ युद्ध के मैदान में मिलें जहाँ या तो मरण हो या एक दूसरे से सदा के लिए मिलन, जहाँ मरण और वरण (विवाह) के बीच विकल्प बना हो।

कथय दनुजनाथं स्वागतं विग्रहाय-
स्ववजितसमरस्त्वं मोद्वहस्वातिशीघ्रम्
स्थिर - सुखमनुभूया यत्नसाध्ये विवाहे
श्रममनु ननु सिद्धिः स्वद्यतेऽन्ते प्रकामम्'' ॥16॥

जाकर दैत्यराज से कहो कि युद्ध के लिए आपका स्वागत है। तुम सरलता से युद्ध को जीतने वाले कहे जाते हो; इसलिए विवाह करने में जल्दी मत करो। कोशिश करने के बाद किया जाने वाला विवाह स्थायी सुख देता है। उसका आनन्द उठाओ। परिश्रम करने पर जो सिद्धि मिलती है अन्त में वही सर्वाधिक स्वाद देती है।''

''किमिति वदसि भद्रे ! योत्स्यसे त्वं कथं तै :
समरमसहमाना द्राविता यैः सुरेन्द्राः
स्मरसि न समदा त्वं, शुम्भ-हर्म्यं निदिष्टः
करधृतचिकुरां त्वां नेष्यते कोऽपि भृत्यः'' ॥17॥

'भद्र स्त्री, यह तुम क्या बोलती हो, तुम उनसे कैसे लड़ोगी, जिनका सामना न कर सकने वाला सुरेन्द्र भगा दिया गया था ? घमण्ड में आने के कारण तुम समझ नहीं पा रही हो कि प्रभु की आज्ञा पाकर कोई नौकर अपने हाथों से तुम्हारे बाल पकड़ घसीट कर शुम्भ के अंत:पुर ले जाएगा।'

''वदसि यदपि सर्वं सत्यमुक्तं त्वया स्याद्
असुरवन - मृगेन्द्रो नास्ति सामान्यवीरः

परमननुभवाद् - भो मे प्रतिज्ञातपूर्वं
"जयति समरभूमौ यः पतिर्मे भवेत् सः" ॥18॥

'जो तुम कह रहे हो, हो सकता है वह सब सही हो। दैत्य-वंश रूपी जंगल का शेर (शुम्भ) साधारण वीर नहीं है; किन्तु अनुभव-रहित होने के कारण मैंने तो प्रतिज्ञा की है कि जो युद्ध में मुझे हराएगा, वही मेरा पति होगा।'

किमिति किसलयास्त्रैराहवे चाल्पघातो
वपुरशनिसमं ते भेत्स्यतीत्येव मत्वा
परिहरसि रणं चेन्मौढ्यमेतत्त्वदीयं
न किमनुभवतीभस्त्वङ्कुशस्य प्रहारम् ॥19॥

कोंपल के समान मुलायम हथियारों की हल्की चोट वज्र के समान शरीर को कैसे युद्ध में घायल कर पाएगी, यह सोचकर यदि तुम (शुम्भ) युद्ध से विरत रहने की बात कह रहे हो तो यह तुम्हारी नासमझी है, हाथी जानता नहीं कि छोटे से अंकुश की चुभन कैसी तेज होती है?

विधिलिखितमिहास्तामङ्कितं मस्तके यन्
ननु-नच-रहिता सा पालनीयास्ति शिष्टिः
रमण - मरण - वार्ता - गाथकानां समक्षं
समरवरविशेषारम्भ इष्टो द्वयोर्द्राक्" ॥20॥

अतः या तो विषय-भोग या मौत इस तरह के गीत गाने वालों के समक्ष हम दोनों का अभीष्ट विशेष तरह का यह युद्ध शीघ्र प्रारम्भ हो, माथे पर जो विधाता का लेख अंकित हो, उसके शासन का बिना ननुनच के पालन करना है।

प्रतिवचनमथाप्तो दूततुण्डेन शुम्भोऽ
प्यसुरगण-नियन्ता प्राह धूम्रं प्रदीप्तः -
"नय कतिपय वीरानानयस्वातिदृप्ताम्
अपरसहचरी चेद्-धन्यतां साऽविलम्बम् ॥21॥

दूत के मुँह से देवी का उत्तर प्राप्त कर असुर-स्वामी जलभुन कर धूम्रलोचन से बोला— कुछ वीरों को ले जाओ, उस अभिमानिनी को ले आओ। उसकी कोई और साथिन हो तो उसे अविलंब मार दो।

अतिशयबलहीना योषिदप्यस्त्रवार्भिः
विगलयति पलैश्चेत् पर्वतान् बद्धमूलान्
इह तु सबलकाया विष्णुमाया त्रिनेत्रा
सरसिजनलिकां तां मन्यते मूढचेताः ॥22॥

अत्यंत निर्बल स्त्री भी अपने अश्रु-जल से दृढ़मूल पहाड़ों को क्षणों में ही तरल बना देती है। यहाँ तो सबल-शरीर तीन आँखों वाली विष्णु-माया है। उसे कोई मूर्ख ही कमल की डंडी की तरह कोमल समझता है।

कतिपयदनुजैस्तामाक्रमीद् वीरमानी
दनुज - पतिनिदेशाद् धूम्रनेत्रो वराकः
विपुल - महिमदेव्या हुंकृतेनैव भृष्टः
शलभ इव सुदीप्तामग्निजिह्वां चुचुम्ब ॥23॥

दैत्यराज के आदेशानुसार कुछ दैत्यों को साथ लेकर अपने को वीर मानने वाले बेचारे धूम्रनेत्र ने उस पर आक्रमण किया । वह अतुल महिमा वाली देवी की हुंकार से ही भुन गया; परवाने की तरह मानो जलती हुई आग की लपट को चूमकर मर गया।

प्रखरतममथास्त्रं प्रक्षिपन्त्यां च देव्याम्
अरिवररथिनोऽथो व्यस्मरन् स्वं पदातिम्।
धुत-विकटसटेनोग्रेण सिंहेन दीर्णं
दितिज-पदिकसैन्यं शायितं स्थण्डिलेऽधः ॥24॥

जब देवी अत्यधिक तेज अस्त्रों को फेंकने लगी तो दुश्मन के नामी रथारोही अपनी पदाति सेना को भूल गए। तब अपने केशों (अयालों) को खड़े कर उग्र शेर ने शत्रु सेना को धरती पर सुला दिया।

श्रुतबलपतिमृत्युश्चाह शुम्भो- "नयेताम्
सपदि दंशसहस्त्रं सैनिकान् चण्डमुण्डौ
कर- धृत - चिकुरा साऽऽनीयतां जीवितैव
प्रहरणपरिविद्धो वा शवो दुर्मदायाः" ॥25॥

अपने सेनापति की मृत्यु का समाचार पाकर शुम्भ चण्ड और मुण्ड से बोला- दस हज़ार सैनिकों को लेकर हाथ से उसके बाल पकड़कर जीते जी उसे ले

आओ या उस घमंडिन का शस्त्रहत शव (मुर्दा) ले आओ।

अवगतभवितव्यश्चेन्न वाञ्छेदप्राप्तम्
प्रकृतिपरवशोऽसौ कर्म कुर्यादचिन्तः
स्वनियतिमविचिन्त्याथेतरान् हन्तुकामो
मशक - पदहतश्चेदस्ति चित्रं किमत्र ॥26॥

यदि किसी को अपने भविष्य का पता हो तो वह अप्राप्त की इच्छा न करे। वह प्रकृति के अधीन रहकर निश्चिन्त होकर कर्म करे, अपनी होनी का विचार न कर जो दूसरों को मारना चाहता है, वह मच्छर के चरण की चोट खाकर मर जाए तो इसमें क्या आश्चर्य है !

गुरुतररणरङ्गं शङ्कमानाम्बिकाथो
रिपुगणदमनार्थं सिद्धशस्त्रास्त्रसज्जा
धुतसट - हरिरूढा शंखनादैः सघोषं
दनुज - शिविरगेहाच्छैलकूटं चचाल ॥27॥

इसके पश्चात् अधिक बड़ी लड़ाई की आशंका से दुश्मनों का दमन करने के लिए अम्बिका ने अपने शस्त्रास्त्र सजा लिए। केसर फैलाए हुए सिंह पर चढ़कर शंखनादों के साथ वह दैत्य-शिविर से पहाड़ की चोटी की ओर चल पड़ी।

अरिशिविर - निवेशादेव देवी चलन्ती
परमनधिगतास्तै निर्गता धीरगत्या
गहनजलदमूर्तेः पृष्ठतो धावकानां
प्रहरण-वधयत्ना नाभवन् तत्र सिद्धाः ॥28॥

चूँकि असुरों को पता नहीं लगा, अतः देवी दुश्मन के शिविर-गृह से उतावली न दिखाती हुई चली। वह बादल का रूप धारण कर चल रही थी। अतः पीछे दौड़ने वालों के हथियारों से उसका वध करने के प्रयत्न सफल नहीं हुए।

उदयगिरिसुमञ्चे सिंहपृष्ठाधिरूढाम्
उषसमिव सुजातां मन्दहासां त्रिनेत्राम्
अनुचररहितां तां चैकलां वीक्ष्य दुष्टा
असुरदलवरिष्ठाः प्राहरन् हृष्टचित्ताः ॥29॥

शेर की पीठ पर सवार मन्द-मन्द मुस्कराती हुई तीन नेत्र वाली देवी उदयाचल रूपी रंगमंच पर भव्य-दर्शन उषा की तरह दिखाई दी। उसे सेवक-रहित अकेली देखकर दुष्ट दैत्य-सेनानियों ने खुश होकर उस पर प्रहार किए।

असुरविशिखविद्धा त्वम्बिकाश्यामकोशात्
निसृतरुधिर - धारा प्रासरच्चेत्थमङ्गे।
सरदवदनमस्या जातमारक्त - कृष्णं
उद्भवदसृगम्बा कृष्णवर्णा कराला ॥30॥

असुरों के बाणों से विद्ध होकर अम्बिका की काली कोशिकाओं से निकली खून की धाराएँ इस तरह उसके अंग पर छा गईं कि दाँतों सहित उसके बदन का रंग लाल और काला हो गया और इस तरह खूनसनी अम्बा भयंकर काली बन गई।

उदरमधिकनिम्नं त्वस्थिशेषं शरीरम्
शिरसि जटिल - केशा रक्तजिह्वादती सा
कृशकटिरनलाक्षी, मुण्डमाला च कण्ठे
कुत इयमुपयाता कालिका कालनारी! ॥31॥

यह मृत्युनारी कालिका कहाँ से आई? इसका पेट बिल्कुल धँसा हुआ है; शरीर हड्डियों का ढाँचा है। सिर के बालों की जटा बनी हैं । इसके दाँत और जीभ लाल हैं। कमर पतली है, इसकी आँखें आग के समान हैं और गले में मुण्डों की माला है।

अथ वपुरतिदीर्घं सिद्धिसाध्यं विधार्या-
ऽपरिमितमहिमा सा दैत्यचक्रं प्रविष्टा।
अरिसुभटसमूहं मूलकाभं निकृत्य
स्त्रवदसृगसुराणां सैन्यमन्तं निनाय ॥32॥

असीमित महिमा वाली काली ने सिद्धि द्वारा अपने शरीर को बहुत बड़ा कर दैत्य-व्यूह में प्रवेश किया और उसने शत्रु-वीरों को मूली की तरह कुतर दिया। इस तरह खून के बह जाने से दानव-सेना का अन्त हो गया।

श्रुतकनिजयवृत्तश्चण्डमुण्डौ च शुम्भः
प्रबलबलसमेतौ नाशितावित्यवेत्य
मनसि मरणभीतः संस्मरन् शुक्रवाचो
विधिविहितमिवैतामात्ममृत्युं शशङ्के ॥33॥

देवी की विजय के समाचार से यह जान कर कि चण्ड-मुण्ड अपनी सेना के साथ मारे गए, शुम्भ के मन में शुक्राचार्य के वचनों की याद हो आई और वह विधि का विधान समझकर मरने से डरने लग गया।

स्त्रजमरिशिरसां सा चण्डमुण्डादिकानाम्
असितकनिरयच्छत् कालिकाऽप्यम्बिकायै।
प्रमुदित - मनसास्यै नाम चण्डीत्यदात् या
खलदनुज- समूहं साऽक्षिणोद् यत्क्षणेन ॥34॥

कृष्णवर्णा कालिका ने चण्डमुण्डादि के सिरों की माला को अम्बिका को समर्पित किया; जिसने खुश होकर उसे "चण्डी" नाम दिया; क्योंकि उसने दुष्ट दैत्यों का क्षण मात्र में क्षय कर दिया था।

दलपति-निधनेऽथो शुम्भदिष्टा असंख्याः
समरभुवमुपेता दानवा योधनाय
क्षयमुपगतांस्तान् ज्ञातवान् शुम्भ उग्रः
रुधिरज-बलबीजं रक्तबीजं जिघाय ॥35॥

दल-प्रमुख के निधन होने पर शुम्भ के आदेश से असंख्य दैत्य लड़ने के लिए युद्ध-भूमि पर उतर आए। उनके मारे जाने से उत्तेजित शुम्भ ने रक्त से वीर पैदा होने की विशेषता वाले रक्तबीज को भेजा।

लघिम - विधि -विशेषाद् रक्तबिन्दो रसज्ञः
सपदि भवितुमासीत् सुक्षमोऽणोरणीयान्
पुनरपि च महत्त्वात् स्यात्सुवृद्धो महीयान्
महदणुतरकोशै र्जीवनं तस्य सिद्धम् ॥36॥

छोटा बन जाने के विशेष विधान से ख़ून की बूँदों की रासायनिक क्रिया को जानने वाले रक्तबीज का शरीर शीघ्र ही अणु से अणुतर तथा फिर बड़े से बड़ा बन जाने की क्षमता रखने के कारण अधिक बड़ी और अधिक छोटी कोशिकाओं से बना माना जाता था।

कवच - विरहितः सोऽयुध्यताभीस्तु मृत्योः
प्रवहदसृगलक्तै रंजितो रोषयुक्तः

अजिर इव चचारायोधनेऽप्यद्वितीयस्
तुलित-सतृण-भूमिस्तीर्ण-दूर्वा-प्रकाण्डः ।।37 ।।

मृत्यु से न डरने वाला वह क्रोध में आकर कवचरहित लड़ा और लड़ते हुए उसका शरीर बहते हुए मेंहदी रूप ख़ून से रँग गया। लड़ाई के मैदान में भी अकेला इस तरह वह घूमता रहा जैसे वह आँगन पर फेरी दे रहा हो। वह तिनकों से भरी भूमि पर अक्षय जड़ जमाए हुए दूब के समान फैला था।

युवति- निकरमध्याद् यापि योद्धुं प्रयाति
अधृत - कवचकन्या चक्ररक्ष्याऽभवत्सा
विहरति गतबाधं रक्तबीजेऽक्षतेऽपि
प्रबल दनुज-बाधा याति दुर्वारभाणम् ।।38 ।।

युवतियों में से जो लड़ने के लिए जातीं, उसका कोई कवच नहीं होता, उसकी तो रक्षा चारों ओर घूमता चक्र ही करता था। रक्तबीज के न मरने पर भी वह निर्बाध घूमती थी। दैत्यों द्वारा पैदा की गई बहुत बड़ी बाधा भी सहन न करने योग्य मज़ाक बन जाती।

सकलसुरगणेशा आशु शक्तीः स्वकीयाः
प्रतिबलमवरोद्धुं रक्तबीजं च हन्तुम्
कलित-सुतनु-रूपा अम्बिकायाः सहायान्
प्रहरण-चयभीमाः प्रेष्य चक्रुः स्वयोगम् ।।39 ।।

शत्रु-सेना का मुकाबला करने तथा रक्तबीज को मारने के लिए देवगण के नायकों ने सुन्दर शरीर धारण की हुईं, हथियारों से सज्जित होने से भयानक बनी अपनी शक्तियों को भेजकर अम्बिका की सहायता में योगदान दिया।

असुरसमवचेतुं मातरश्चित्रभृङ्गा
असुरकुसुमलग्ना उड्डिताश्चाप्यभुस्ताः
परमसफलयत्ना वीक्ष्य तांश्चैधमानान्
क्षयति न रुधिरासौ चाम्बिका चिन्तिताऽभूत् ।।40 ।।

प्राणों के रस को लेने के लिए मातृकारूपिणी तितलियाँ असुररूपी फूलों पर लगतीं और उड़ती हुई शोभित हुई; किन्तु रक्तबीज के न मारे जाने से अपने प्रयत्नों के असफल होने एवं असुरों की संख्या-वृद्धि पर अम्बिका चिन्तित हुई।

अवददमित-बुद्धि श्चण्डिका रौद्रकालीं
''मुखमपरिमितं स्वं त्वाशु विस्तारयेति
पिब च रुधिर-बिन्दून् रक्तबीजक्षतोत्थान्
विधिरयमिमेवं रिक्तरक्तं विदध्यात् ॥41॥

तब असीमित बुद्धि वाली चण्डिका उग्र रूप धारण की हुई काली से बोली — जितना अधिक हो सकता है, उतना अपना मुँह खोल और रक्तबीज का चोट खाकर जो रक्त गिरे, उसे पी ले। इस तरह ही उस रक्तबीज का अन्त होगा।

स्थितिमव-गतवत्यो देव्य आसन् ससज्जा
प्रहरणवरहस्ता रक्तबीजे प्रहर्तुम्
सजयरवमसूरं चण्डिका तं जघान
क्षरित-रुधिर-बिन्दून् कालिकाम्बा पपौ द्राक् ॥42॥

उस समय की स्थिति को समझकर देवियाँ तैयार हो गईं; और श्रेष्ठ हथियारों को पकड़कर रक्तबीज पर प्रहार करने को तत्पर हो उठीं। जय-जयकार के साथ दुष्ट दैत्य पर चण्डिका ने प्रहार किया और माँ कालिका रक्तबीज से निकले ख़ून को तत्क्षण पीती रही ।

किमु किमु निहतः किं रक्तबीजोऽपि किं भोः
सरभसमिति पृच्छन् शुम्भ आसीद् विमूढः
क्षयित-बहुल-सैन्यो नैव पश्यन् विकल्पं
बलिनमथ निशुम्भं स्वानुजं त्वाजुहाव ॥43॥

क्या........ क्या अरे ! रक्तबीज भी मारा गया' - घबराहट के साथ इस तरह आश्चर्य प्रकट करता हुआ शुम्भ विचार-शून्य हो गया और बहुत से सैनिकों के मारे जाने पर कोई अन्य विकल्प बचा न रहने से उसने अपने भाई बलशाली निशुम्भ को बुलाया।

मृदुतनुरबलेति क्ष्वेलिता या सुजेया
परुष - चणकवत्सा त्वायसी हन्त ! सिद्धा
विपुलदलपरीतः प्रेषितोऽसौ ग्रहीतुं
प्रसभमसुमतीं तां विक्षताङ्गीमुतापि ॥44॥

कोमल अंगों वाली तथा निर्बल मानकर जिसे नगण्य माना और सुजेय समझा, वह तो लोहे के कठोर चनों के समान निकली, यह बड़ा खेद का विषय है। (शुम्भ ने भाई को) बड़ी सेना लेकर देवी को बल प्रयोग कर जीवित पकड़ने के लिए भेजा, भले ही वह आघातों से आहत भी क्यों न हो जाए।

सकल दनुजजातिः स्याद् हुता नोऽत्र युद्धे
शिवमिति जगदम्बा मानसे चिन्तयन्ती
युधि मृतिमसुराणां सा तनूकर्तुकामा
शिवमशिवहरं प्राक् प्राह दौत्ये नियुज्य ॥45॥

सारे दैत्य उस युद्ध में स्वाहा न हो जाएँ, मन में यह शुभ विचार लेकर जगन्माता ने युद्ध में असुरों की हानि को कम करने की इच्छा से अमंगल को दूर करने वाले शिव को दूत बना कर कहा–

यदसुरवरदैत्यौ शुम्भबन्धू, शुभेच्छा
यदि मनसि लघीयस्त्यज्यतां नाकलोकः
श्रयतमथ ससैन्यौ किं न पातालभूमिम् ?
परगृहधनदारेष्वस्तु कामो न भूयः ॥46॥

यदि मन में थोड़ी भी शुभ इच्छा हो, शुम्भ-बन्धु शीघ्र ही स्वर्ग को छोड़ दें। वे सेना-सहित पाताल क्यों न चले जायें और आगे कभी दूसरे के घर, धन तथा औरतों की इच्छा न करें।

भवति सुमतिरित्थं चेत्तयो र्नो रणः स्यात्
विमतिमथ भजद्भ्यां मृत्युरालिङ्गनीयः
प्रसभमभिलषन्तौ मां वशीकृत्य पाशैः
न किमु विपथवृत्ती मृत्युमामन्त्रयेथे ? ॥47॥

यदि उन्हें इस तरह सुबुद्धि आ जाती है तो युद्ध नहीं होगा। यदि वे सहमत न हों तो मरने को तैयार हो जाएँ। मुझे बल-प्रयोग से बन्धनबद्ध कर कुमार्ग-गामी वे क्या मौत को निमन्त्रण नहीं दे रहे हैं ?

अवमत-हितवाक्यो दुर्मदत्वान् निशुम्भः
प्रबलबल-परीतस्त्वम्बयायात्स योद्धुम्

सुरपतय इतोऽस्थुः शक्तिभिः सार्धमिद्धाः
परिगत-समर-सिद्धिं चाम्बिकां तां परीत्य ।।48 ।।

घमण्ड के कारण हित वचनों का तिरस्कार कर निशुम्भ अम्बा के साथ लड़ने के लिए हीं बहुत बड़ी सेना को लेकर तैयार हुआ। इधर इन्द्र देव-शक्तियों के साथ उत्साहित होकर युद्ध जीतने में निपुण अम्बिका के साथ आ मिला।

खरतरविशिखा येऽस्ता निशुम्भेन हन्तुं
कठिन-कवचलग्नास्ते भवेयु र्विभिन्नाः
तदपि कनिगणं तं रक्षितुं शस्त्रघाताद्
अचलमभित आतत् विष्णुचक्रं समर्थम् ।।49 ।।

निशुम्भ ने जो तेज बाण मारने के लिए फेंके; कठोर कवच पर लगकर वे टूट गए। फिर भी कन्याओं की शस्त्राघात से रक्षा के लिए समर्थ विष्णु-चक्र सारे पहाड़ की परिक्रमा कर रहा था।

विविध निशितशस्त्रैर्हन्तुमैच्छन्निशुम्भः
कवचधरकनीभिस्तानि कृत्तानि मध्ये
पुनरथ सरुषा यद् वायुशस्त्रं प्रयुक्तं
तदमरकुलजाऽहन् शूलहस्तोत्पतन्ती ।।50 ।।

निशुम्भ ने अनेक तेज हथियारों से मारना चाहा; कवच धारण करने वाली कन्याओं ने उन्हें मध्य में ही काट दिया। फिर क्रोधावेश में उसने वायु अस्त्र चलाया। तब देवी ने शूल हाथ में लेकर उछल कर उसे मार दिया।

शिवा शक्तिरूपा धनुर्बाणहस्ता
विजेत्री विदीप्तानना वह्निवर्णा
स्थिता युद्धभूमौ निशुम्भे मृतेऽसौ
कृताह्वानघोषाथ शुम्भं नियोद्धुम् ।।51 ।।

धनुष-बाण हाथ में लेकर शक्तिस्वरूपिणी शिवा जिसका वर्ण अग्नि के समान था और विजय की प्राप्ति पर जिसका चेहरा दमक रहा था, निशुम्भ के मरने पर युद्धभूमि में इसलिए स्थित थी कि उसने अब शुम्भ को लड़ने के लिए चुनौती जो दी थी।

दशमः सर्गः

निशुम्भं हतं वीक्ष्य शुम्भोऽतिरुष्टः परं नैव संद्यः पुनर्योद्धुकामः
अकार्षीत्सभां सैन्य-संचालकानां पुरोभावि-युद्धस्य संयोजनायै ॥1 ॥

निशुम्भ को मरा हुआ देखकर शुम्भ के क्रोध की सीमा न रही, किन्तु वह फिर से जल्दी नहीं लड़ना चाहता था। भावी युद्ध की योजना के लिए उसने सेनाधिकारियों की सभा बुलाई।

समेतेत्वरी शर्वरी-सेविकाग्र्या कदाचारदक्षा कुयोगादिसिद्धा
विधातुं समर्था महान्तं लघिष्ठं लघुं चापि दीर्घं क्रियायोग-सिद्ध्या ॥2 ॥

रात में विचरण करने वालों में एक प्रधान सेविका काला जादू करने में बड़ी होशियार थी, वह दूषित जादुई काम करने में सिद्धहस्त थी। वह क्रियायोग द्वारा बड़े को छोटा और छोटे को बड़ा बना देने में समर्थ थी। वह उपस्थित हुई।

सदस्या मिलित्वानुसन्धित्सुविज्ञान् न्ययुङ्क्ताऽनुसन्धानकार्ये निशायाम्
''यया विद्यया योधने साधु-सिद्धिः तयैवाधुना वृत्तिरस्माकमस्तु'' ॥3 ॥

सभासदों ने रात में खोज करने की दिशा में यह सोचकर सुदक्ष अन्वेषक लोगों को नियुक्त किया कि जिस विद्या से लड़ाई में सफलता प्राप्त हो, उसी को अपना कर आगे उनका कार्य चले।

कुमारी स्वभागे शरीराङ्गवर्गात् समादाय कोशाणु-बीजानि पश्चात्
धरातत्त्वमामिश्र्य स्थूलं पुनस्तैः सरूपाः स्त्रियो निर्ममौ मेघवर्णाः ॥4 ॥

उधर देवी ने अपनी ओर, शरीर के हिस्से से कोशाणु-बीजों को लेकर उन्हें स्थूल पृथ्वीतत्त्व से मिलाकर बादलों के रंग की अपनी जैसी स्त्रियों की रचना की।

कुमारीषु मुख्या नवाधार- दुर्गाः क्षणेनैव नैकाः क्षणे चाद्वितीया
तया संगरश्चित्रभंग्येव हन्त्र्या प्रकोप्यारुषस्तुष्टिरक्ष्णोरुत स्यात् ॥5 ॥

कुमारियों में भी दुर्गा के नौ रूप प्रमुख थे। वे एक क्षण एक ही हो जातीं और दूसरे ही क्षण बहुत बन जातीं। मार-काट करती क्रुद्ध तितली की तरह फिरती हुई

उसके साथ युद्ध से क्रोध-भाव की उद्दीप्ति होगी या आँखें तृप्त होंगी।

रथस्थोऽथ शुम्भश्चकारोच्चनादं गृहीत्वास्त्रशस्त्राणि दिव्यानि दीप्तः
कुमारी च दध्मौ निजाऽनिन्द्य शङ्खम् द्रुतं तद्धरिर्गर्जनेनान्ववादीत् ॥6॥

रथ-स्थित शुम्भ ने ऊँचे स्वर में सिंहनाद किया। वह दिव्य शस्त्रास्त्रों से सज्जित होकर सुशोभित था। तब देवी ने भी अपना श्रेष्ठ शंख बजाया, जिसका शेर ने गरज कर अनुमोदन किया।

सतूर्यानकोऽवाद्यतासूरशूरैः ननादोच्चढक्का कनीनां च सेना
सुराः स्तोत्रवाणीमवद्यां च दैत्याः ब्रुवन्तोऽभियाता मिथो योद्धुकामाः ॥7॥

दुष्ट दैत्य के वीरों ने तुरही के साथ नगाड़ा बजवाया, देवियों की सेना का ढपला भी ऊँची ध्वनि में बज उठा। देवता स्तोत्र और दैत्य युद्ध की इच्छा से गाली बोलने लगे।

कदा द्वित्रकन्याः कदैकैव दृष्टा असंख्याः कुमार्यः समेताः कुतोऽत्र
विचिन्त्यासुरोऽमन्यतान्येऽपि देवाः कुमारीस्वरूपा रणायागताः किम् ? ॥8॥

कभी दो-तीन कन्याएँ, कभी एक ही कन्या दिखाई दी। असंख्य कुमारियाँ कहाँ से एकत्रित हो गईं -यह सोचकर दैत्य को लगा कि क्या देवियों का रूप धारण कर देवता तो युद्ध करने के लिए नहीं आ गए।

ततः कालिकाकाशमुत्प्लुत्य भूमौ करेणैकपिण्डं निचिक्षेप वेगात्
निनादेन तत्स्फोटजेनाभवत् खं प्रपूर्णं त्रिलोकी विपच्छङ्किता च ॥9॥

तब कालिका ने आसमान में उछल कर हाथ से जोर लगाकर पृथ्वी पर एक गोला फेंका। उसके फट जाने पर एक बड़ा उद्‌घोष हुआ, जिससे सारा आकाश भर गया और तीनों लोक विपत्ति की आशंका करने लगे।

पुनः साऽकरोदट्टहासं प्रचण्डं भिया दैत्ययूथं हतौजो बभूव
कुमार्यः प्रहृष्टाः प्रबुद्धाः प्रकामं सतां जन्यमेतद् ह्यसद्भिः शिवार्थम् ॥10॥

काली एक बार फिर ज़ोर से हँसी जिसे सुनकर असुर डर के मारे हिम्मत हार बैठे। कुमारियाँ जागरूक और अत्यधिक खुश हुईं। उन्होंने अनुभव किया कि दुष्टों से सज्जनों की यह लड़ाई कल्याणकारक है।

कनि र्युध्यमाना मुखे क्षिप्तबीजं विधार्याभिमन्त्रात्मकं युध्यते स्म
अणुत्वं गतं गन्धमात्रं शरीरं चतुष्टत्त्वयुक्तं भवेन्नैव दृश्यम् ॥11॥

मुँह में अभिमन्त्रित ताबीज़ रखकर देवियाँ, दुश्मनों के साथ लड़ती थीं। उनका अणु बना केवल गन्ध रूप शरीर जो (पृथ्वी को छोड़कर) अन्य चार तत्त्वों से बना था, दृश्य नहीं हो पाता।

मुखान्निर्गते बीजयन्त्रे कनीनां दलं भ्राम्यति स्मात्र तत्रारिमध्ये
हिते चानने तत्पुनर्लुप्यति स्माऽसुरेन्द्रश्च मेने तदिन्द्रेन्द्रजालम् ॥12॥

जब कुमारियाँ उस बीजयन्त्र को मुँह से बाहर निकाल देती थीं तो वे दुश्मनों के मध्य विचरती थीं। मुँह में रखते ही वे फिर लुप्त हो जातीं। शुम्भ ने उसे इन्द्र का इन्द्रजाल (जादू) मान लिया।

मुखान्तःस्थ बीजाद् धरातत्त्वहीना अदृश्या कुमार्यो निजघ्नुः सुरारीन्
यथा लुच्यते नीडभंक्ता पतङ्गैस् तथा कर्तितं दैत्य-सैन्यं कनीभिः ॥13॥

मुँह के भीतर बीजयंत्र को रखने से पृथ्वीतत्त्व से रहित होने के कारण कुमारियाँ अदृश्य होकर दैत्यों को मारती रहीं। उन्होंने दैत्य सेना को उसी तरह कुतर कर रख दिया जैसे घोंसला तोड़ने वाले को चिड़ियाँ नोच लेती हैं।

दलं माक्षिकं निष्पतेद् ऋक्षवृन्दे यथा वा पतङ्गावली शस्यभूमौ
तथाऽऽस्कन्नमालोक्य ताभिः स्वसैन्यं शुचं संवरीतुं न शुम्भः शशाक ॥14॥

जैसे मधुमक्खियों का दल रीछों के ऊपर छा गया हो अथवा टिड्डियों ने अनाज से लहलहाती धरती पर आक्रमण कर दिया हो उसी तरह जब शुम्भ ने देखा कि कुमारियाँ उसकी सेना के ऊपर प्रहार कर रही हैं तो वह अपनी व्याकुलता को छिपा नहीं सका।

''कुतः काः कियत्यः कथं वागताश्चेत्यशक्तो विनिश्चेतुमूचेऽम्बिकां सः
कथं चाहृताः कन्यका आहवार्थं त्वयापीन्द्रजालं प्रयुक्तं जयार्थम् ? ॥15॥

''ये कहाँ से इतनी किस तरह चली आईं — इसका हिसाब न लगा सकने पर वह अम्बिका से बोला— तुम लड़ने के लिए इन कन्याओं को कैसे ले आई? क्या तुमने भी संग्राम जीतने के लिए इन्द्रजाल का सहारा लिया है?

बलं प्राप्य देवादिकानामदृश्यं प्रहृष्टासि वीरागंनामानिनी त्वम् ?
अशिष्टाभियानं शुनामप्यहेतुं गजा आत्मतोषाय सर्वं सहन्ते ॥16॥

देवताओं की अदृश्य शक्ति का सहारा लेकर तुम अपने को वीरांगना मान कर खुश हो ? बिना कारण कुत्तों के बेतुके आक्रमण को भी हाथी अपनी खुशी के लिए सहन कर लेते हैं।

कुमारीस्वरूपोऽखिलो देवलोकः सुधापानमत्तः सहायस्त्वदीयः
अथैकाकिनी युध्यसे चेन्मया त्वं तदा ज्ञास्यसे कीदृशी जन्यजेत्री'' ॥17॥

सारा देव लोक कुमारियों का रूप धारण कर अमृतपान से मदमत्त होकर तुम्हारी सहायता कर रहा है। यदि तुम अकेली मेरे साथ लड़ो तो तब मैं जानूँ कि तुम कैसे युद्ध जीतती हो।''

''अहं त्वद्वितीया स्थितैकात्र तत्र द्वितीया च मत्तः परा नास्ति काचित्
मया दृश्यमाना युवत्यो न भिन्ना कला मे मयीमा विशन्तीः प्रपश्य ॥18॥

''मैं तो अकेली यहाँ स्थित हूँ। मुझसे अतिरिक्त यहाँ और कोई नहीं है। मेरे साथ दिखाई देने वाली युवतियाँ मुझसे भिन्न नहीं हैं। देख, ये मेरी कलायें हैं, जो मुझमें प्रवेश कर रही हैं।

न जानासि शक्तिं मदीयामतस्त्वं ब्रवीषीह तामिन्द्रजाल-प्रसारम्
त्वया देवराज्ये हि ध्वस्तीकृतेऽद्य क्व जालं क्व चेन्द्रोऽस्ति शक्तिर्ममेयम् ॥19॥

तुम मेरी शक्ति से परिचित नहीं हो, अतः उसे इन्द्रजाल का खेल समझ रहे हो। तूने देवताओं का राज्य नष्ट किया; अतः अब न इन्द्र है और न इन्द्रजाल। अब तो मेरी शक्ति है।

त्वयैकाकिनाहं तु योत्स्येऽद्वितीया द्वितीयेन्दुरूपा हि दीप्ता मयूखैः
चतूरूप शुम्भेन चाष्टाभुजेन स्वरूपं तथा धारयन्त्येव योत्स्ये'' ॥20॥

अकेले तुमसे रश्मियों से दमकते हुए दूसरे चाँद के समान मैं अकेली ही लड़ूँगी। तुम आठ भुजाओं के साथ चार शुम्भ बनकर लड़ोगे तो मैं भी ऐसा ही रूप धारण करती हुई लड़ूँगी।''

इदं घोषयित्वा महाशक्तिरुग्रं ततज्यं धनुर्मध्य आस्फालयत् सा
उदग्रेण घोषेण तस्यातिरुष्टः ववर्षासुरेशोऽथ हेतीरनेकाः ॥21॥

इस घोषणा के बाद महाशक्ति ने धनुष के मध्य से उसकी डोरी को तानकर खींचकर छोड़ा तो पैदा हुई टंकार से रुष्ट असुर-स्वामी शुम्भ ने अनेक अस्त्र चलाये।

ततो शुम्भमुक्ता ज्वलच्छक्तिरुग्रा निरस्तोल्कया-मातृशक्त्या च सद्यः
हरेर्नादमाकर्ण्य लोकश्चकम्पे द्वयोर्द्वन्द्वजो घोष आसीत्सुभीमः ॥22॥

तब शुम्भ द्वारा छोड़ी जलती हुई उग्र शक्ति को शीघ्र ही देवी ने उल्का द्वारा नष्ट कर दिया। शेर की गर्जना सुनकर तो दुनियाँ काँपने लगी। दोनों के बीच द्वन्द्व से पैदा हुआ घोष अत्यन्त भयंकर था।

शरान् शुम्भमुक्तान् तु चिच्छेद देवी तदीयान्निरस्तान् शरान् दानवेशः
सहस्त्रेऽपि तेषां निरस्तेऽपि मध्ये न कश्चित्तयोराहतो वा हतोऽभूत् ॥23॥

शुम्भ ने जो बाण चलाये, देवी ने उन्हें काट डाला और देवी ने जो बाण चलाये उन्हें शुम्भ ने काट डाला। उनके बीच हजारों बाणों के चलाये जाने के बाद भी न तो उनमें से कोई घायल हुआ और न मरा ही।

तदा सोऽसुरोऽसंख्य-बाणै र्भवानीं कुयोगेन युक्तश्च प्राच्छादयद् द्राक्
प्रबुद्धा धनुस्तस्य चिच्छेद सापि प्रहर्तुं समर्थो पुनर्येन न स्यात् ॥24॥

तब असुर ने गलत तरीकों से देवी को यथाशीघ्र बाणों से ढक दिया। देवी ने भी सावधानी के साथ उसके धनुष को तोड़ डाला जिससे वह आगे मार न सके।

अथो चाम्बिकाऽबोधयद् देवसेनाः सुसम्बद्धरीत्याऽसुराञ्जेतुकामा
"स्मरद्भिः स्वमोजो बलं चाप्यलं भोः! पलाय्यारिराहूयतामाहवाय ॥25॥

दैत्यों को योजना के साथ जीतने की इच्छा से देवी ने देवताओं की सेना को समझाया कि वे अपने पराक्रम और बल को याद करें और भागें नहीं, अपितु दुश्मन को लड़ने के लिए ललकारें।

अहिंसा, क्षमा, शान्तिराचारवत्ता गुणा भद्रवर्गे गुणत्वं भजन्ते
असूरासुरष्वेत एवोच्चभावा विरुद्धानुभूतीः समुद्भावयन्ति ॥26॥

अहिंसा, क्षमा, शान्ति तथा सदाचार - ये गुण भले लोगों में रहते हैं तो गुण सिद्ध होते हैं। ये ही उच्च भाव दुष्ट असुरों में विपरीत परिणाम को प्रकट करते हैं।

शरीरं बलिष्ठं तथा साधकं नो विजेतुं यथा मानसं साहसं स्यात्
मृगेन्द्रस्य शावोऽपि रोमाञ्चितो द्राक् वयस्कं वृषं द्रावयेन्नात्र चित्रम् ॥27॥

बलवान शरीर जय प्राप्त करने में उस तरह सहायक सिद्ध नहीं होता है जिस तरह व्यक्ति का मनोगत साहस। यह आश्चर्य नहीं कि शेर का बच्चा रोंगटे खड़े कर यथाशीघ्र वयस्क बैल को भगा दे।

किमर्थं सुधार्थं त्वपां मन्थनं तत् ? मृतस्यापि मृत्युञ्जयेनेह कोऽर्थः ?
शतं दूर एकोऽपि नो वो युधिष्ठः कृतं सर्वमाज्यं हुतं भस्मनीव ॥28॥

किसलिए अमृत प्राप्त करने के लिए समुद्र–मंथन किया गया ? जो मरा हुआ है, उसके (अमृत पीकर) मृत्यु को जीतने का क्या अर्थ है ? सैकड़ों की बात तो दूर रही, आप लोगों में से कोई एक भी नहीं है कि जो युद्ध में डटा रहे। हवन किया सारा घी मानो राख में स्वाहा हुआ अर्थात् किया–कराया सब बेकार गया।

कियत्कालमस्मन्मणिद्वीप-शौर्यं सहस्त्राक्षराज्यं तु रक्षेत् परेभ्यः ?
स्वशक्तेरतः संश्रयः स्याद् वरीयान् अशक्ता जना नाद्रियन्ते जगत्याम् ॥29॥

कितने समय तक हमारे मणिद्वीप की शूरवीरता इन्द्र के राज्य अर्थात् स्वर्ग की रक्षा करे! इसलिए (मैं कहती हूँ) अपनी ताकत को सहारा बनाना अधिक अच्छा है। संसार में निर्बलों का आदर नहीं होता है।

निहत्यारिवर्गं प्रतिष्ठाप्य चेन्द्रं पदे स्वे शमः स्थापनीयो मयेति
सदाऽऽशायुतं जीवितुं कांक्ष्यते हा! कदादर्श एषोऽमराणां गणस्य! ॥30॥

दुश्मनों को मारकर और इन्द्र को उसके अपने पद पर प्रतिष्ठित कर मुझे शान्ति स्थापित करनी है। सदा आशा करते जीवन बिताने की आकांक्षा का क्या कहना ! अमर देवताओं का यह कुत्सित आदर्श ?

वशे यस्य रक्षा न चार्थाः स्वकीयाः स देशः कथं वर्तते शिष्यते वा ?
स्थितिः सान्यराष्ट्रस्य सिद्धौ सहाया सुजेयत्वमालक्ष्य वित्ताशया च ॥31॥

जो अपनी रक्षा नहीं कर सकता तथा जिसकी अर्थव्यवस्था स्वाधीन नहीं है, वह देश कैसे रह सकता, और वहाँ शासन कैसे चल सकता है। उसकी स्थिति अन्य राष्ट्र की मज़बूती के लिए होती है क्योंकि वह आसानी से पछाड़ा जा सकता है और उसका धन सेवा के रूप में लिया जा सकता है।

सुरा निर्बला विस्मिताः संघ-हीनाः न मित्राणि युष्मासु विश्रम्भयन्ति
न शत्रुश्च युष्मद् बिभेत्याहवेऽल्पं हविष्यान्नतुष्टा अहो! धन्यधन्याः! ॥32॥

देवता निर्बल भौंचक्के तथा संघहीन हैं। अतः तुम लोगों पर मित्र विश्वास नहीं करते हैं और न युद्ध में शत्रु ही तुमसे डरते हैं। यज्ञ में दिये अन्न को खाकर खुश रहने वालो ! तुम धन्य धन्य हो !

सुधां पीतवन्तो जरामृत्युहीनाः जयेयुर्जरामृत्युवश्यं न शत्रुम्?
अलं कल्पितैरित्थमाशङ्क्यते किं वधोऽमर्त्यमूलस्य दैत्यात्तु मर्त्यात्?॥33॥

अमृत पीकर बुढ़ापा और मौत से दूर रहने वाले देवता क्या मौत के वशीभूत शत्रु को नहीं जीत पायेंगे? ऐसी कल्पना न करें। ऐसी शंका कैसी? क्या मर्त्य (मरणशील) दैत्यों से अमर्त्य-मूल देवताओं का वध हो सकता है?

कथं देवता विस्मरेद् भग्नसत्त्वा रणं जेष्यतीयं निहत्यामरारीन्
अखण्डाग्निरिन्धिष्यतेऽसौ तु तावत् पतङ्गाः पतन्तो न क्षेष्यन्ति यावत् ॥34॥

अपने को सत्त्वहीन मानकर देवता यह क्यों भूल जाते हैं कि वे देवों के शत्रु दैत्यों को रण में मात देंगे ही। यह लगातार जलती हुई आग तब तक जलती ही रहेगी जब तक इसमें गिरते हुए परवाने समाप्त न हो जायें।

हनिष्यामि शुम्भं विलम्बं विनाऽहम्, तथाप्याननं वः प्रफुल्लं समीहे
वधोऽरेर्ममास्त्याहवे केलिमात्रम्, शुभाशंसनं साहसं वर्धयेन्मे ॥35॥

मैं शुम्भ को अविलम्ब मार दूँगी; फिर भी मैं चाहती हूँ कि आप लोगों का चेहरा खिला हुआ हो। दुश्मन को मारना मेरा खेल है। आप प्रशंसा कर मेरा साहस बढ़ा सकते हैं।

मृतिः संगरे जीवितं वा विषण्णं पराभूत-जन्तोस्तु वृत्तिर्द्वयी स्यात्
परं, देवहेतो र्न मृत्यु र्विकल्पः कथं तज्जये वः प्रहर्षोऽत्र न स्यात् ॥36॥

युद्ध में हारे हुए व्यक्ति की दो वृत्तियाँ देखी जाती हैं — या तो वह युद्ध में मारा जाता है या दुःखी जीवन व्यतीत करता है । परन्तु देवताओं के लिए मृत्यु का विकल्प तो होता ही नहीं। तब विजय प्राप्त कर तुम लोग खुशियाँ क्यों न मनाओ?

समग्रा तु तन्मात्रिका याद्यशक्तिः समुद्भूय मय्येव साऽद्याविशन्ती
रणेऽदृश्य-हस्तस्थशस्त्रैः प्रहर्त्री ससैन्यं निहन्यात् सपद्येव शुम्भम्" ॥37॥

जो आदिम तन्मात्रात्मक परिपूर्ण आद्य शक्ति है वह प्रकट होकर आज मुझमें ही प्रवेश कर रही है। वह अपने न दिखाई देने वाले हाथों से पकड़े शस्त्रों से वार करती हुई शीघ्र ही सेना सहित शुम्भ को मार देगी।

समाकर्ण्य देव्या वचांसीति देवा निजौजोमयीं तां महेलां विभाव्य
अवष्टभ्य चेतो रणे मातरं तां यथादेशमन्वेतुमैच्छन् विनिद्राः ॥38 ॥

देवताओं ने जब देवी के वचन सुने तो उसे अपने पराक्रम से निर्मित महिला मानकर स्थिरचित्त होकर युद्ध में माँ के आदेश का सावधानी से पालन करने की ठान ली।

सुरो यत्र जीवेऽवतीर्णः सुलक्ष्यः स आकल्प्यते वाहनं तस्य लोकैः!
गुणांश्चापि लोकोत्तरानादधानो जनो गृह्यते देव एवावतारः ॥39 ॥

देवता जिस प्राणी में अवतार लेता है, वह उस देवता का वाहन कहा जाता है। उसे अलौकिक गुणों से सम्पन्न पाकर लोक उसे ही देवता मानने लगते हैं।

विधे र्वाहनं हंसवर्यः समागात् वृषो वाहनं शंकरस्यागतोऽतः
स्फुरद्-बर्हबर्हि-स्वरूपे कुमारोऽभ्युपेतौ तथा तार्क्ष्यभावेन विष्णुः ॥40 ॥

वहाँ ब्रह्मा का वाहन हंस आ गया तो शंकर का वाहन बैल भी आ गया। अपने पंखों को फैलाते हुए मोर के रूप में कार्तिकेय तथा गरुड़ के रूप में विष्णु भी चले आये।

गजेन्द्रेऽवतारो मघोनः सुरम्यःवराहश्च वाराहकायं दधानः
समाजग्मुरित्थं सुराः सर्व एव त एवाहवे मातृरूपा व्यगृह्णन् ॥41 ॥

हाथी के रूप में इन्द्र आये। भगवान् वराह वाराह रूप धारण कर आये। इस तरह सभी देवता वहाँ आ गए और युद्ध में उन्होंने माताओं का रूप धारण कर लिया।

ततः शंखमाध्माय देवी ववर्षाऽसुरेशे शरान् सोऽपि तामभ्ययुङ्क्त
गणेशाभिविष्टाऽखुसेनापि वेगाद् अरेर्वीरवर्यान् व्यगृह्णादतर्क्यम् ॥42 ॥

तब देवी ने शंख फूँककर असुरपति पर बाण-वर्षा की। उसने भी आक्रमण किया। गणेश के अवतार चूहों की सेना भी वेग से शत्रु के वीर सैनिकों से लड़ने लगी — यह एक आश्चर्य था कि जिसकी कल्पना तक नहीं की जा सकती।

गजेन्द्रावलीमिन्द्रसेना पुरस्तात् हयानीकिनीमाश्विनी चाशु निन्ये
वृषालीं नुनोदर्षभश्चोत्तरस्याम् अरिः शक्नुयात्तान् निरोद्धुं कदाचित् ॥43 ॥

इन्द्र सेना गज समूह को और अश्विनी घोड़ों को सामने ले आई। ऋषभ ने बैलों को उत्तर की ओर प्रेरित किया जिन्हें दुश्मन बड़ी मुश्किल से रोक सका।

परं मूषकेष्वत्र का वृत्तिरास्तां न धर्तुं न हन्तुं च शक्यैर्बलिष्ठैः
प्रचारस्य येषां निरोधे सयत्नो रणस्थो भटो हन्यते योगिनीभिः ॥44 ॥

परन्तु इन चूहों से निबटने का कौन सा रास्ता अपनाया जाय, जो बड़े बलवानों से भी न पकड़े जा सकते और न मारे ही जा सकते हैं ! जिनके प्रसार को रोकने को प्रयत्न करता हुआ युद्ध-स्थल में खड़ा सैनिक योगिनियों द्वारा मार दिया जाता है।

कथं युध्यतां हंसयुग्मैः सकामैः मयूरैरथो नृत्य-संसक्त-बर्हैः
इमाः कामिनी यौवन-श्रीसुकान्ताः प्रपश्यंश्च को योधयेदप्यशान्तः ॥45 ॥

इन प्यार करते हुए हंसों की जोड़ियों से कैसे लड़ा जाय! और कैसे लड़ा जाय नाच के लिए पंख फैलाये मोरों से! जवानी की शोभा से अत्यधिक रमणीय इन कामिनियों को देखकर बेचैन हुआ कौन-सा व्यक्ति लड़ाई करे!

अवाक्षीन्मराल-प्रभागं विधात्री मयूरावलीं चानयत् स्कन्दशक्तिः
अशादप्सरः संहतिं मोहिनीत्थम् विभक्ताऽभवन् मोहिता सैन्यशक्तिः ॥46 ॥

हंस-सेना की टुकड़ी को विधात्री ने सँभाला। स्कन्दशक्ति मोरों का झुण्ड ले आई। अप्सराओं के दल को मोहित करने वाली मोहिनी ने इस तरह चलाया कि दुश्मन की सैन्य शक्ति मोहित होकर बिखर गई।

सदा रक्षिका वैष्णवी शक्तिरासीत् प्रहारा निरोध्या सुचक्रेण यस्याः
विचित्रैः प्रहारैररीन् नाशयन्त्यो विचेरू रणे योषितो रुष्टकल्पाः ॥47 ॥

वैष्णवी शक्ति सदा रक्षिका रही। जिसके चक्र से शत्रु के प्रहार रोक लिये जाते थे। नानाविध प्रहारों से दुश्मनों का नाश करती हुई थोड़ी बहुत क्रुद्ध-सी औरतें युद्ध-स्थल पर विचरण करती रहीं।

मृगैरुत्पतद्भिस्तरद्भिश्च हंसैः किशोरी-प्रचारैर्मयूरैः सुनृत्तैः
रणे प्राणपण्येऽपि मायाप्रभावात् बभूवाद्भुतं भीममायोधनं तत् ॥48 ॥

मृग उछाल मारते रहे, हंस तैरते रहे, रमणियाँ घूमती रहीं, मोर नाचते रहे। माया के प्रभाव से ऐसे वातावरण में भी, जबकि प्राणों की बाज़ी लगी थी, एक अद्भुत एवं भयंकर युद्ध हुआ।

क्वचिद् धंसपंक्तिं क्वचिद् बर्हिनृत्यं क्वचित् कामकेलिं विलोक्यैव मुग्धाः
भटाः स्त्रीरता नोदिता माययातः विरक्ता रणाद् दुर्गया प्रेषिताः स्वः ॥49॥

कहीं हंसों के पाँत को, कहीं मोरों के नाच को, कहीं काम-क्रीड़ा को देखकर ही मोहित हुए स्त्रीरत योद्धा माया से प्रेरित होकर युद्ध से विरक्त क्या हुए कि उन्हें दुर्गा ने मार गिराया।

अवेत्याशुभं युद्धकालं तु शुम्भः वरानाह्वयद् व्यूहचक्रस्य सृष्ट्यै
ग्रहीतुं च मायामयं रौद्ररूपं हता वाहताः कन्यकास्तत्र नेतुम् ॥50॥

शुम्भ ने जब देखा कि युद्ध का समय ठीक नहीं चल रहा है तब व्यूह-रचना बनाने के लिए जानकार विशिष्ट व्यक्तियों को बुलाया, ताकि कपट भरा हुआ ऐसा उपाय सोचा जाय कि उसमें फँस कर कन्यायें हताहत हों।

चतुर्धा चकराम्बिका सैन्यभागान् प्रधानस्त्वभूद् यः कृतः कोशिकाभिः
स्वयं निर्मितो वर्धितो गुप्तरूपः मुखे बीजयन्त्रेऽल्पलग्नेऽप्यदृश्यः ॥51॥

अम्बिका ने चार तरह की सेना तैयार की। पहला, उस सेना का दल था जिसके सैनिक कोशिकाओं (STEM CELLS) से स्वनिर्मित थे और गुप्त रूप से बढ़ रहे थे। वे बीजयन्त्र के मुँह के भीतर ले जाते ही अदृश्य हो जाते थे।

द्वितीये विभागेऽन्यदेवात्मशक्तिः विभिन्नाकृती रूपचर्या-विशिष्टा
प्रवेष्टुं शरीरं निरेतुं च तस्मात् अणिम्ना महिम्ना समर्थाणुरूपा ॥52॥

दूसरी तरह की सेना उन लोगों की थी जिसके सैनिक अलग-अलग आकृति, रूप तथा खास तरह के आचरण करने वाले थे। ये शरीर में प्रवेश कर सकते तथा उससे बाहर आ जाते और अणिमा और महिमा शक्तियों के सहारे अणुरूप बनने में समर्थ थे।

तृतीयस्तु गन्धर्व- यक्षादिसंघः चतुर्थे कला-मानवाः स्त्रीपुमांसः
चतुर्धा महामायिकं सैन्यमित्थं रिपूणां पुरस्तादतिष्ठत् रणार्थम् ॥53॥

तीसरी सेना में गन्धर्व, यक्ष आदि (देवयोनि विशेष) का समूह था। चौथी सेना उन स्त्री-पुरुषों की थी जो कलाकार थे। इस तरह की जादुई प्रभावपूर्ण सेना शत्रु-सेना से लड़ने के लिए सामने खड़ी थी।

महायुक्त - देवीत्रयं चाथ दुर्गाः नवान्या विशेषस्थितौ दृष्टभेदाः
तथा मातृकाः संख्यया षोडशाख्या जगन्मातृ-सैन्यस्य चैताः प्रमुख्यः ॥54॥

"महा" विशेषण-युक्त तीन देवियाँ (महालक्ष्मी, महाकाली तथा महासरस्वती) विशिष्ट स्थिति के अनुसार ख्यात नौ दुर्गायें और सोलह मातृकायें जगन्माता की सेना की अध्यक्षा थीं।

रणारम्भ वाद्यान्यथो दध्वनु द्राक् पुन र्युद्धमारब्धमल्पेऽपि काले
कुमार्या निरस्तानि शस्त्राणि शत्रोस् तदीयानि तेनापि कृत्तानि सद्यः ॥55॥

अब तेजी से युद्धारम्भ-सूचक वाद्य बज उठा। जल्दी ही युद्ध आरम्भ हो गया। शत्रु द्वारा चलाये गये अस्त्रों को देवी ने प्रभाव-हीन बना दिया और देवी द्वारा छोड़े गये अस्त्र उसने भी काट डाले।

समाच्छाद्य देवीं शतैः सायकानां प्रकर्षं प्रहर्षस्य शुम्भो जगाम
परं त्वेकभल्लेन तान् खण्डयन्ती निचिक्षेप तं विस्मयाब्धौ सगर्वम् ॥56॥

देवी को सैकड़ों बाणों से आच्छादित कर शुम्भ को बड़ा आनन्द आया, किन्तु देवी ने उन्हें सगर्व केवल एक भाले की चोट से टुकड़े-टुकड़े कर उसे आश्चर्य के समुद्र में ढकेल दिया।

ततोऽसौ करे शक्तिमादाय यावद् उमां हन्तुमैच्छन् निराशः स्वतुष्ट्यै
कनि र्हस्त एवाच्छिनत्तावदेताम् गृहीत्वासिमम्बां ततः सोऽभ्यधावत् ॥57॥

तब निराश होकर उसने आत्म-तुष्टि के लिए हाथ में शक्ति लेकर देवी को जभी मारना चाहा, तभी देवी ने हाथ में कृपाण लेकर शक्ति को ही खण्डित कर दिया, तब वह तलवार लेकर उमा की ओर बढ़ा।

निरस्तेऽप्यसौ मुद्गरं हस्तयाधाद् उमा तत्क्षणं तं च चिच्छेद बाणैः
ततः सोऽश्रयत् पुष्करं योद्धुकामोऽम्बिकाऽपि स्वशक्त्या पुरस्तस्य तस्थौ ॥58॥

तलवार के टूटने पर उसने मुद्गर पकड़ा और उसे उमा ने उसी समय बाणों से काट

दिया। तब वह लड़ने की इच्छा से आसमान में स्थिर हुआ। अम्बिका भी अपनी शक्ति लेकर उसके सामने स्थित हो गई।

बभूवान्तरिक्षेऽद्भुतो विग्रहोऽसौ चकाराखिलं विस्मितं विश्वमेषः
वियत्युत्पतच्चित्रभृंगीद्विरेफाविवादृश्यतां तावुभौ युध्यमानौ ॥59॥

अन्तरिक्ष में यह अद्भुत युद्ध था जिसने सारे विश्व को चकित कर दिया। उड़ती हुई तितली और भौंरे की तरह वे आसमान में लड़ाई कर रहे थे।

मुखान्तर्गते बीजयन्त्रे हि देव्या अदृश्यः सदा विग्रहस्तावदासीत्
ददर्शाम्बरे मुद्गरं चक्रलीलं शिरस्ताड्यमानं च शुम्भस्य लोकः ॥60॥

जब देवी मुँह में ताबीज़ डालती तो वह अदृश्य बन जाती और युद्ध तब तक अदृश्य होकर चलता जब तक कि दुनियाँ आसमान में चक्कर काटते हुए मुद्गर से पिटा जाता हुआ शुम्भ का सिर न देख ले।

प्रहारोग्रपीडां विषेहेऽसुरेशो वपुस्तस्य भूतात्मकं स्थूलमासीत्
कुमार्यास्तु मात्रात्मकत्वाददृश्यं शरीरं न वध्यं प्रहर्तुं च शक्यम् ॥61॥

असुरों का स्वामी शुम्भ स्थूल शरीरस्थ होने से प्रहारों से उग्र वेदना सहन कर रहा था; परन्तु देवी का शरीर तन्मात्रात्मक रूप, रस, गन्ध, स्पर्श तथा शब्दों से बना) सूक्ष्म एवं अदृश्य होने से न तो मारा जा सकता था और न ही पीटा जा सकता था।

चिरं चाम्बिका तत्र युद्ध्वाऽसुरेण तमुत्पात्य खे सा निचिक्षेप भूमौ
स तूत्थाय हन्तुं दधावान्तिकं ताम् ततोऽहन् तमम्बात्मशूलेन भित्वा ॥62॥

बहुत लम्बे समय तक शुम्भ के साथ लड़ाई करने के बाद अम्बिका ने उसे उछाल कर धरती पर दे मारा। वह तो उसी समय उठकर मारने के लिए फिर देवी के पास दौड़ चला। तब अम्बा ने उसे अपने शूल से मार गिराया।

शुम्भे हते सकलदैत्यगणैः सहैव देव्या पुनर्जगदथालभत प्रशान्तिम्
आपोऽवहन् सुसरलाः पवनश्च मन्दः देवी मुखाभय-कला प्रसृता जनेषु ॥63॥

समस्त दैत्यों के साथ शुम्भ के मारे जाने के बाद दुनियाँ ने पुनः शान्ति की साँस ली। नदियाँ सहज रूप से बहने लगीं और हवा मन्द होकर चलने लगी। इस तरह देवी की आकृति पर छायी अभय-छटा लोगों में भी फैल गई।

एकादशः सर्गः

देवीं सुरा उपगता गदितुं प्रशस्तिं
हर्षातिरेक - पुलकोद्गम - चारुदेहाः
प्रोचु र्दिगीशसहिताः प्रणयावनम्रा-
मातस्त्वया वयमहो ! विहिताः कृतार्थाः ॥1॥

देवी की महिमा का बखान करने के लिए हर्षाधिक्य के कारण पुलकित दिशाओं के पतियों के साथ सुन्दर शरीर वाले देवता उसके पास जाकर प्रेम के कारण झूमते हुए बोले — "माँ तूने हमें कृतार्थ किया।"

त्वां विश्वमात्मनिलयं मनुते सदैतत्
त्वन् निःसृतं त्वयि पुनश्च विलीयते यत्
आदिस्त्वमेव पुरुषस्तु तवानुसारी
प्राप्तो गतिं त्वदुपलब्धबलः शयानः ॥2॥

यह सारा विश्व तुम्हें सदा अपना घर मानता है। यह तुम्हीं से उद्भूत हुआ और तुम्हीं में विलीन हो जाता है। सबसे पहले तुम्हीं रहीं ; परम पुरुष तुम्हारे ही अनुसार चलता है। वह तुझसे ही बल प्राप्त कर गतिमान् होता है अन्यथा वह सोया रहता है।

ब्रह्माण्डरूपरचना त्वयि विद्यमाना
दिष्टा ततः प्रकृतिराप्तवचःसु सिद्धैः
आवृत्य या परमपूरुषमात्म-सृष्ट्यै
विश्वं ससर्ज बहुभासमिदं विचित्रम् ॥3॥

ब्रह्माण्ड के रूप की रूपरेखा तुझमें विद्यमान है। सिद्ध पुरुषों ने विश्वस्त वाणी द्वारा तुम्हें प्रकृति नाम दिया। तुम अपनी सृष्टि के लिए परम पुरुष को घेरकर इस संसार का सृजन करती हो जो नाना रूपों में प्रतीत होने वाली एक विचित्र रचना है।

ओजस्विता स्फुरति नो पुरुषस्य तावद्
ऊर्जस्वलं प्रकुरुते भवती न यावत्

त्वद्दत्तदृष्टिरवगच्छति स स्वरूपं
बिम्बं समीक्ष्य मुकुरस्थमिवात्र लोकः ।।4 ।।

जब तक तू पुरुष में ऊर्जा नहीं भरती है तब तक उसका ओज प्रकट नहीं होता है। तू दृष्टि प्रदान करती है तो वह अपने स्वरूप को उसी तरह देख पाता है जैसे दुनियाँ शीशे में बिम्ब देखकर अपने रूप की स्थिति को जान पाती है।

नारीतनु र्जगति शक्तिरिहैकला त्वम्
अर्धाङ्गतां द्रुहिण - शंकरयोरुपेता
श्रीरूपिणी ननु हरेरुरसि स्थितासि
त्वां तां समस्तजगतां जननीं नमामः ।।5 ।।

सारे विश्व में नारी रूप में अकेली तुम्हीं हो। ब्रह्मा-शंकर की अर्धांगिनी तुम्हीं हो। विष्णु के हृदय में वास करने वाली लक्ष्मी हो तुम। तुम्हें, जो सारे लोकों की जननी है, हमारा प्रणाम है।

त्वं विष्णुशक्तिरसुरार्दन-लब्धकीर्तिर्
माया- विमोहनपराऽखिलविश्वबीजम्
बुद्धिः समग्रजगतां हृदये स्थिताऽपि
मातेव जीव-निवहस्य निरीक्षिकासि ।।6 ।।

तुम असुरों को मिटाने का नाम कमाने वाली विष्णु-शक्ति हो। अपनी माया से वश में करने वाली तुम सारे विश्व का आदि कारण हो। तुम दिल में बसने वाली होकर भी सारी दुनियाँ की बुद्धि हो। जीव-समूह की तुम माँ की तरह संरक्षिका हो।

अक्षिद्वयन्तव शिवं त्वमृतायते नः
नेत्रन्तृतीयमरुणं गरलायतेऽरीन्
दृग्भ्यां समेधितबला त्वयका त्रिनेत्रे
जित्वाऽसुरानरुणदृष्टिहतान् स्थिताः स्मः ।।7 ।।

तुम्हारी कल्याणकारक दो आँखें हमें अमृत प्रदान करती हैं, किन्तु तीसरा लाल नेत्र दुश्मनों के लिए विष का काम करता है। इस तरह हे तीन नेत्रों वाली माँ, तुम्हारे दो नेत्रों से अपना बल बढ़ाकर हम तुम्हारे तीसरे नेत्र से मारे दैत्यों को जीतकर यहाँ स्थित हैं।

सर्वार्थसिद्धिरखिलाभय - भद्रकर्त्री
विश्वात्मिकाऽपि जनमानसमास्थिताऽसि
रूपं लघोर्लघुतरं महतो महीयस्
त्वां बिभ्रतीं सकल विश्वजनिं नमामः ॥8॥

तुम सबकी कामनाओं को पूर्ण करने वाली हो; सारे विश्व में व्याप्त होकर भी तुम सबके हृदय में बसती हो। छोटे से छोटे तथा बड़े से बड़े रूप को धारण करने वाली सारे विश्व की माँ तुम्हें हम सब प्रणाम करते हैं।

वृत्रं निहन्तुमशनौ विविधाक्षिभासां
चक्रे चमत्कृतिममुं तु विमोहितं या
शक्रो जिगाय समरे कृपया तवेत्थम्
तामिन्द्रजालजनिकां शिरसा नमामः ॥9॥

वृत्रासुर को मारने के लिए तुमने वज्र में अनेक प्रकार की चमचमाहट-भरी आँखें लगा दी थीं कि उससे भ्रम में पड़ा वह तुम्हारी कृपा से इन्द्र द्वारा जीत लिया गया। इस तरह इन्द्रजाल को पैदा करने वाली तुम्हें हम सिर झुकाकर प्रणाम करते हैं।

गंगा - प्रवाहमपथं तु यया प्रकृष्टं
नारायणो निज - कमण्डलुगं चकार
तां मूर्तशक्तिमभितो परिपूर्णलक्ष्मीं
नारायणीं भगवतीं शिरसा नमामः ॥10॥

रास्ता छोड़कर बहते हुए प्रबल गंगा-प्रवाह को जिसकी सहायता से नारायण ने अपने कमण्डलु में बंद किया, उस मूर्तिमयी सब तरह परिपूर्ण भगवती लक्ष्मी को विनम्र प्रणाम हो।

ग्रावापि शक्तिमधिगम्य निहन्ति शत्रून्
प्राण-प्रतिष्ठिततनुः शुभदो जनानाम्
त्राणे खलक्षतिमहेऽपि च तुल्यसारे
कुर्वस्मदीय-विनयं सततं मनःस्थम् ॥11॥

शक्तिभरा पत्थर भी शत्रुओं को मार गिराता है। प्राण-प्रतिष्ठित होकर वही लोगों का कल्याण करता है। तुम्हारा रक्षा करना तथा दुष्टदमनकारी युद्ध करना - दोनों समान महत्त्वशाली हैं, हमारी विनती को हृदय में स्थान दो।

सद्-रक्षणाय दमनाय च दुष्कृताञ्चेद्
जायेत सुव्रतधरो भुवनेऽपि कश्चित्
किं स्यात् कृती स च विनापि तव प्रसादं ?
सिद्धिर्यतोऽनुसरतीतर-साधनानि ॥12॥

सज्जनों की रक्षा तथा दुष्टों के दमन के लिए यदि कोई धरती पर व्रतधारी बनता भी है तो भी उसे तुम्हारी कृपा के बिना सफलता नहीं मिल सकती है; क्योंकि सिद्धि प्राप्त करने के लिए अन्य साधन भी अपनाने पड़ते हैं।

भूमानमिच्छति विराट् त्वयकैव सार्धं
साकंत्वयोपरमते चितिसाध्यचिन्ता
नारायणीं गुणमयीं जननीं प्रधानां
भूयो नुमो निखिल-विश्व-विकासकर्त्रीम् ॥13॥

ब्रह्मजात विराट् तेरे ही साथ जीव बनना चाहता है। तेरे ही साथ चेतना के विकास का क्रम बन्द हो जाता है। तुम त्रिगुणात्मक नारायणी हो, प्रधान माँ हो। सारे विश्व का विकास करने वाली, तुम्हें हम प्रणाम करते हैं।

स्थूलैरिहोपकरणैः किमथायुधाद्यैः
क्षय्यः भवेद् रसविभादिकसूक्ष्मबन्धः ?
नाचेतदम्ब, हि विमूढमनाः स शुम्भः
काङ्क्षन् निहन्तुमणुमूर्तिमयीमपि त्वाम् ॥14॥

स्थूल हथियार आदि उपकरणों से रस-रूप गन्धादिक का सूक्ष्म बन्धन नाश किया जा सकता है क्या ? परन्तु मूर्ख शुम्भ फिर भी चेतता नहीं। वह अणुशक्ति की साक्षात् मूर्ति तुम्हें मारना चाहता है।

ज्ञानेन्द्रियैरधिगतं न परैस्तु लभ्यं
गन्धादि नैव विशिखै र्भवतीह विद्धम्
तन्मात्रमित्यनुपमं तु विधाय रूपं
दैत्यान् मृधे जितवतीं भवतीं नमामः ॥15॥

तुम्हें ज्ञानेन्द्रियों से पाया जा सकता है, अन्य तौर-तरीकों से नहीं। गन्ध आदि पंचभूत-गुण बाणों से विद्ध नहीं हो सकते हैं। रूप, रस, गन्ध, स्पर्श शब्दात्मक अर्थात् तन्मात्रात्मक अद्भुत रूप धारण कर जिसने युद्ध में दैत्यों को पराजित किया, ऐसी आपको हम नमस्कार करते हैं।

सर्वेश्वरी निखिलशक्ति समन्विता त्वं
भीती विंनाश्य दुरितान्यपहंसि सद्यः
आदाय खड्ग-परशू असुरान् निहंसि
वन्दामहेऽद्य वयमीप्सितदायिनीं त्वाम् ॥16॥

सारी शक्तियों से सम्पन्न तुम सबकी ईश्वरी हो, तुम समस्त भयों को दूर करके दुर्दशाओं को मिटा देती हो। तलवार और परशु लेकर दैत्यों का विनाश करती हो। तुम्हें अभीष्टदायिनी के रूप में आज हम सब तुम्हारी वन्दना करते हैं।

रोगाः प्रयान्ति निखिलास्तव भक्तिभाजां
नाशं च सौख्यमखिलं द्विषतां तथैव
माया-प्रपंच इह विश्वमिदं स्वजातं
बंभ्राम्यतेऽपरिचितं च यया नुमस्त्वाम् ॥17॥

जो आपकी भक्ति करते हैं, उनके समस्त रोग नष्ट हो जाते हैं। उसी तरह जो आपसे द्वेष रखते हैं, उनके समस्त सुख नष्ट हो जाते हैं । यह सारा विश्व तुम्हारा प्रपंच है। जिस माया से तुम अज्ञानी जीव को भ्रम में डाले हुई हो, ऐसी तुम्हें हम प्रणाम करते हैं।

रक्ष्योऽस्ति बाल इति तेन विमोह्यते हृत्
प्रेम्णा वसेदिति मिथो मिथुनं प्रसक्तम्
वृद्धोऽपि शाप-वरदान - बलेन पूज्यस्
त्रेधा सृतिस्तु विहिता जनशङ्कृतेऽत्र ॥18॥

हृदय मोह लेता है, इसलिए बच्चा रक्षा प्राप्त करता है। प्रेम से रह सकें, इसलिए स्त्री-पुरुष परस्पर आसक्त हैं। शाप और वरदान की क्षमता प्राप्त है, इसलिए वृद्ध भी पूजित हैं। तुमने जनकल्याण के लिए सृष्टि को इस तरह तीन स्थितियों में रखा है।

स्नेहानुबन्धमतुलं समुपेक्ष्य पित्रोर्
भार्यामपूर्वपतिकां च तथोपयाताम्
येनाभिनन्दति नरोऽभिगतः स्वबुद्ध्या
तद्भाव - सम्बलभुवं जननीं नमामः ॥19॥

माता-पिता के असीम प्यार की उपेक्षा कर सर्वथा नये पति पुरुष के पास रहने को आई पत्नी को जिस भाव का सहारा लेकर उसका पति अपने होश-हवास से उसका स्वागत करता है; उसे पैदा करने वाली माँ, तुमको हम प्रणाम करते हैं।

कन्यां ददाति जनको न वराय मातः!
नैतां वृणोति च वरो कनिदातृ-दत्ताम्
कामस्त्वयोपजनितोऽत्र तु दानहेतुः
गृह्णाति तां वरतनुश्च स एव नुन्नः ॥20॥

हे माँ! पिता अपनी कन्या को किसी वर को प्रदान नहीं करता है। उसके द्वारा सौंपी गई कन्या को वर भी ग्रहण नहीं करता है। तुम्हारे द्वारा उपजाया काम होता है दान का कारण। वर रूप में उपस्थित नर भी काम द्वारा प्रेरित होकर ही उसे ग्रहण करता है।

कामः प्रजोदयकृते भवतीह धर्मः
पापं तु रागकलुषो हितभोगबुद्धिः
मातस्त्वया सुमतिशासित एव कामः
श्रेयस्करः परिणयप्रथितः प्रजानाम् ॥21॥

सन्तान-प्राप्ति के जिस काम को जीवन में अपनाया जाता है, वह धर्म है। आसक्ति से सदोष, लाभ की दृष्टि से अपनाया गया काम पाप है। माँ, तुम्हारे द्वारा बुद्धि-अनुशासित कल्याणकारी काम जनता में विवाह के रूप में ख्याति प्राप्त करता है।

शूलं कृशानुवमि तेऽखिल-दुष्टहन्त्रि!
द्वन्द्वेऽसुरान् नयति नाशमथैष खड्गः
घण्टास्वनेन जगदार्तिहरे ! त्वयेत्थम्
अस्त्रत्रयं जनहिताय विधार्यतेऽम्ब! ॥22॥

हे सकल दुष्टों को मारने वाली, तुम्हारा शूल आग उगलता है। तुम्हारा खड्ग द्वन्द्वयुद्ध में दैत्यों को नष्ट करता है। तुम घण्टनाद से संसार की व्यथा दूर करती हो। इस तरह हे माँ, तुम लोगों की भलाई के लिए इन तीन हथियारों को धारण करती हो।

हे देवि ! रक्ष सकलान् शुभकर्मसक्तान्
नित्यं स्वकृत्यनिरतानपरान् सहिष्णून्
स्वर्गे सुरान् भुवि नरांस्तृणभोजिनोऽथ
सुस्थान् विधेहि सुजनान् शरणागतांश्च ॥23॥

हे देवि! अच्छे काम करने में लगे लोगों की रक्षा करो। जो हमेशा अपने कर्तव्य को पूरा करने में लगे हैं तथा और भी जो सहनशील लोग हैं, स्वर्ग में देवताओं, धरती पर मनुष्यों एवं तिनके खाकर जीने वालों की रक्षा करो। जो सज्जन हैं और तुम्हारी शरण में आते हों तो उन्हें उत्तम स्वास्थ्य प्रदान करो।

आकर्ण्य देववचनान्यवदत्तु देवी
"शुम्भः कदाचिदपरोऽर्दति वः पुनश्चेत्
सोऽप्याशु यास्यति लयं निहतो मयाऽद्धा
स्वर्गे न जातु भुवि वा वृजिनं सहिष्ये ॥24॥

देवताओं के वचन सुनकर देवी ने कहा - यदि कभी कोई और शुम्भ तुम्हें कष्ट दे तो वह शीघ्र ही मेरे द्वारा मारा जायेगा। मैं स्वर्ग या धरती पर कहीं भी पाप को सहन नहीं करूँगी।

दैत्यः परोऽथ सबलः पुनरागतः स्याद्
कालान्तरे कुसमये जनसूदनाय
त्यक्ष्याम्यहं च न तदाप्यपराजितं तम्
शक्तिः सदैव लभते रण-काव्य-कीर्तिम् ॥25॥

यदि कोई दैत्य या कोई और बलशाली कालान्तर में लोगों को कष्ट पहुँचाने आता है तो मैं उसे बिना जीते नहीं छोड़ूँगी। रण और काव्य में शक्ति नाम कमा कर रहती है।

आतंककारिभिरभीष्ट - मनिष्टकृत्यं
सम्भाव्यते सुविषमं प्रथितं त्रिलोके
प्रच्छन्नदुष्टदितिजै - र्विजितारिवर्गैर्
उग्राशयाभिभवितुं सकलां त्रिलोकीम् ॥26॥

आतंकवादियों द्वारा आचरित अटपटे एवं बुरे कामों से तीनों लोक ग्रस्त हो सकते हैं। छिपे हुए दुष्ट दैत्य जिन्हें शत्रु मान कर हमने जीत लिया है, तीनों लोकों में

आतंक फैलाने की आशा से अभिभूत कर सकते हैं।

आक्रंस्यते दिविषदां सदनं पुनर्यैर्
भूलोक उग्रहृदयैः क्वथितप्रजश्च
पातालधर्षण - विवृद्धमदैः प्रसह्य
नंक्ष्यन्ति ते लघु मया प्रसभं निरस्ताः ॥27॥

जिन उग्र व्यक्तियों ने अपने अभद्र व्यवहार तथा कार्यों से भूलोक की प्रजा को मथ डाला है; वे पाताल को ध्वस्त कर घमंड से पागल हैं। और देवताओं के निवास-स्थान पर भी पुनः आक्रमण करेंगे तो मैं उन्हें आसानी से नष्ट कर लूँगी।

चिन्ता त्रिविष्टपकृते बहु बाधते मां,
यत्र स्थितोऽमरगणो मरणाद्बिभेति
योऽसंहृतो भ्रमति वैरिकृताधिकारः
कालं कियन्तमभिरक्षतु तं हि पद्मा! ॥28॥

मुझे त्रिविष्टप (स्वर्ग) का ध्यान कर चिन्ता हो उठती है। जहाँ अमर (देवता) कहे जाने वाले मरने से डरते हैं, जो दुश्मनों द्वारा अधिकारों के छिने जाने पर असंगठित होकर घूम रहे हैं। उनकी यह पद्मा (लक्ष्मी-मन्त्रस्थ मणिपद्मा) कब तक रक्षा करे?

प्रांशुस्तनुः सुघटिता वदनं सहासं
चेतो दयार्द्रमतिगूढविचार - चर्चा
सौम्याकृतिः परबलाश्रितता तु नित्यं
संक्षीयते सुरगणः सततं निरोजाः ॥29॥

वहाँ के निवासियों का सुघटित शरीर लम्बा है। वे हँसमुख हैं। उनका दिल दया से स्निग्ध है। वे गूढ़ विषयों पर चर्चा करते हैं। वे सरलाकृति हैं। हमेशा दूसरों के भरोसे पर रहते हैं और वहाँ के वे सुर सदा ओजोहीन होकर कम होते जा रहे हैं।

रोषो न यस्य हृदयं प्रदहेच्छठानां
हर्षो हरेन्न दुरितं निजपक्षभाजाम्
शक्तोऽपि सिध्यति, स किंपुरुषो जनेषु
दृष्टोऽप्यदृष्ट-सदृशो निकृतोऽसुहृद्भिः ॥30॥

जिसका क्रोध दुष्टों के हृदय को दहला नहीं देता है और जिसका हर्ष अपने पक्ष के लोगों के कष्ट को हरण नहीं कर पाता है, वह समर्थ होते हुए भी लोगों में बहुत छोटा माना जाता है। शत्रु उसको देखते हुए भी अनदेखा एवं तिरस्कार कर चले जाते हैं।

रुष्टोऽप्यरुष्ट इव गण्यत एष लोकैः
रोषोष्मरिक्तहृदयेऽङ्कुरते न रागः
रागाच्च्युते हृदि भवेत् क्व च हार्ददानम्
दानं विना भवति किं पुरुषस्य मानः ? ॥31॥

उसके रुष्ट होने पर भी लोग उसे रुष्ट नहीं मानते हैं और जहाँ क्रोध की गर्मी नहीं होती है, वहाँ आसक्ति के अंकुर नहीं फूट पाते हैं। जहाँ राग (आसक्ति) नहीं, वहाँ प्रेम नहीं होता। जो प्रेम नहीं कर सकता, उस पुरुष का आदर नहीं होता है। वह क्षुद्र पुरुष माना जाता है।

देवासुरा उभयमेव ममास्ति सृष्टिर्
भिन्ना परं कुलहिताहितभावभेदैः
देवान् हि तामस-हृदो दितिजास्तुदन्ति
दण्ड्या मयाऽसुमनसस्तत एव जाताः ॥32॥

देवता और असुर दोनों मेरी सन्तान हैं। वे कुल के हित-अहित की भाव-भिन्नता के कारण अलग हुए हैं। तमोगुण प्रधान दैत्य देवताओं को सताते हैं; इसी से बुरी प्रवृत्ति वाले वे दण्डनीय बन गए हैं।

कामं वधार्हचरिता न तु ते विनाश्या
मात्रा कथं स्वकुसुता अपि सूदनीयाः
रोषोऽत्र साधयितुमिष्टतरस्तदर्थं
दोषं वहामि -- समरे मदिरां पिबामि ॥33॥

चरित्र की दृष्टि से असुर भले ही वध योग्य हैं, फिर भी वे मेरे हाथों विनाश्य नहीं। माँ क्या अपने नीच पुत्रों को मार सकती है ? वैसा करने के लिए क्रोध वांछनीय होता है। उसे लाने के लिए ही मैं सदोष कार्य करती हूँ, अर्थात् युद्ध में मदिरापान करती हूँ।

पीत्वा सुरामपगता सुरता तु मत्तः
नीतिर्ममत्वमपि मे मनसोऽपयाते
एका भवन्त्यपि गता बहुतां बताहं
तान् सूदयामि रुधिरं च पिबामि तेषाम् ।।34 ।।

मदिरापान से मुझसे मेरा देवत्व विलीन हो गया; मेरे हृदय से नीति और ममता भी चली गई। मैं अकेली होती हुई भी बहुत हो गई। उनका नाश करती हूँ और उनका रक्त-पान भी कर लेती हूँ।

सत्यं न हिंसितमिह स्तुतये जनानां
शान्तिः शिवाय रुचिता महतामृषीणाम्
हिंसा-परानवति लोकशिवं बलाच्चेद् -
युद्धं वरं विलुलितो न तु शान्तिमार्गः ।।35 ।।

सत्य तो यह है कि हिंसा जनता को पसन्द नहीं है, महान् ऋषियों ने शान्ति से कल्याण माना है, किन्तु लोगों का भला करने के नाम पर यदि बलपूर्वक हिंसकों की रक्षा की जाती है तो ढुलमुल शान्ति-मार्ग से युद्ध अच्छा है।

यस्यास्ति शक्तिरिह तं तु नमन्ति जीवा
जीवेत्कथं हतबलो जयिनां समाजे
जेतुं क्षमो भवति चेन्न, रणं त्यजेन्न
श्रेयस्करी यमपुरी-वसतिस्तदर्थम् ।।36 ।।

जिसके पास ताकत है प्राणी उसके सामने झुक जाते हैं। विजेताओं के समाज में निर्बल व्यक्ति कैसे जिए? यदि वह जय पा नहीं सकता है तो भी युद्ध करना न छोड़े। उसके लिए यमपुरी जाकर बसना कल्याणकारक है।

नो वस्तुतोऽभिरुचितं तु ममास्त्रपानं
तुष्यामि नैव बलिभिश्च हितैस्तिरश्चाम्
सामान्यतः पल - सुरादिभिरर्चना मे
गर्ह्यैव युद्धसमये त्वभयाय युक्ता ।।37 ।।

वस्तुतः मुझे रक्त पीना अच्छा नहीं लगता है। पशुओं की बलि से मुझे सुख-सन्तोष नहीं होता। सामान्यतः मांस-मदिरा से पूजा निन्द्य है; किन्तु युद्ध के समय भयमुक्त वातावरण बनाने के हेतु वह ठीक है।

रक्तं पिबाम्यरितनो र्न हि दीनजन्तोर्
युद्धे पिबामि मधु नैव गृहे मठे वा
एभि र्निरापदि ततो नहि पूजनीया
विष्णोः कला क्क नु सतः क्क परास्त्रपानम्।38

मैं दुश्मनों के शरीर से रक्त पीती हूँ, न कि गरीब प्राणियों का। मैं युद्ध के मैदान में मदिरा-पान करती हूँ। किसी घर या मंदिर में नहीं। इनसे शान्ति के समय पूजा नहीं की जानी चाहिए। कहाँ विष्णु की कला और कहाँ दूसरे का शोणित-पान!

विश्वस्य कष्टमपहर्तुमहं सदैव
सज्जाऽवतीर्य च यथोचितकर्मसक्ता
प्रच्छन्नदैत्य - शिविरेषु कृतावधाना
सौख्यं जनस्य परिवर्धयितुं यतिष्ये ॥39॥

विश्व के कष्ट-हरण के लिए मैं सदा तत्पर रहती और अवतार धारण कर यथोचित कर्म करती हूँ। गुप्त रूप से चल रहे दैत्य-शिविरों का ध्यान कर मैं लोगों के सुख को बढ़ाने का प्रयत्न करती हूँ।

दुर्गा च भीमा भ्रमरी शताक्षी
शाकम्भरी रक्तदतीति संज्ञा
आतङ्ककारिभ्य इमां त्रिलोकीं
सद्योऽवतीर्णा परिपालयिष्ये ॥40॥

मैं दुर्गा, भीमा, भ्रामरी, शाकम्भरी, रक्तदन्तिका का रूप धारण कर शीघ्र ही अवतार लेकर इस त्रिलोकी की आतंकवादियों से रक्षा करूँगी।

द्वादशः सर्गः

मेधामुनेर्वृत्तमिदन्तु देव्या मनुर्निशम्यात्मजनुः - कथाञ्च
शङ्कानिवृत्त्यर्थमृषिं पप्रच्छ पूर्वापरज्ञान-पयोनिधानम् ॥1 ॥

मेधा मुनि से देवी-चरित्र तथा अपने पूर्व-जन्म की कहानी को सुनकर मनु ने शंका-समाधान के लिए भूत और भविष्य के ज्ञानसागर ऋषि से पूछा।

देवीं कुमारीं प्रथमं प्रदिष्टां जेगीयसे किं जननी-पदेन?
तस्याः स्वरूपं जगतो निदानं व्याचक्ष्व मह्यं कृपया महर्षे! ॥2 ॥

आपने पहले देवी को कुमारी कहकर पुकारा है और अब माँ कहकर उसका गुणगान कर रहे हैं। आप जगत् के आदिकारण देवी के स्वरूप को अच्छी तरह मुझे समझाने की कृपा करें।

स प्राह देवी जगदादि-माता स्वयं कुमारी महतीश-माया
जायात्वमासाद्य ततो विधीश-विष्णु-स्वरूपाणि स्वयं प्रपेदे ॥3 ॥

देवी संसार की आदिम माँ है। वह स्वयं कुमारी है। वह ईश्वर की महामाया है। उसने पत्नीत्व प्राप्त कर ब्रह्मा, विष्णु और महेश रूप प्राप्त किए।

आसीत्तमोऽन्धः सकलासु दिक्षु विलिप्तमामूलशिखं तु सान्द्रम्
ननाद विभ्राट् सहिता महाश्रीर्हेमाण्डरूपः पुरुषस्ततोऽभूत् ॥4 ॥

सारी दिशाओं में जब घना अन्धकार छाया था, तब महालक्ष्मी ने विभ्राट् के साथ मिलकर घोर नाद किया उससे सोने के अण्डे के रूप में पुरुष पैदा हुआ।

विश्वं विधातुं त्रिगुणात्मकं सा रूपं विधायासितताम्रशुभ्रम्
त्रेधाऽद्वितीयैव बभौ महाद्या काली च लक्ष्मी च सरस्वती च ॥5 ॥

तब महालक्ष्मी ने विश्व की सृष्टि के लिए काला, ताम्रवर्ण, सफेद रंग का सात्विक, राजस तथा तामस त्रिगुणात्मक रूप धारण किया जिससे एक होने पर भी वह महाकाली, महासरस्वती तथा महालक्ष्मी - तीन रूपों में शोभित हो गईं।

जजान लक्ष्मी कमलां विधिं च सरस्वतीं शंकरमाद्यकाली
गौरीं हरिं चाद्य-सरस्वतीत्थं युग्मत्रयं जातमिदं विचित्रम् ॥6 ॥

महालक्ष्मी ने ब्रह्मा और लक्ष्मी को पैदा किया, महाकाली ने शिव और सरस्वती को तथा महासरस्वती ने विष्णु और गौरी को उपजाया।

अजायतैवं मिथुनत्रयं तत् ख्याताः स्त्रियो मात्रभिधा महर्तेः
पुंसोऽपि जाता विधि-विष्णुरुद्रा देवी त्रिलोकस्य जनिस्तदित्थम् ॥7 ॥

इस तरह महासृष्टि के उद्गम मातायें कही जाने वाली स्त्रियों के तीन जोड़े बने, जिनसे प्रसिद्ध मातृकाएँ तथा पुरुष - ब्रह्मा, विष्णु, महेश पैदा हुए। फलतः देवी तीनों लोकों की माता सिद्ध हुईं।

प्रादान् महाश्रीर्हरये तु लक्ष्मीं वाणीं विधात्रे महती च काली
शिवाय गौरीं महती तु वाणी ब्रह्माण्डमेवं परिपूर्तिमार्च्छत् ॥8 ॥

महालक्ष्मी ने लक्ष्मी को विष्णु को दे दिया। महाकाली ने सरस्वती को ब्रह्मा को दे दिया। महासरस्वती ने गौरी को शिव को दे दिया। इस तरह ब्रह्मांड की रचना की योजना पूरी हुई।

जज्ञे महाण विधिना सवाचा रुद्रेण गौर्या सह तच्च भिन्नम्
जातं तदन्तर्विविधात्म-विश्वं पुपोष विष्णु र्निखिलं प्रपञ्चम् ॥9 ॥

ब्रह्मा ने सरस्वती से मिलकर ब्रह्मांड पैदा किया था। रुद्र ने गौरी के साथ मिलकर उसका भेदन किया जिससे अनेकता से भरा विश्व पैदा हुआ और फिर इस सारे विश्व का विष्णु ने पोषण किया।

एवं दिशाकाल-दवीयसी सा विश्वस्य योनिः सचराचरस्य
चित्रं न, मातेति पदेन पूज्या जरा-मृतिभ्यां रहिता कुमारी ॥10 ॥

इस तरह दिशा और समय के प्रभाव से दूर रहने वाली वह स्थावर, जंगम विश्व की माँ बनी। इसमें क्या आश्चर्य है कि जन्म-मरण से रहित कुमारी माँ के रूप में पूज्य बनी।

कृत्वा निदानं पुरुषः पुराणः प्रासीसरत्तां निजयोगमायाम्
एको बहुस्यामिति चेहमानो भुङ्क्ते रसान् नैकविधान् तयैव ॥11 ॥

पुराण-पुरुष ने अन्त में अपनी योग-माया के रूप में उसका प्रसार किया, मैं अकेला हूँ, बहुत हो जाऊँ - ऐसा चाहते हुए वह उसी के साथ विभिन्न रसों का स्वाद लेता है।

तामेव लोकस्य जनिं सशक्तां मत्वाग्रकृत्यं परिकल्पनीयम्
आगामि-लोकस्य च सूत्रधार! युवां नटौ स्थोऽस्य परप्रधानौ ॥12॥

उसी जगन्माता को शक्तिशालिनी मानकर आगे काम किया जाए। हे आने वाले युग के सूत्रधार, इस लोक-नाटक के मुख्य एवं युवा नट तुम दोनों ही हो।

जातः पुरा यः सुरथस्त्वमद्य विवस्वतः श्रेष्ठसुतो युगादौ
शास्ता मनुः श्री कमला-प्रसादाद् भूत्वानुशाध्यागम-सन्ततिं स्वाम् ॥13॥

तुम जो पहले राजा सुरथ थे, आज युग के प्रारंभ में विवस्वान् के श्रेष्ठ पुत्र होकर आये हो। श्रीलक्ष्मी की कृपा से शासक मनु होकर अपनी आने वाली संतान को अनुशासन की शिक्षा दो।

श्रुत्वा मनुः पूर्वकथां स्वकीयां देव्याः स्वरूपं चरितञ्च दिव्यम्
भूयः पप्रच्छासृगिरं महामुनिं-भूपोऽकरोत् स्वेप्सित-सिद्धये किम्? ॥14॥

मनु ने जब अपने पूर्व जन्म की कथा तथा देवी के उत्तम चरित्र को सुना तो सत्य-वचन मुनि से फिर पूछा — वर प्राप्त कर राजा सुरथ ने अभीष्ट सिद्धि के लिए क्या किया?

"आकर्ण्य वृत्तं हि तदा मुखान्मे राजा ससाधुर्हृदि निश्चिकाय
गन्तुं ततोऽप्युत्तर-दिग्वनालिं गंगातटे चाचरितुं तपस्याम् ॥15॥

(इस पर मेधा मुनि ने बताया -) मैंने जब उसे उसका वृत्तान्त कह सुनाया तो उसने समाधि नामक वैश्य के साथ उत्तर दिशा के जंगलों में जाकर गंगा के किनारे तपस्या करने का निश्चय किया।

वैश्येन राजा सुरथस्तपस्यामारब्ध घोरां सुविविक्तभूमौ
ध्यायन्नुमां त्राटकबद्ध-नेत्रः शृण्वन्नजप्तं च जपं श्रुतिभ्याम् 16॥

समाधि नामक वैश्य के साथ राजा सुरथ ने एकान्त स्थान में घोर तपस्या प्रारंभ की। त्राटक से दृष्टि लगाकर उमा देवी का ध्यान करते हुए उसने कानों से अजपा जाप सुनना शुरू किया।

अन्तर्मना श्चात्मरतिः स तुर्यामतीत्य काष्ठां श्रितकाष्ठवृत्तिः
लीनोऽभवद् ध्येयसुरूपमात्रे मात्रङ्कमाप्त्वेव शिशुः सुषुप्तः ॥17॥

उसने मन की गति को अन्तःकरण की ओर ले जाकर आत्मा का चिन्तन करते और अविचल स्थिति अपना कर ध्यान की चौथी दिशा पार की और जैसे माँ की गोद में आकर बच्चा गहरी नींद में सो गया हो, वह ध्यान-गम्य प्रभु में लीन हो गया।

कालं निनायाथ तथा समाधौ जज्ञौ न किञ्चिच्च स योगनिष्ठः
शून्यां दशां पन्नविकम्पवृत्तिः सुषुप्ति-काले तु शिशुर्यथा स्यात् ॥18॥

समाधिस्थ होकर उसने समय बिताया और योगनिष्ठ होकर वह सब भूल गया। जिसमें कोई स्पन्दन न हो, ऐसी शून्यावस्था में स्थित हुआ कि जैसा गहरी नींद लेता हुआ बच्चा हो।

निमज्जदेवं चितिकन्दरासु देव्याः स्वरूपे परमात्म-धाम्नि
लिल्येऽस्य चेतो यतिगह्वरेषु गात्रं यथा स्यादुपरामशान्तम् ॥19॥

चेतना के गह्वर में परमात्मा के परमधाम में देवी के स्वरूप में वह डूब गया और उसका चित्त विरामावस्था में क्या हुआ कि शरीर शान्त हो गया।

गुरुत्व- मुक्तौ च शरीरभारे राजा तरन् व्योम्नि चचार यावत्
तावत्प्रकाशे सहसोपलब्धे गुहागता धीः पुनरागतोर्ध्वम् ॥20॥

शरीर के बोझ के गुरुत्व-मुक्त होने से राजा अन्तरिक्ष में जब तक तैरता रहा, तब तक सहसा उद्भूत प्रकाश में अन्तर्लीन बुद्धि गुफा से बाहर आई और पुनः ऊपर चढ़ने लगी।

'उत्तिष्ठ' देव्या वचसेति सार्धं राजा स्व-संज्ञां समवाप सद्यः
देवी कर-स्पर्शज-हृष्टरोमा तस्थौ नमन्नश्रुभिरार्द्रयन् क्ष्माम् ॥21॥

'उठो' देवी के इन शब्दों के साथ राजा सुरथ शीघ्र ही होश में आ गया। देवी के हाथ का स्पर्श पाकर उसका रोम-रोम आनन्द से भर उठा और वह आँसुओं से धरती को गीला करता हुआ हाथ जोड़कर खड़ा हुआ।

म्लानं सुमं संश्रितपत्रगर्भं मात्रङ्माप्तश्च शिशुः सुषुप्सुः
पक्षान्तरालस्थित-पक्षिपोतः नृपश्च देवी कृपयाऽभयोऽभूत्" ॥22॥

राजा देवी की कृपा प्राप्त कर निर्भय हो गया। वह पत्तों से घिरा हुआ मुरझाया फूल था; माता की गोद में बैठा हुआ सोने की इच्छा करता हुआ बालक था तथा वह माँ के पंखों के मध्य बैठा हुआ चिड़िया का बच्चा बन गया।

"तुष्टास्मि ते युक्तधियः सुभक्त्या राज्यं पुनः प्राप्स्यसि शक्ति-निष्ठः
शत्रून्निहत्योदित-भाग्य-भानुर्भूयान्नृपस्त्वं जननान्तरेऽपि ॥23॥

(देवी बोली) योग-निष्ठ बुद्धि वाले तुम्हारे भक्ति-भाव से मैं खुश हूँ। अपनी ताकत से ही तुम अपने राज्य को पुनः प्राप्त करोगे। शत्रुओं के नाश होने पर तुम्हारे भाग्य का सूर्य पुनः चमक उठेगा। अन्य जन्म में भी तुम राजा बनोगे।

वैवस्वतो नाम मनु ऋर्षिश्च भूत्वा लिखेर्मानवधर्मशास्त्रम्
यस्मात्स्वधर्मानवगत्य मर्त्याः कुर्युः सदा लोकहितं विमुक्त्यै ॥24॥

तुम विवस्वान् के पुत्र ऋषि मनु होकर मनुष्यों के लिए धर्मशास्त्र लिखोगे, जिससे मनुष्य अपने कर्तव्यों को समझकर लोक-हित करते हुए सुख-शान्ति प्राप्त करेंगे।

द्वेधा विभक्तश्च भवेत् स धर्मो वैयक्तिकोऽन्यश्च समष्टिहेतोः
विभक्तिमेत्यापि मिथः सुनद्धावुभौ भवेतां जन-शर्ममूलम् ॥25॥

धर्म को दो भागों में विभक्त माना जाना चाहिए (१) वैयक्तिक (२) सामाजिक वह बँटा हुआ होने पर भी परस्पर जुड़ा है। दोनों के मूल में जनता का कल्याण छिपा होता है।

वर्णाश्रमा व्यक्तिहिताय दिष्टाः स्वास्थ्याय सृष्टेरपि योजनीया
धर्माः समष्टेर्विषयेऽनुशिष्टा व्यक्तेः सुखायाप्युपबृंहणीयाः ॥26॥

वर्णाश्रम धर्म व्यक्ति के लिए माने जाते हैं; उन्हें समाज की भलाई के लिए भी किया जाना चाहिए। इसी तरह समाज के लिए किए जाने वाले कर्म व्यक्ति के सुख के लिए भी समान होने चाहिए।

धी-वृत्तशुद्धी प्रसमीक्ष्य विप्राः क्षत्रं रजः शौर्य-विकासहेतोः
वाणिज्य-दाक्ष्यं च विचिन्त्य वैश्याः श्रमाय शूद्रा अनुशासनीयाः ॥27॥

बुद्धि और चरित्र-शुद्धि का विचार कर ब्राह्मणों से, रजोगुण और पराक्रम के प्रसार के कारण क्षत्रियों से, व्यापार की दक्षता को देखकर वैश्यों से और श्रम की

परीक्षा कर शूद्रों से व्यवहार-बर्ताव किया जाना चाहिए।

बुद्धि र्विशुद्धिः प्रशमोऽप्यलोभो विप्रस्य वैशिष्ट्यमिदं प्रसिद्धम्
शास्ति र्दया- दानमशक्त-रक्षा राजन्य-वृत्ति र्विदिता जगत्याम् ।।28 ।।

ज्ञान, पवित्रता, शान्ति और निर्लोभिता - यह ब्राह्मण की विशेषता है। शासन, दया, दान तथा निर्बलों की रक्षा — यह विशेषता संसार में क्षत्रियों में देखी जाती है।

वाणिज्य-वृत्ति र्द्रविणार्जनं च वैश्यस्य वंशानुगतं तु कार्यम्
शिल्पं तथान्यद् रचनादि-कर्म शूद्रस्य धर्मानुगुणं प्रसिद्धम् ।।29 ।।

व्यापार कर धन कमाना वैश्यों की खानदानी विशेषता है। शिल्प तथा अन्य रचनात्मक कार्य, शूद्रों का कर्तव्यानुरूप गुण है।

ज्ञात्वा तु वंशाश्रितकर्मभेदं सम्पाद्यते साधुतरं स्वधर्मः
बालोऽपि दक्षाद्धि पितुः सकाशात् नैपुण्यमाप्नोत्यचिरात् स्वकार्ये ।।30 ।।

आनुवांशिक कर्म-भिन्नता को जानकर किया गया अपना काम अधिक अच्छा निभाया जा सकता है। बच्चा भी अपने सुदक्ष पिता से अपने कर्तव्य कार्य में निपुणता प्राप्त कर सकता है।

कालान्तरे स्युर्यदि चापवादाः वर्षेष्वपेक्ष्या गुणकर्मदृष्ट्या
भूयोऽपि वर्गीकरणं विधेयं विद्वज्जनानां समितौ विविच्य ।।31 ।।

कालान्तर में वर्षों बाद यदि अपवाद अपेक्षित हों तो गुण-कर्म की दृष्टि से विद्वज्जन की सभा में विवेचन कर फिर से वर्गीकरण किया जा सकता है।

संचालनार्थं हि समष्टिकार्यं सृष्टा पृथिव्यां गुणकर्ममूलाः
वर्णाश्रमा नैव तु भेद-सृष्ट्या वैरप्रसाराय समाज-मध्ये ।।32 ।।

समाज का कार्य सुचारु रूप से चलाने के लिए गुण-कर्मों को दृष्टि में रखकर वर्णाश्रम की योजना बनी, न कि भेदभाव पैदा कर समाज में बैर फैलाने के लिए।

विप्रो मुखं बाहुयुगं च क्षत्रं वैश्यस्तथोरू चरणौ च शूद्राः
सर्वेऽपि वर्णाः सुखमाप्नुयु र्वै प्रत्यंगमर्यं परमात्मकाये ।।33 ।।

परम पुरुष परमात्मा के शरीर में ब्राह्मण मुख है; क्षत्रिय दो भुजाएँ हैं; वैश्य जाँघें हैं; और शूद्र उसके चरण हैं। सभी वर्ण सुख प्राप्त करें। परमात्मा का प्रत्येक

अंग अच्छा है।

इत्थं विराजोऽवयवत्वबुद्ध्या वर्णाः स्वधर्मं लघु निर्वहेयुः
जात्या प्रजात्याऽथ नरा विभक्ता निम्नोच्चबुद्धिं न तु कल्पयेयुः ।।34 ।।

इस तरह विराट् ब्रह्म के अंग मानकर वर्ण अपने धर्म का सरलतया निर्वाह करें। जाति–प्रजातियों में बँटकर किसी को ऊँचा, किसी को नीच समझने की कल्पना न करें।

आचारवृत्ति – व्यवहार-भेदै र्न्यूनाधिका भोजनपान-गोष्ठ्यः
शिक्षार्थसंस्कार विचार-भेदैः प्रायोजिताश्चेन्नहि चिन्तनीयाः ।।35 ।।

आचरण, व्यवसाय तथा व्यवहार की भिन्नता तथा शिक्षा, अर्थ, संस्कार एवं विचारों के भेद से यदि छोटी–बड़ी खाने–पीने की गोष्ठियाँ आयोजित हों तो वे चिन्तनीय नहीं हैं।

सर्वे समाना अविचार्य वर्णं सर्वेऽपि शुद्धा अशुचि र्न कश्चित्
किन्त्वानुवंश्यं, परिवेष-भेदाः उद्वाह-कार्येषु विचारणीयाः ।।36 ।।

वर्ण का ध्यान न कर सब समान हैं। सब शुद्ध हैं; कोई अपवित्र नहीं है; परंतु वंश–परम्परायें तथा वातावरण की भिन्नता विवाह कार्यों में विचारणीय है।

कार्यो विवाहो ह्यनुलोम[1] एव लोकस्य स्वाथ्याय महर्षिदिष्टः
वंशाभिवृद्ध्यै परिपालनीयः स एव मार्गो न तु प्रातिलोम्यम्[2] ।।37 ।।

विवाह अनुलोम ही किया जाना चाहिए। समाज के स्वास्थ्य के लिए ऐसा करना महर्षियों द्वारा निश्चित किया गया है। वंश–वृद्धि के लिए वही (अनुलोम) मार्ग ही ग्रहण करने योग्य है। प्रतिलोमता ग्राह्य नहीं।

विश्वे भवेच्छासनमेकमात्रं न यत्र मुद्रा व्यवसाय- हेतुः
लभेत लोको विनिमाय वस्तू-न्युत्पादितान्यात्म-परिश्रमेण ।।38 ।।

विश्व में एक ही सरकार होनी चाहिए और व्यवसाय के लिए मुद्रा अपेक्षित नहीं होनी चाहिए। अपने परिश्रम से उत्पादित वस्तुओं के विनिमय से लोग अपनी इच्छित वस्तु प्राप्त करें।

---

1) लड़कों का विवाह अपने वर्ण और बाद के वर्णों की लड़कियों से होना;
2) लड़कों का विवाह अपने वर्ण से ऊपर की लड़की से होना।

अपेक्षितं स्यात् सुलभं समेषां सीदेन्न कश्चित्तदभावदूनः!
द्रव्यं न चेन्नैव महार्घता स्याल्-लोके यदर्थं कलहोऽथ-चौर्यम् ॥39 ॥

सबको इच्छित वस्तु सुलभ हो। कोई अभीष्ट वस्तु के न होने से कष्ट न उठावे। द्रव्य नहीं होगा तो महँगाई नहीं होगी। द्रव्य के लिए ही झगड़ा एवं तस्करी होती है।

मुद्रा पदार्थस्य न शुद्धमूल्यं सृष्टार्थविद्भिर्व्यवहारसिद्ध्यै
सा सञ्चिता कैश्चन गोपिता वा वैषम्य-दोषं जनयेत्समाजे ॥40 ॥

मुद्रा वस्तु का शुद्ध मूल्य नहीं है। अर्थशास्त्रियों ने उसे व्यवहार-सौकर्य के लिए बनाया। उसे कुछ लोगों द्वारा संचित किया या छिपाया जा सकता है; जिससे समाज में विषमता फैलती है।

मुद्राप्रभुत्वे द्रविणी प्रभूतं क्रीत्वोपयोज्यं बहुलाभलुब्धः
कूटैरुपायै - र्जनयन्नभावं संचालयत्यापण-सिद्ध-चौर्यम् ॥41 ॥

मुद्रा के प्रभुत्व से धनी बहुत-सा उपयोगी पदार्थ खरीद कर बड़ा लाभ कमाता है। गलत ढंग से कृत्रिम अभाव पैदा करता और चोर-बाज़ारी चलाता है।

मूल्यं विनाप्तौ सकलेप्सितानां का स्यादपेक्षा धनसंचयस्य?
आयातितं वस्तु च केन्द्रसंस्था विभज्य तुल्यं वितरेज्जनेषु ॥42 ॥

यदि बिना मूल्य चुकाए सारी इच्छित वस्तुएँ प्राप्त होएँ तो धन इकट्ठा करने की क्या आवश्यकता है! आयात की गई वस्तुओं को केन्द्रीय संस्था लोगों में बराबर वितरित करे।

प्रारम्भतश्चैव कलौ मनो! ते मन्वन्तरे विघ्नविपत्तिपूर्णः
कालो महीं तोत्स्यति या भवित्री क्रान्ता खलै र्हा! वियता सहैव ॥43 ॥

मनु, कलियुग के प्रारम्भ काल से ही तुम्हारे मन्वन्तर में विघ्न और संकट भर जायेंगे। काल धरती को झकझोर देगा। हाय! वह दुष्टों से अन्तरिक्ष के साथ ही आक्रान्त होगी।

उच्छृङ्खलो जानपदो मनुष्यः विनाऽपि कर्मापहरिष्यतीष्टम्
छद्माश्रितैः संव्यवहारकृत्यै-श्छलिष्यति ग्राहकमापणं च ॥44 ॥

जनपद का आदमी उच्छृंखल हो जायेगा। काम न करके अपनी अभीष्ट वस्तु का अपहरण करेगा। कपट से भरे बर्तावों से ग्राहक और बाजार को ठग लेगा।

भंक्ष्यन्ति नव्याः कुलधर्मरीतीस्त्यक्ष्यन्ति धृष्टाः पितरा उदूढाः
प्रीतिः जनानामचिरांशु-कल्पा निःस्वार्थमैत्री शशशृङ्गवत्स्यात् ॥45॥

नई पीढ़ी अपने कुल-धर्म की लकीर को मिटा देगी। लोग ढीठ बनकर शादी करने के बाद माँ-बाप से नाता तोड़ लेंगे। लोगों में प्यार बिजली के सदृश क्षणिक होगा। निःस्वार्थ मैत्री खरगोश के सींग की तरह गायब हो जायेगी।

जारः पतिः स्यात् कुलटा च पत्नी कामस्य धर्माऽप्रतिकूलता नो
प्रेमी सुभुक्तां दयितां तु हन्यात् सा चापि भर्त्रा सह जारमाशु ॥46॥

पति जार (दूसरे की पत्नी से सम्भोगरत) हो जाय; पत्नी व्यभिचारिणी हो जाय। कामवासना की धर्मानुकूलता जाती रहेगी। प्रेमी प्रेमिका को संभोग के बाद मार दे। प्रेमिका प्रेमी से भुक्त होने पर अपने पति से मिलकर उसे मार दे।

उच्छृंखलात् स्त्रीपुरुष - प्रसंगाद् उत्पत्स्यते संकरसृष्टिरत्र
वंशस्य शुद्धिः क्वचिदप्यलभ्या निमन्त्रयेल्लोकयुगान्निपातम् ॥47॥

ओछे एवं संयमहीन स्त्री-पुरुषों के संसर्ग से संसार में वर्ण-संकर संतान की उत्पत्ति होगी। वंश की शुद्धि कहीं भी नहीं मिलेगी, जिससे दोनों लोकों के लोगों का पतन होगा।

लोकाः प्रसक्ता अथ भोग-तृप्त्यै कन्या अबोधा अपि दूषयन्तः
निरागसस्ता अपि मारयन्तः प्राप्स्यन्ति मूढाः पुरुषार्थनीतिम् ॥48॥

लोग भोगासक्ति से व्यस्त होंगे। वे अबोध कन्याओं को भी दूषित कर मार देंगे। वे मूर्ख निरपराधों को भी मारकर अपने पुरुषार्थ का ढिंडोरा पीटेंगे।

सन्तानलब्ध्यै विहिता विधात्रा नरेण नार्या मिथुनस्य सृष्टिः
कलौ तु ना भोगहतोऽपि तस्या भ्रूणं निपात्याचरिता स्वनाशम् ॥49॥

विधाता ने संतान-प्राप्ति के लिए स्त्री-पुरुष की जोड़ी बनाई है। कलियुग में संभोग का मारा मनुष्य औरत के भ्रूण को गिरा कर अपना नाश करेगा।

द्वेक्ष्यन्ति सर्वे प्रतिवेशिदेशा भंक्ष्यन्ति पारस्परिकीं च शान्तिम्
संकीर्णधर्मान्धमदं च पीत्वाऽऽतंकोऽभ्यसिष्यत्यथ नग्ननृत्यम् ॥50॥

पड़ोसी देश आपस में द्वेष रखेंगे। वे आपसी शान्ति को भंग कर देंगे। तंग-दिल धर्म के नशे में अन्धे आतंकवादी बनकर नंगे नाच का अभ्यास करेंगे।

मन्त्र्युच्चवंश्याधिकृत-प्रणीताः राज्ञाथवा पंचजनैः प्रदिष्टाः
जात्या गणै र्वाप्यनुशासिताः स्यु-र्नैके भविष्ये भुवि सर्वकाराः ॥51॥

मन्त्रिपरिषद्, उच्चवशियों से अधिकृत, राजा अथवा पंचायती सरकार, कबीलों का शासन आदि भविष्य में अनेक तरह की सरकारें शासन करेंगी।

राज्यं जनैः शासितमच्छमुक्तं कर्तव्य-निष्ठा जनता भवेच्चेत्
तद् भ्रष्टनेत्रज्ञसमष्टिनीतं राज्यं तदा नैव हिताय तस्याः ॥52॥

यदि जनता कर्तव्यनिष्ठ हो तो उसका अपना शासन अच्छा माना जाता है; किन्तु भ्रष्ट नेता अनपढ़ एवं अज्ञ जन का राज्य उसके लिए कल्याणकारी सिद्ध नहीं होता है।

नाम्ना प्रजातन्त्रमिति प्रसिद्धं लोकस्य लाभाय समर्पितं च
न वस्तुतो नेतृभिरात्मनिष्ठै रधिष्ठितं लोकहिते तटस्थैः ॥53॥

नाम से जो प्रजातन्त्र कहा जाता है और लोगों की भलाई के लिए समर्पित माना जाता है, वह वस्तुतः स्वार्थी तथा लोकहितकर कार्यों से अलग रहने वालों की उपस्थिति से वैसा सिद्ध नहीं होता है।

देशाः प्रतिस्पर्धितया जयार्थं संहारशक्तेरभिवृद्धिहेतोः
रासायनास्त्रेषु च बद्धलक्ष्या निर्मापयिष्यन्त्यणुशक्ति-भाण्डम् ॥54॥

देश विजयाकांक्षा से स्पर्धा रखने के कारण संहार-शक्ति के बढ़ावे के लिए रासायनिक अस्त्रों को अपना लक्ष्य बनाए हुए अणु-शक्ति का भंडार बनाने में लग जायेंगे।

यावन्न विश्वं गृहतामुपेयाल्-लभेत नो वैकल-राष्ट्रभावान्
स्वार्थो न लीयेत च भेदमूलं तावत्तु शान्तिः शशशृंग-कल्पा ॥55॥

जब तक विश्व एक सामान्य घर नहीं बन जाता अथवा उसमें एकमात्र राष्ट्र की भावनाएँ पैदा नहीं हो जातीं, भेद पैदा करने वाला स्वार्थ जब तक समाप्त नहीं हो जाता, तब तक शान्ति को खरगोश का सींग समझना चाहिए।

देशेषु शस्त्रास्त्रचयावसानं, तनूकृता धर्मविभाग-रेखा
अनन्यराष्ट्रत्वमितं च विश्वं सद्यो जगत्स्वस्ति निमन्त्रयेयुः ॥56 ॥

देशों के शस्त्रास्त्र संग्रह को छोड़ देने, धर्म-भेद को बढ़ावा न देने तथा विश्व राष्ट्र के निर्माण से संसार की भलाई को न्यौता दिया जाना चाहिए।

संस्था नवा सा नवनीत-कल्पा पुष्णातु लोकं विरुजं विशोकम्
विस्तारमृच्छेद् जनमंचदीर्घा केन्द्रस्थ-सत्ता प्रभवेत्तथैका ॥57 ॥

मक्खन-सी सारभूत नई व्यवस्था दुनिया को नीरोग एवं शोकहीन बनाये। जन-नाटक के मंच की दीर्घा का विस्तार हो तथा एक केन्द्रीय सत्ता (सरकार) का बोलबाला हो।

नोत्पादने स्यात् परतन्त्रताऽथो सीमा, परं, केन्द्रकृतैव मान्या
संगृह्य संरक्ष्य च साधु राज्यं समानमेतद् वितरेज् जनेषु ॥58 ॥

उत्पादन के क्षेत्र में सब स्वतंत्र हों; किन्तु उसकी सीमा केन्द्रीकृत होनी चाहिए। राज्य का कर्तव्य है कि वह संग्रह करे, सुरक्षा करे और समान वितरण कर दे।

सामान्यतो भोजन-वस्त्र-वासाः सर्वस्य तुल्यं सुलभा भवेयुः
आदानमेषां न भवेच्चयार्थं भोगातिरिक्ता स्थितिरस्त्वधर्मः ॥59 ॥

सामान्य रूप से खाद्यान्न, कपड़ा तथा निवास-स्थान सबको बराबर मिलना चाहिए। इनका संग्रह संचय के लिए नहीं होना चाहिए। इनकी आवश्यकता पूर्ण होने पर भी यदि ये किसी के पास संचित हों, तो वह अधर्म है।

अभ्रादि - तत्त्वानि, तदुद्भवानि नैकस्य हेतोः सुहिताय सृष्टेः
सृष्टानि सर्वाणि मयाऽखिलेभ्यः केषाञ्चिचिदर्थे न तु भूतिभाजाम् ॥60 ॥

आकाशादि तत्त्व तथा उनसे पैदा होने वाला उत्पाद एक के लिए नहीं, सारी सृष्टि की भलाई के लिए मैंने पैदा किया है। जिनके पास ऐश्वर्य हैं, उन्हीं के लिए नहीं।

उत्पाद-भोगौ च समौ भवेतां संचित्य कोशो न भवेदपेक्ष्यः
आपातकालार्थमपेक्ष्यते चेद् भण्डारणं शासनमेव कुर्यात् ॥61 ॥

उत्पाद और खपत बराबर होने चाहिए। संचय कर भंडारण अपेक्षित नहीं है। यदि आपातकाल के लिए आवश्यक माना भी जाये तो वह सरकार की ओर से होना चाहिए।

मुख्या समस्या भवतां समाजे सम्यग्विभागः सुकरो न लक्ष्यः
सामान्य - वैशिष्ट्य - द्विधात्मकोऽयं-आबालवृद्धोऽल्पबलस्तृतीयः ॥62॥

सबसे बड़ी समस्या समाज के सामने है - ठीक-ठीक विभाजन का लक्ष्य, जो आसान नहीं है। यह विभाजन सामान्य तथा विशिष्ट दो रूपों में विभक्त हो। बच्चे, बूढ़े तथा कमज़ोर रोगियों का एक तीसरा वर्ग भी है।

सामान्यवर्गाय सुखोपलब्धं भक्ष्यादिसौख्यं तु पदे-पदे स्यात्
विशिष्ट-पुम्भ्यः सुविधाः प्रदेयाः स्वास्थ्यानुकूलाः स्थितिवाञ्छिताश्च ॥63॥

सामान्य वर्ग के लिए भक्ष्यादि सुख कदम-कदम पर आसानी से मिलने चाहिए। विशिष्ट वर्ग के लिए सुविधाएँ उनके स्वास्थ्य और स्थिति के अनुसार वांछनीयता को दृष्टि में रखकर दी जानी चाहिए।

प्रजाजनो यस्य तु राज्यभागे भोज्याद्यभावेन शयीत दूनः
राजापि तत्पापविशुद्धि-हेतो-र्भुञ्जीत नो शासन-धर्मदृष्ट्या ॥64॥

जिस शासन में प्रजा खाद्यादि अत्यावश्यक वस्तुओं के अभाव से ग्रस्त होकर भूखी सो जाती है, उससे पैदा होने वाले पाप से छुटकारा पाने के लिए शासन-धर्म की दृष्टि से शासक को भी भूखे ही रात बितानी चाहिए।

दिवीव दैत्य-प्रवरैः प्रधृष्टे, लोकेऽत्र भूयोऽपि भविष्यकाले
कल्कि र्भुवः क्षेम-धियाऽवतीर्णो निसूदयिष्यत्यखिलानसाधून् ॥65॥

जैसे दैत्य प्रभुओं ने स्वर्ग को रौंद दिया, वैसे ही भविष्य में वे इस लोक को सतायेंगे। तब धरती का कल्याण करने के विचार से भगवान् कल्कि अवतरित होकर सारे दुष्टों का संहार करेंगे।

मन्वन्तरे तेऽपि च शासितारो नैकेऽणुशक्तिं विनियोज्य मत्ताः
विध्वंसकस्फोट-परम्पराभिः स्वयं विनंक्ष्यन्ति परैः सहैव ॥66॥

तुम्हारे मन्वन्तर में भी कई अभिमानी लोग अणुशक्ति का उपयोग कर विनाशकारी

विस्फोटों से दूसरों के साथ अपने आप भी नष्ट हो जायेंगे।

जेतुं सुरान् प्राक् दितिजै-र्गृहीतां मायामयीं सिद्धिमवाप्य गुह्याम्
युद्धे परास्ता असुरा मयापि त्यक्ताऽऽसुरी वृत्तिरिदं विचार्य ॥67॥

देवताओं को जीतने के लिए दैत्यों ने जिस जादुई गुह्य शक्ति को अपनाया था, उसे प्राप्त कर मैंने भी युद्ध में असुरों को हराया था; किन्तु आसुरी वृत्ति मानकर मैंने उसे त्याग दिया है।

युद्ध-प्रवृत्तिः सहजा जनेषु सुदुस्त्यजा दर्शित-दुष्फलाऽपि
विश्वे निरस्त्रीकृत एव शक्या स्वाहा-स्थिति र्वारयितुं जगत्याः ॥68॥

युद्ध की प्रवृत्ति लोगों में स्वाभाविक है। उसके दुष्परिणामों को लोगों ने भोगा भी है, किन्तु फिर भी उसे छोड़ना कठिन है। संसार से शस्त्रास्त्र विदा करने पर ही इस प्रवृत्ति पर अंकुश लगाया जा सकता है।

विश्वे भवेदेकक-सर्वकारः सेना सशस्त्रास्य भवेदधीना
प्रान्तीभवन्तश्च समस्त देशाः प्रान्तो भवेद्रक्षिभिरेव रक्ष्यः ॥69॥

विश्व में केवल एक सरकार होनी चाहिए। उसी के अधीन सशस्त्र सेना हो। सारे देश प्रान्त बन कर रहें और प्रान्त की रक्षा वहाँ की पुलिस करे।

स्वातन्त्र्यकाङ्क्षी यदि कोऽपि देशो भंगाय शान्तेर्यतते कदाचित्
द्रुतं स केन्द्रेण तथा प्रशास्यो नोच्छृङ्खलोऽन्योऽपि यथा पुनः स्यात् ॥70॥

यदि कोई देश स्वतंत्र होना चाहे और कदाचित् शान्ति-भंग करने का प्रयत्न करे तो केन्द्र अविलम्ब उसे इस तरह रोक दे कि भविष्य में कोई अन्य देश उच्छृंखलता न अपनावे।

विश्वस्य शान्तिः प्रथमं वरेण्यां राष्ट्रैक्यमेकं तु समाश्रिता सा
देशा अतः स्युर्न परानपेक्ष्याः सम्पन्नता सिध्यति चाहवाय ॥71॥

सबसे प्रथम काम है विश्व में शान्ति-स्थापना। वह राष्ट्रों की एकता पर निर्भर है। अतः सारे देश दूसरों की सहायता के बिना काम चला सकने की स्थिति में न रहें। सर्व-सम्पन्नता लड़ाई को बुलाती है।

प्रयाम्यहं स्थां प्रयता खलानां दमाय सत्क्षेमकृते च नित्यम्
द्रक्ष्यामि सृष्टेरथ रूपकं स्वं प्रवर्तितं साधु न वा प्रयुक्तम् ॥72॥

मैं जो सदा दुष्टों के दमन और सज्जनों के कल्याण करने में लगी रही, अब अपने स्थायी निवासस्थान को प्रयाण करती हूँ और देखूँगी कि सृष्टि में जो मैंने एक नाटक रचा, वह ठीक चल रहा है या नहीं।

लब्ध्वा त्वमप्याशु निजं च राज्यं प्रशाध्यखण्डं सुचिरं नयेन
विवस्वतः प्राप्य पुनस्तु जन्म वैवस्वतो नाम मनुश्च भूयाः ॥73॥

तुम शीघ्र ही अपने राज्य को प्राप्त कर नीतिपूर्वक उसका अखण्ड शासन चलाओ। फिर विवस्वान् से जन्म प्राप्त कर वैवस्वत मनु बनो।

पश्चात् सवर्णाह्वजनौ जनित्वात् सावर्णिनाम्नैष्यसि ख्यातिमन्ते
आगामि-मन्वन्तरसप्तकन्ते सन्तानमादेक्ष्यति धर्मनीती ॥74॥

सवर्णा नाम माता के गर्भ से पैदा होने के कारण तुम पीछे सावर्णि नाम से प्रसिद्ध होंगे और आगे के सात मन्वन्तरों तक तुम्हारी संतान ही धर्म और नीति को सिखाती रहेगी।

मन्दस्मिताञ्चितदयेद्ध - हृदन्तराला दत्त्वा वरं सुरथ-भूपतये नताय
संहृत्य रूपमसुलक्ष्यमपुण्यपात्रै र्देवी न्यवर्तत तदा निज-धाम दिव्यम् ॥75॥

मन्द मुस्कराहट के रूप में हृदय की दया से दमकती हुई देवी नतमस्तक (विनम्र) सुरथ राजा को वरदान देकर, अपने उस रूप को, जो पुण्य-हीन लोगों द्वारा देखा नहीं जा सकता है, समेट कर अपने दिव्य धाम को लौट गई।

न सुकरः किल दैवत-विग्रहो जगतिजं कठिनं शुचिजीवनम्
असुरता भुवने दुरतिक्रमा, सबल-मानवता तु सुदुर्लभा ॥76॥

देवता बनना कठिन है; संसार में रहकर पवित्र जीवन बिताना भी कठिन है; दुनियाँ से असुरता मिटाना मुश्किल है और सशक्त मानवता तो अत्यन्त दुर्लभ है।

अधिगत - नयपाठः श्री गुरो र्मेधसोऽथो
दुरितहर - चरित्रं त्र्यम्बिकायाश्च श्रुत्वा

अचलदटलधर्माऽसौ सतीर्थ्या - सहायः
भुवन-भवनकेन्द्रे दातुकामः परीक्षाम् ॥77॥

हाँ, मेधा गुरु से नीति का पाठ पढ़कर तथा त्रिनेत्र देवी के कष्टनिवारक चरित्र को सुनकर अपने कर्तव्य में अटल रहने वाला मनु सहपाठिनी के साथ मनुष्य-लोक के केन्द्र में परीक्षा देने को निकल पड़ा।

खेन्दुव्योमाक्षिवर्षेऽदशचतुर्दश्यां कुजेऽसिते
शक्ति-विजयमप्रैले काव्यं सम्पूर्णतामगात् ॥78॥

अप्रैल, सन् दो हज़ार दस कृष्ण चतुर्दशी मंगलवार को यह शक्ति-विजय काव्य पूरा हुआ।